Schokoküsse

unterm Mistelzweig

Ein Weihnachtsroman

Dana Summer

Loki Miller

Korrektorat: Andreas Fischer
Bildmaterialien: Bildmaterial: Fotolia_112319775_L
(www.fotolia.com) shutterstock_444008683
(www.shutterstock.com) Sabrina Baur
(www.photorina.net)
Covergestaltung: Sabrina Baur
"Sophia Silver Coverdesign"

www.bookrix.de

Schokoküsse

unterm Mistelzweig

1

Hope

Eisiger Wind schlägt mir entgegen, als ich die Tür öffne. Ein kurzer Blick in den Himmel genügt. Die dicht verhangenen dunkelgrauen Wolken verheißen nichts Gutes. Es wird schneien und das vermutlich gleich in den nächsten Minuten. Als ob wir die letzten Tage nicht schon genug von der weißen Pracht abbekommen haben.

Mit einem Seufzen schlage ich den Kragen meines Mantels hoch. Der Schnee knirscht unter den Lederboots, als ich über die Straße zu meinem alten Seat gehe. Achtlos werfe ich meinen schwarzen Koffer auf die Rückbank und nehme auf dem Fahrersitz Platz. Dabei rücke ich meine dunkle Wollmütze zurecht, starte den Wagen und werfe einen Blick auf die Uhr. Es ist kurz nach fünf. Voller Feierabendverkehr in London und ich kann nur hoffen, dass ich mein Ziel in einer guten Stunde erreiche.

Dass ich nicht die Einzige bin, die ein paar Tage vor Weihnachten zu ihrer Familie fahren will, wird mir recht schnell klar. Je weiter ich versuche aus der Stadt zu kommen, umso dichter scheint der zunehmende Straßenverkehr zu werden. Ungeduldig trommeln meine Finger auf das Lenkrad und hin und wieder stoße ich einen kleinen Fluch aus, weil diese verflixte Ampel immer nur eine Handvoll Autos durchlässt.

„Wenn das so weitergeht, erreiche ich Grandma Beth nie vor dem Abendessen", maule ich vor mich hin.

Natürlich hätte ich früher losfahren können, aber meine momentane finanzielle Lage verkraftet keine Minute, in der meine kleine Confiserie außer der Reihe geschlossen bleibt. Zum Glück erklärt sich Eddi, mein bester Freund, dazu bereit, in den Tagen, in denen ich weg bin, wenigstens für ein paar Stunden den Laden zu öffnen. Auch wenn mir bewusst ist, dass es nur ein Tropfen auf den heißen Stein ist, denn die potenziellen Kunden bleiben schon geraume Zeit aus. Um genau zu sein, seit dem Tag, an dem diese verflixte Schokoladenfabrik gleich eine Straße weiter ihre Türen geöffnet hat. Dort bekommen die Kunden ihre Pralinen, Gebäcke und alles Andere für beinahe die Hälfte des Preises. Es muss schon ein kleines Wunder geschehen, um nicht in ein paar Monaten bankrottzugehen.

Aber daran möchte ich jetzt nicht denken. Ich hatte Grandma Beth versprochen, mit meiner Anreise alle Sorgen für ein paar Tage zu vergessen, um einfach nur Weihnachten zu genießen. Im Moment kann ich mir unmöglich vorstellen, dass dies wirklich passiert. Dass ich das Fest der Liebe tatsächlich genießen kann. Kurz schüttle ich den Kopf und schalte das Radio ein. Musik ist in diesem Augenblick genau das Richtige. Durch die Box hallt das neuste Lied von den *Kings of Leon*. Ganz leise summe ich mit und irgendwann trommeln meine Finger nicht mehr vor Ärger auf das Lenkrad, sondern klopfen den Takt der Musik mit. Kilometer um Kilometer fällt die Anspannung von mir ab. Die Straße leert sich merklich, wird schmaler und ländlicher. Die Häuser werden weniger, die Alleen dafür immer mehr. Alles erinnert mich an meine Kindheit. Ich glaube sogar schon, Grannys selbstgebackene Kekse zu riechen. Mir läuft das Wasser im Munde zusammen, während vor meinem inneren Auge ein Teller voller Schoko-Minz-Plätzchen erscheint. Grandma hat mir alles über das Backen beigebracht. Schon als Kind habe ich die Ferien hauptsächlich in ihrer Küche verbracht. Als mein Traum von der eigenen Confiserie endlich wahr wurde, hatte sie Freudentränen in den Augen.

Ich schalte die Scheibenwischer ein und kneife die Augen zusammen. Es ist mittlerweile dunkel geworden und die Schneeflocken tanzen im Scheinwerferlicht. Das erinnert mich an etwas. Hektisch durchwühle ich mit der linken Hand meine Handtasche, während ich mit der rechten weiterlenke. Meine Finger graben sich durch Kugelschreiber, Kaugummi und Haarspangen. Ich ertaste etwas, das sich wie ein Deodorant anfühlt, lasse es los und suche weiter. Dabei werde ich immer nervöser, bis ich endlich meinen Block ergreife und aus der Tasche ziehe. Erleichtert atmete ich aus. Dieser Block ist mein Leben. Ohne ihn bin ich verloren. Ich schalte die Scheibenwischer eine Stufe höher, rutsche ein Stück tiefer in den Sitz und lenke mit meinen Knien, während ich den Block aufklappe. Schnell überfliege ich die Checkliste, hebe dabei immer wieder meinen Kopf, um zu überprüfen, dass ich nicht von der Straße abkomme. Erleichtert sehe ich, dass ich bei „Schokospäne-Hobelmaschine säubern" einen Haken gemacht habe.

Kurz vor Feierabend hatte ich noch weiße Schokospäne vorbereitet, und wenn ich die Maschine nicht gesäubert hätte, würde mich Eddi umbringen. Er zieht mich sowieso schon auf, weil ich alles vergesse, was nicht in meinem Block festgehalten ist. Gerade will ich ihn wieder zuklappen, als ich auf einmal geblendet werde. Es dauert einen Augenblick, bis ich verstehe, woher das Licht kommt. Dann braucht es noch einige Sekunden, bis der Befehl, das Lenkrad zu ergreifen und dem LKW auszuweichen, bei meinen Händen ankommt. Mein Seat gerät ins Schlittern.

Ich hätte in neue Winterreifen investieren sollen, schießt es mir durch den Kopf. Der LKW hupt und rauscht dann an mir vorbei. Ich kämpfe noch immer damit, meinen Wagen wieder unter Kontrolle zu bekommen. Das übernimmt dann eine Hecke für mich, die mich abrupt stoppt. Der Gurt schneidet in meine Schulter, doch der Schmerz ist mir egal. Ich bin viel zu glücklich darüber, noch am Leben zu sein.

Im Scheinwerferlicht sehe ich, dass sich meine Motorhaube wellt und teilweise hochsteht. Die Scheibenwischer quietschen, während sie tapfer weiter ihren Dienst verrichten. Im Radio läuft *Last Christmas*, was meine Stimmung nicht gerade hebt, obwohl ich das Lied normalerweise mag.

Letztes Jahr war ich noch relativ glücklich verliebt, hatte einen gut gehenden Laden und außer meiner Vergesslichkeit keine Probleme. Nun möchte ich gar nicht aussteigen und den Schaden begutachten, weil ich mir die Reparatur sowieso nicht leisten kann. Frustriert lasse ich meine Stirn auf das Lenkrad sinken und erwische dabei versehentlich die Hupe, die natürlich einen Höllenlärm veranstaltet. Aber wer soll das in dieser Einöde schon hören? Wenn ich mich nicht irre, bin ich noch einige Kilometer von dem Haus meiner Grandma entfernt und außer Schafen ist niemand bei dem Wetter draußen. Geld für ein Taxi habe ich keines.

Sosehr ich auch hin- und herüberlege, bleibt mir nichts Anderes übrig, als zu Fuß zu gehen. Mit einem lauten Seufzer öffne ich die Türe und würde sie am liebsten gleich darauf wieder schließen. Es ist bitterkalt.

Um wenigstens ein klein wenig Licht zu haben, angle ich nach meinem Smartphone und schalte die integrierte Taschenlampen-App an. Für einen kurzen Moment lasse ich den Gedanken zu, Granny anzurufen und sie zu bitten, mir ein Taxi zu bestellen. Aber dieses bräuchte vermutlich noch länger hierher als ich zu Fuß zu ihr. Mir bleibt keine Wahl. Ich muss aussteigen. Hinter mir werfe ich die Wagentüre ins Schloss und gehe los. Ich starre auf den Boden und versuche mit meinen Füßen in der Spur der Reifenabdrücke zu bleiben. Dabei bin ich so darauf konzentriert, nicht im Schnee zu landen, dass ich die immer näher kommenden Scheinwerfer gar nicht richtig wahrnehme. Erst als der Wagen neben mir hält, drehe ich mich um und starre auf einen roten Truck. Ganz langsam wird das Fenster heruntergelassen und ich erkenne die Umrisse eines Mannes.

Mit einer Stimme, die vor männlichen Hormonen nur so strotzt, fragt er: „Kann ich Ihnen helfen?"

„Ich hatte einen kleinen Zwischenfall mit der Hecke, nun springt mein Auto nicht mehr an", kläre ich ihn auf.

„Die Straße ist aber auch kaum passierbar", füge ich zu meiner Entschuldigung hinzu.

„Dann ist das also Ihr Wagen, der dort vorne", er deutet mit dem Daumen in die Richtung, aus der ich gekommen bin, „so bekloppt parkt?"

Seine Stimme klingt tief und beinahe gefährlich.

„Ähm ... haben Sie mir nicht richtig zugehört? Ich parke nicht dort, ich hatte einen Unfall. Sie wissen schon, Crash Boom Bang ...", versuche ich, mich zu verteidigen. Zwecklos, wie ich gleich darauf feststelle.

„Und wann kommt der Abschleppwagen? Sie wissen schon, dass Ihr Auto so nicht stehen bleiben darf!"

Verdammt, an den hatte ich gar nicht gedacht. Ich schiebe meine Brille zurecht, die mittlerweile nur noch halb auf meiner Nase hängt.

„Sie haben doch einen gerufen, oder?", knurrt er.

„Ähm ... also, um ehrlich zu sein ... nein."

Bis eben dachte ich noch, dass es nett von ihm war, anzuhalten und sich zu erkundigen, ob ich Hilfe brauche. Doch nach diesen paar Sätzen finde ich ihn gar nicht mehr so freundlich. Ich sehe, wie er die Augen verdreht.

„Soll ich Sie mitnehmen?"

„Danke für das Angebot, aber ich laufe lieber. Ich habe es nicht mehr weit und werde auch schon erwartet."

Er ist zwar nicht sehr sympathisch, scheint mir aber auch kein Serienkiller zu sein. Aber man kann ja nie vorsichtig genug sein.

„Nun gut, wenn Sie lieber erfrieren wollen, ist das Ihre Entscheidung", gibt er trocken zurück.

Im Radio läuft der Wetterbericht. Eine Frauenstimme verkündet: „... ist mit starkem Schneefall und Schneeverwehungen zu rechnen. Wir bitten alle Bewohner, in ihren Häusern zu bleiben. Falls Sie noch draußen unterwegs sein sollten, suchen Sie schnellstmöglich Schutz."

Mein vermeintlicher Retter in der Not zieht eine Augenbraue hoch und starrt mich schweigend an.

„Also gut", sage ich, ergebe mich meinem Schicksal und steige in den Truck.

„Wohin müssen Sie? Viele Möglichkeiten gibt es ja nicht."

Als ob ich das nicht selber wüsste. Denkt der Typ etwa, dass ich eine Waldwanderung machen will oder was? Kurz und knapp nenne ich ihm die Adresse von meiner Granny.

„Schön, dann sind wir in wenigen Minuten da."

„Sag ich doch", entfährt es mir trotzig.

Im Wagen ist es angenehm warm. Ich ziehe mir meine Mütze vom Kopf und fahre mit den Fingern durch mein Haar. Das schwache Licht der Armaturenbeleuchtung erlaubt mir, ihn ein wenig zu beobachten.

Wenn er gerade keine garstigen Kommentare von sich gibt, macht er eigentlich einen ganz netten Eindruck. Mein Blick wandert von seinem Bart, der mal wieder eine Rasur vertragen könnte, zu seinen dunkelbraunen, leicht gewellten Haaren und ich ertappe mich bei dem Gedanken, wie es wohl wäre sie zu durchwühlen. Ich blinzele den Gedankengang weg, um mich daran zu erinnern, wie eklig er sich bislang verhalten hat. Gut, er war so nett, mich nicht erfrieren zu lassen. Das war aber auch schon alles.

Ich hoffe, dass die Fahrt nicht mehr allzu lange dauert. Er ist schon extrem schweigsam und mir wird allmählich langweilig. Um mich zu beschäftigen, schaue ich mich ein wenig weiter im Auto um. Der Boden ist mit Kiefernnadeln übersät, das Armaturenbrett überzieht eine dicke Staubschicht und zu meiner Freude entdecke ich, dass das Radio, ebenso wie in meinem geliebten Seat, noch ein Kassettendeck hat. Neugierig, was für eine Musik er hört, will ich auf Kassette umschalten. Seine Hand schnellt nach vorne, umfasst mein Handgelenk und hält es mit eisernem Griff fest.

Er starrt zwar weiter geradeaus auf die Straße, doch dabei knurrt er fast schon furchterregend: „Das fasst niemand an!"

Ich versuche, mich zu befreien, und keuche vor Schmerz auf.

„Aua! Sie tun mir weh!"

Jetzt bremst er leicht ab und sieht mich endlich an. Ein merkwürdiger Ausdruck liegt auf seinem Gesicht. Man könnte fast glauben, dass er tiefe Schmerzen empfindet, aber im Augenblick bin ich es, deren Handgelenk zerquetscht wird.

„Ich habe es verstanden. Das Kassettendeck ist tabu! Jetzt lassen Sie mich auf der Stelle los!"

Endlich tut er, was ich möchte, und lässt mich so schnell los, dass ich ein Stück zur Seite kippe und mich an der Türverkleidung abstützen muss, um nicht komplett die Balance zu verlieren. Aufgebracht will ich ihn gerade zur Rede stellen, als er auf das Gaspedal tritt, sodass der Wagen herumschlittert. Im Gegensatz zu mir und meiner Kollision mit dem Gebüsch hat er seinen Truck aber schnell wieder im Griff. Eigentlich hätte ich Angst vor ihm haben sollen. Doch ich fühle nichts Anderes als unbändige Wut.

„Wollen Sie uns umbringen?", schreie ich ihn an.

„Sie dürfen das nicht anfassen!", wiederholt er anstelle einer Entschuldigung, dabei sehen seine türkisgrünen Augen mich angriffslustig an. „Keiner darf das!"

„Ja doch, das habe ich jetzt verstanden. Trotzdem müssen Sie nicht gleich handgreiflich werden! Wenn ich es mir recht überlege, will ich lieber aussteigen und den Rest laufen."

Die Aussicht, auf dem Weg zu Granny zu erfrieren, erscheint mir auf einmal gar nicht so schlimm.

„Brauchen Sie nicht. Wir sind da."

Auch wenn mittlerweile alles mit Schnee bedeckt ist, erkenne ich tatsächlich die Umgebung wieder. In Grannys Küche brennt Licht und Rauch steigt aus dem Schornstein auf. Als der Truck auf den Hof einbiegt, sehe ich im Scheinwerferlicht, wie meine Großmutter die Küche verlässt. Kurz darauf öffnet sich die Haustür. Noch nie habe ich mich so sehr darüber gefreut, ihr liebenswertes Gesicht zu sehen. Ich verlasse mit Schallgeschwindigkeit den Truck und werfe mich in ihre Arme.

„Oh Granny, ich bin so froh, dich zu sehen!" Mein Gesicht bette ich an ihre Brust, die lachend erbebt.

„Nicht so stürmisch, mein liebes Kind. Wo ist denn dein Auto? Und woher kennst du Nate?"

Ich hebe verwirrt den Kopf. „Wen?"

Sie deutet auf den Wagen, der noch immer mit laufendem Motor neben uns steht. Während ich Granny in den Armen gelegen habe, muss er sein Fenster heruntergekurbelt haben, denn nun reicht er ihr die Hand zur Begrüßung.

„Hallo mein Lieber! Danke dir noch mal für die Ladung Holz. Und danke auch für meine Enkelin. Magst du noch mit reinkommen? Ich habe deine Lieblingskekse gebacken", sagt sie mit einem Tonfall, der normalerweise für mich reserviert ist.

Granny kennt diesen Holzklotz? Ich fasse es einfach nicht. Erst recht nicht, dass der Typ jetzt auch noch mit ins Haus kommen soll?! Ich dachte, ich steige einfach nur aus dem Wagen und sehe meinen unhöflichen Retter oder was auch immer nie wieder.

Bitte sag Nein, bitte, flehe ich im Stillen.

„Danke dir, Beth. Ein anderes Mal vielleicht. Aber deine Enkelin hat versäumt, den Abschleppwagen zu rufen." Er wirft einen Blick auf die Uhr. „Bei dem Wetter dauert es vermutlich eine halbe Ewigkeit, bis einer da ist. Mir bleibt also nichts Anderes übrig, als den Wagen selbst abzuschleppen", gibt er murrend von sich. Dabei sieht er mich mit zusammengekniffenen Augen an.

Gott, der Arme, vielleicht sollte man ihm dafür einen Orden verleihen, denke ich ironisch und sage laut: „Hier kommt doch so gut wie kein Mensch raus. Ich rufe morgen einen Abschleppwagen und das Thema ist erledigt."

Sein Blick wird noch eine Spur finsterer. Wenn das überhaupt möglich ist.

„Keine Ahnung, woher Sie kommen, aber hier ticken die Uhren anders. Wenn es Ihnen nicht passt, kann ich auch die Polizei anrufen und die kümmern sich um die Angelegenheit."

Granny, die wohl gemerkt hat, wie wir kurz davor sind, uns an die Gurgel zu springen, tritt dazwischen.

„Beruhigt euch bitte. Hope, es ist doch nett von Nate, dass er den Wagen abschleppt, und Nate, bitte verzeih meiner Enkelin. Hope ist erschöpft von der Fahrt aus London hierher und braucht einfach ein wenig Ruhe."

Statt einer Antwort nickt er, kurbelt das Fenster hoch und wendet seinen Truck. Granny und ich sehen ihm so lange hinterher, bis nur noch zwei kleine Punkte zu erkennen sind. Dann greift sie nach meinem Arm und dirigiert mich ins Haus.

„Nun komm erst mal rein. Bestimmt möchtest du dich duschen und frische Sachen anziehen?"

Dabei deutet sie auf meine Jeans, die sich von den Schneeflocken klamm anfühlt. Verflucht, ich wusste doch, da war noch was. Mein Koffer befindet sich immer noch in meinem Auto, und wenn ich nicht vorhabe, im Granny-Look durch die Gegend zu rennen, dann muss ich dem Holzklotz wohl doch noch mal gegenübertreten. Mist.

Nate

Mit einem letzten Blick auf das kaputte Auto werfe ich die Scheunentür ärgerlich zu. Nur dem Wetter ist es zu verdanken, dass ich nicht augenblicklich zu dieser Frau zurückfahre und sie eigenhändig an ihren verfluchten roten Haaren dorthin zurückzerre, wo sie hergekommen ist. Wenn ich nur daran denke, dass sie doch tatsächlich mit Sommerreifen unterwegs war, steigt eine erneute Zorneswelle in mir auf. Nicht nur, dass dieses kleine rothaarige Etwas schuld daran ist, dass ich beinahe am Verhungern bin, nein, dank ihr spüre ich auch gewisse Körperteile nicht mehr. Mit schnellen Schritten stapfe ich durch den inzwischen kniehohen Schnee und schicke, wie schon die letzten Minuten, einen Fluch zu dieser Frau. Hätte ich nicht ihren Wagen aus dem Graben ziehen müssen, hätte ich die Zeit nutzen können, um den nun zugeschneiten Weg zu meinem Haus freizuschaufeln. Kurz überlege ich, dies jetzt noch nachzuholen, doch mein Magen und ein paar andere Körperregionen protestieren augenblicklich. Eine heiße Dusche ist genau das, was ich in diesem Moment am besten gebrauchen kann. Und eine Flasche Whiskey.

Seit ewiger Zeit hat es kein Mensch mehr geschafft, mich so zu verärgern. Noch bevor ich die Tür hinter mir schließen und meine schneebehangene Jacke ausschütteln kann, werde ich von meinem Hund begrüßt. Mit großen dunklen Augen und schwarzweißem Fell kommt er auf mich zugerannt. Dabei wedelt seine Rute wie verrückt und vor Freude mich wiederzusehen bellt er kurz auf. Das hebt meine Stimmung schon gehörig.

„Hey Balu", begrüße ich ihn und tätschle seinen Bauch. Dabei versuche ich gleichzeitig meine Schuhe auszuziehen und meine Jacke irgendwo aufzuhängen, und zwar so, dass sich nicht der ganze Boden in eine Pfütze verwandelt.

Auf dem kurzen Weg vom Eingangsbereich bis zur Küche ziehe ich meine Socken und die nasse Jeans aus und lasse sie achtlos liegen. Mit knurrendem Magen öffne ich die Kühlschranktüre und schnaufe. Es sieht so aus, als ob ich verdrängt habe, dass die Lebensmittel knapp werden. Oder wie in meinem Fall beinahe verbraucht sind. Immerhin sind noch eine Flasche Bier und etwas Käse da. Beides hole ich heraus und begutachte, während ich den Flaschendeckel mit den Zähnen öffne, ob der Käse überhaupt noch essbar ist. Irgendwo zwischen all dem benutzten Geschirr liegt noch ein Stück Brot herum, was immerhin noch genießbar aussieht. Auch wenn es ein wenig hart ist.

Ich lasse einen Blick durch die Küche schweifen, nur um festzustellen, dass ich dringend eine neue Putzfrau einstellen sollte. Doch jede, die bis jetzt die Stelle angetreten hatte, kam mit meinen Vorstellungen von Sauberkeit irgendwie nicht klar. Es ist ja nicht so, dass ich keine saubere Wohnung mag. Mir sind nur andere Dinge wichtiger. Und ich brauche niemanden, der versucht mich zu belehren oder gar zu erziehen. Die letzte Putze hatte dem Ganzen die Krone aufgesetzt, indem sie mich zwingen wollte Hausschuhe anzuziehen. Ich meine … *Hausschuhe*! Nicht einmal Suzie hatte mich dazu bringen können. Wie immer, wenn ich an sie denke, fangen meine Narben an zu jucken und mich überkommt eine Traurigkeit, die ich nur schwer ertragen kann. Als ob er meinen Stimmungswechsel gespürt hat, legt Balu seinen Kopf auf mein Bein, um mich zu trösten.

Vielleicht sollte ich meine Ansprüche einfach zurückschrauben, denke ich im Stillen und betrachte den eingetrockneten Essensfleck von meiner Dosensuppe auf dem Tisch. Schlimmer als jetzt kann es kaum noch werden.

Das Klopfen höre ich kaum, weil ich noch so in Gedanken bin. Erst als Balu schwanzwedelnd zur Tür läuft, begreife ich, dass jemand um Einlass bittet. Ich überlege, wer mich bei diesem Wetter besuchen will, komme aber zu keinem Ergebnis. Außer Beth, meiner Nachbarin, interessiert sich hier niemand für mich und ich habe keine Lust, das zu ändern. Es hat seinen Grund, warum ich aus der Stadt in die Einöde gezogen bin.

Ich setze mein bestes mürrisches Gesicht auf, öffne die Tür … und muss mir im nächsten Moment ein Grinsen verkneifen.

Vor mir steht die rote Heimsuchung.

Mit Genugtuung registriere ich, wie sie sichtlich frierend und zitternd die Arme um sich geschlungen hat. Warum sollte es ihr besser gehen als mir? Zu ihren Füßen steht ein Korb, der einen leckeren Duft verströmt. Ich mache keine Anstalten sie hereinzubitten, sondern lehne mich mit ebenfalls verschränkten Armen an den Türrahmen.

„Sind Sie schon wieder vom Weg abgekommen?"

„Wie bitte?", fragt sie und schiebt dabei ihre Brille zurecht, die gefährlich nah an der Nasenspitze sitzt.

Jetzt erst sehe ich, dass sie zusätzlich einen Notizblock an sich presst, um ihn vor dem Schnee zu schützen. Entnervt verdrehe ich die Augen, während Balu um sie herumspringt und nach Aufmerksamkeit verlangt.

„Sie sind wie ein Bumerang. Zugegeben ein ziemlich winziger und aus rotem Holz, aber trotzdem werde ich Sie offensichtlich nicht los." In einem Anflug von Hilfsbereitschaft sage ich: „Na dann kommen Sie mal mit. Ich bringe Sie zurück zum Weg. Von da aus müssen Sie nur geradeaus laufen. Das sollten selbst Sie schaffen."

Ich will mich an ihr vorbeidrücken, aber sie geht mir nicht aus dem Weg.

„Was sind Sie nur für ein unhöflicher Mensch", empört sie sich. „Meine Granny schickt mich mit Essen zu Ihnen. Meiner Meinung nach haben Sie die Leckereien gar nicht verdient, aber Granny wird unausstehlich, wenn sie ihren Kopf nicht durchsetzen kann."

Sie hebt den Korb auf und schleudert ihn mir mit einem säuerlichen Blick fast schon entgegen. Hektisch öffne ich meine Arme und kann ihn gerade noch auffangen, bevor alles in den Schnee fällt. Sehr zum Bedauern von Balu, der wohl auf einen kleinen Snack gehofft hatte. Trotzdem läuft er jetzt mit der Nase am Boden schnüffelnd zwischen uns hin und her und bettelt kurz darauf bei Beths Enkelin um Streicheleinheiten.

„Gott, was bist du für ein süßer Kerl." Sie bückt sich hinunter und krault Balu hinter den Ohren. „Ganz im Gegensatz zu deinem Herrchen", fügt sie noch brummelnd hinzu.

Mein Hund, der Verräter, bellt einmal wie zur Bestätigung. Nun reicht es wirklich!

„Tja, dann … Danke an Ihre Großmutter. Richten Sie ihr aus, dass ich *ihr* natürlich immer wieder gerne helfe. Sie hat ja sonst niemanden, der sich um sie kümmert."

„Ich kümmere mich sehr wohl um Granny! Maßen Sie sich ja nicht an, mich oder meine Beziehung zu ihr zu kennen!"

Vor Zorn färben sich ihre Wangen leicht rosa. Ob ich vielleicht doch einen Schritt zu weit gegangen bin? Ich will gerade so etwas wie eine kleine Entschuldigung hervorbringen, als Balu im Schnee zu buddeln beginnt, einmal laut niest und dann voller Stolz mit etwas Rechteckigem im Maul zu mir kommt.

„Aus, Balu", befehle ich ihm, stelle den Korb ab, den ich noch immer als schützende Wand zwischen uns halte, und untersuche das Fundstück im Licht der leicht geöffneten Tür.

Da höre ich ein Quietschen und schneller, als ich schauen kann, hat der Rotschopf mir das Ding aus der Hand gerissen. Trotzdem hat die Zeit gereicht, es als den Block zu identifizieren, den sie vorhin so liebevoll an ihre Brust gepresst hat. Anscheinend ist er ihr herunter-gefallen, als sie mir den Korb zugeworfen hat.

Genau das tut sie auch jetzt wieder, ignoriert Schnee und Hundesabber und streichelt fast ehrfürchtig darüber. Ihr Gesichtsausdruck hat etwas von Gollum, der den einen Ring endlich gefunden hat. Ihr Verhalten weckt meine Neugier. Ich würde zu gerne einen Blick hinein-werfen. *Ob das wohl ihr Tagebuch ist?*, grüble ich. Sie räuspert sich und rückt wieder ihre Brille zurecht.

„Würden Sie mir bitte sagen, wo Sie meinen Wagen hingebracht haben? Mein Koffer ist noch da drin."

„Und das hätte nicht bis morgen warten können?", frage ich verwirrt.

Das war wieder typisch Städter. Ohne elektrische Zahnbürste und dem besonders flauschigen Kissen mit spezieller Füllung für die hypersensible Haut kann kei-ner von denen einschlafen.

Ihre Augenbrauen berühren fast ihren Haaransatz, als sie mich mit einem strengen Lehrerinnenblick ansieht und sagt: „Glauben Sie, ich wäre bei diesem Wetter draußen und würde mit Ihnen herumdiskutieren, wenn es warten könnte?"

„Bei Ihnen kann ich mir mittlerweile alles vorstellen", grummele ich in meinen Dreitagebart, ergreife den Korb und nehme ihn mit hinein. Die Tür lasse ich zwar offen, bitte Beths Enkelin jedoch noch immer nicht herein. Stattdessen rufe ich ihr zu: „Hinter dem Haus ist eine Scheune. Da finden Sie Ihre Rostlaube."

Ich spüre förmlich, wie sich ihr Blick in meinen Rü-cken bohrt, und schon wieder streift mich ein Anflug von schlechtem Gewissen.

„Hören Sie …", beginne ich und drehe mich um.

Doch der Türrahmen ist leer.

Von weiter weg höre ich Balu bellen. Fluchend ergreife ich die Schlüssel für ihr Auto, ziehe mir eine Jacke über, schlüpfe in die nasse Jeans und die Strümpfe und stapfe zum zweiten Mal an diesem Abend wegen ihr durch den Schnee.

2

Hope

Der Typ ist echt die Höhe! Noch nie ist mir ein so unsympathischer Mensch über den Weg gelaufen. Am liebsten würde ich ihm etwas gegen den Kopf knallen. Außer mir vor Wut stapfe ich durch den Schnee, versuche auf dem rutschigen Boden und in dem immer stärker werdenden Sturm nicht das Gleichgewicht zu verlieren. Was allerdings gar nicht so einfach ist. Jeder weitere Schritt wird zu einem Hindernis und mein Unmut gegenüber diesem Typen wird dadurch noch größer.

„Wieso kann Lord Holzklotz seinen Hof auch nicht räumen?", fluche ich vor mich hin und sehe, dass mir sein Hund, der freudig neben mir herhüpft, Gesellschaft leistet. „Wenigstens einer, der Manieren hat", murmele ich und erspähe die Holzscheune.

Hörbar laut atme ich aus und beschleunige meine Schritte. Was, wie ich allerdings gleich feststellen muss, ein verdammter Fehler ist. Denn anstelle des Schnees betrete ich eine Eisplatte, die nicht nur so rutschig ist, dass ich wild mit den Armen rudernd nach Gleichgewicht suche, sondern mich auch, kurz darauf, mit meinem Hinterteil auf den Boden aufkommen lässt.

„Zur Hölle mit dir …", fluche ich und spüre, wie mir vor Zorn Tränen in die Augen steigen.

Als ob ich heute nicht schon genug mitmachen musste. Erst der erneute Brief vom Finanzamt, dann dieser bescheuerte Unfall und jetzt auch noch das.

Balu hüpft wie ein Häschen um mich herum und gibt mit einem Bellen seinen Senf zu der Popolandung ab.

„Ich denke, das ist nicht der richtige Platz, um ein Päuschen einzulegen."

Eine mir mittlerweile bekannte Stimme erklingt durch die Nacht. Ich muss mich nicht umsehen, um zu wissen, wer nun neben mir steht. Um wenigstens einen letzten Rest Würde zu behalten, schlucke ich die Tränen hinab.

„Ach echt? Wäre mir gar nicht aufgefallen."

Er brummt irgendetwas vor sich hin und streckt mir schlussendlich seine Pratze von Hand entgegen.

„Ich brauch Ihre Hilfe nicht", sage ich trotzig und ignoriere diese.

„Wie Sie meinen", gibt er trocken zurück und marschiert zu der Scheune.

Dabei muss ich feststellen, dass er überhaupt kein Problem mit dem unpassierbaren Boden zu haben scheint. Würdevoll, zumindest so gut es geht, drücke ich mich vom Boden ab und stelle mich wieder hin. Dabei spüre ich, wie die eisige Temperatur mir von Sekunde zu Sekunde mehr Wärme aus dem Körper entzieht. Vor Kälte zittere ich am ganzen Leib, höre, wie meine Zähne dabei aufeinanderschlagen, und versuche meine kalten Beine dazu zu bringen, sich fortzubewegen. Weit komme ich auf diesem verfluchten Boden allerdings nicht, und bevor ich noch einmal auf meinem Hosenboden lande, bleibe ich stehen.

Um mich herum tanzen die Schneeflocken und der Wind peitscht mir immer wieder ins Gesicht.

„Wo zum Henker bleibt er denn?", motze ich leise und versuche meine Zehen zu bewegen.

Ich starre auf die Scheune, den Lichtkegel, der durch die offene Tür fällt, und hoffe, dass ich nun endlich meinen Koffer in die Hände bekomme. Erleichtert atme ich aus, als ich die Umrisse von Lord Holzklotz, der aus der Scheune tritt, erkenne. Nach wenigen Schritten steht er neben mir und wirft mir einen vielsagenden Blick unter hochgezogenen Augenbrauen zu.

„Sie sollten sich schleunigst umziehen. Mit den nassen Klamotten holen Sie sich auf dem Weg zurück zu Beth den Tod."

Mir rutscht beinahe eine patzige Antwort heraus, ich besinne mich dann aber eines Besseren. Für meinen Geschmack hatte ich heute schon genug Auseinandersetzungen. Auf eine weitere kann ich gut und gerne verzichten. Kommentarlos und mit meinem Koffer in der Hand geht er an mir vorbei in Richtung Haus. Mir bleibt also keine Wahl, als ihm zu folgen. Und dieses Mal schaffe ich den Weg, ohne den Boden zu küssen.

Zurück im Haus schnappe ich meinen Koffer, den er achtlos im Eingangsbereich stehen lässt, während ich höre, wie er in der Küche mit Besteck hantiert.

Ich habe noch nicht mal den Griff meines Koffers in der Hand, da ruft er mir schon zu: „Zweite Türe links befindet sich das Gästebad." Mein Schnauben muss so laut sein, dass er es selbst über das Besteckklappern hinweg hört. „Ein einfaches ‚Danke' würde genügen."

„Danke", flöte ich und verdrehe dabei die Augen.

Jetzt nur noch schnell aus den Klamotten raus, frische an und dann ab zu Granny. Mit meinem Koffer im Schlepptau öffne ich die besagte Türe und schalte das Licht an. Ein wirklich schönes Badezimmer hat er da.

Mit den hellen Wandkacheln, dem dunklen Fußboden, der – welche Freude auch – noch mit einer Fußbodenheizung versehen ist. Die Wärme spüre ich durch meine Socken hindurch.

Ich verschließe die Türe und schlüpfe schnell aus den nassen Klamotten. In Windeseile habe ich frische Sachen zum Anziehen herausgefischt und trete, in der einen Hand meinen Koffer und in der anderen meine alte Kleidung, vor die Türe. Nur um gleich darauf beinahe gegen Lord Holzklotz zu prallen.

Erschrocken zucke ich zusammen, aber nicht, weil ich ihn beinahe berührt habe, sondern weil mir vor Schreck meine nassen Sachen aus der Hand gefallen sind, die sich nun, welche Schande, auf dem Fliesenboden verteilt haben. Und als Krönung liegt mein pfirsichfarbenes Höschen ganz oben drauf.

„Scheiße", stoße ich aus.

Ich will mich schon hinunterbeugen, als ich sehe, dass sein Blick auf meiner Unterwäsche liegt. Dabei fällt mir auf, dass er absolut nicht belustigt aussieht. Eher das Gegenteil ist der Fall. Stocksauer steht er da, die Hände zu Fäusten geballt, und ich höre, wie sein Kiefer leicht knackt.

Okay, das ist mir nun doch mehr als unheimlich. Jeder Andere hätte die Situation ignoriert, sich umgedreht, um mir ein wenig Würde zu lassen, oder so. Von ihm habe ich erwartet, einen blöden Spruch zu kassieren, aber nicht das. Ich muss weg und zwar schnell. Auch wenn Granny ihn kennt, weiß man nie, was für ein Psychopath er wirklich ist.

Kurz muss ich an Hannibal Lecter denken.

Nate

Dass die Kleine ein wandelndes Chaos ist, war mir von Anfang an klar. Aber dass sie mit Unterwäsche um sich schmeißt bei einem völlig fremden Mann, in einem einsamen Haus, das war nun doch zu viel des Guten. Der Rotschopf kommt aus London. Dort kriegt man doch mit, was in der Welt passiert. Erst steigt sie mitten in der Nacht zu einem Fremden ins Auto, dann geht sie alleine zurück und … Vielleicht sollte man ihr vor Augen führen, wie naiv sie ist.

Suzie hätte so etwas niemals gemacht!

Gerade scheint auch der Rotschopf zu verstehen, dass die Situation mehr als nur unangenehm ist. Mit großen Augen weicht sie von mir zurück, bis fast an das Ende der Badezimmertüre. Ich möchte ihr gerade zum wiederholten Male die Meinung geigen, da kapiere ich, dass sie Angst vor mir hat. Eigentlich sollte ich darüber froh sein. Durch meine ruppige Art halte ich die Leute bewusst auf Abstand. Aber dass jemand wirklich Angst vor mir hat, ist neu.

„Ich … ähm … gehe dann wohl mal. Granny macht sich bestimmt schon Sorgen. Und wir wollen ja nicht, dass sie die Polizei ruft." Ihr Blick ist fest, aber ihre Stimme verrät ihre Angst, als sie hinzufügt: „Oder?"

Diese unterschwellige Drohung von einer Person, die mir nur bis zu den Kniekehlen reicht, amüsiert mich unpassenderweise. Mut hat sie, das muss ich ihr lassen.

„Hören Sie, ich glaube, wir haben heute beide einen schlechten Tag erwischt", lenke ich ein. Obwohl Beth den Namen ihrer Enkelin schon erwähnt hat, scheint es mir doch angebracht, uns noch einmal richtig vorzustellen. „Vielleicht sollten wir erst mal damit anfangen, uns vorzustellen. Mein Name ist Nate."

Ich bleibe an Ort und Stelle stehen und strecke ihr die Hand entgegen. Wie ein scheues Reh mustert sie mich eine Zeitlang. Ihrem Gesicht kann ich regelrecht ablesen, wie es in ihr arbeitet. Dann hat sie sich entschieden.

„Ich heiße Hope."

Sie schüttelt meine Hand, und ich bin überrascht, was für einen starken Händedruck das kleine Persönchen hat.

„Freut mich, Hope." Sie schnauft ungläubig und ich muss mich zusammenreißen, sie nicht gleich wieder anzupflaumen. „Ihren Wagen können Sie fürs Erste in der Scheune stehen lassen. Die nächste Werkstatt ist nur ein paar Kilometer entfernt. Wenn sich das Wetter ein wenig beruhigt hat, können Sie ihn hinbringen lassen."

Kurz huscht ein besorgter Ausdruck über ihr Gesicht. In meinem Job habe ich gelernt, aus den kleinsten Regungen Gefühle abzulesen. Einige Menschen konnten sie gut verstecken und waren schwer zu durchschauen. Hope gehört definitiv nicht dazu.

„Das ist nett von Ihnen. Ich hoffe, die Straßen sind bald wieder passierbar. Und selbstverständlich werde ich Sie für Ihre Mühen entschädigen."

Sie sammelt in rasanter Geschwindigkeit ihre Unterwäsche zusammen und verstaut sie mit ihren nassen Sachen in ihrem Koffer.

Ich will in einem Anflug von Hilfsbereitschaft den Koffer ergreifen, um ihn für sie zu tragen, da fährt sie mir dazwischen: „Danke, aber ich will Ihre Gastfreundschaft nicht noch mehr strapazieren."

Sprachlos sehe ich ihr nach. Die Kleine kann mit mir absolut mithalten, was die Unhöflichkeit anbelangt. An der Tür wartet Balu, um sie zu verabschieden. Sie beugt sich hinunter und krault ihn lächelnd hinter den Ohren.

„Ihre Grandma versteht sich auch blendend mit Balu. Was aber wahrscheinlich daran liegt, dass sie ihn heimlich mit Würstchen füttert, wenn sie glaubt, dass ich es nicht mitbekomme."

Hope sieht zu mir hoch und sagt: „Wow."

Dabei sieht sie ehrlich überrascht aus.

„Was meinen Sie mit *wow*?", hake ich nach. „So überraschend ist das nun auch nicht. Ich meine, Sie kennen doch Beth. Sie füttert jeden so lange, bis er kurz davor ist zu platzen."

Hope hört auf, Balu zu kraulen, und sieht mich amüsiert an. Dann öffnet sie die Tür und sagt zum Abschied: „Das meinte ich nicht. Ich hätte nur nie gedacht, dass sie zwei Sätze am Stück sagen könnten, in denen keine Beleidigung vorkommt."

Die Tür schließt sich hinter ihr. So komme ich auch nicht in die Verlegenheit, mein Grinsen vor ihr verstecken zu müssen. Ich überlege, ob mir Beth schon einmal von ihrer Enkelin erzählt hat, doch ich kann mich nicht daran erinnern. Im nächsten Augenblick frage ich mich, wieso mich das überhaupt interessiert. Wie zur Antwort fangen meine Narben just in dem Moment an zu jucken. Prompt verschwindet das Grinsen aus meinem Gesicht.

„Es hat schon seine Gründe, warum wir zwei hier alleine leben. Nicht wahr, mein Großer?"

Balu drückt sich an mein Bein und leckt über meine Hand, mit der ich ihn streichele.

„Na komm, dann lass uns mal schauen, was Beth uns Leckeres zubereitet hat."

Die Aussicht, endlich etwas Essbares zu mir nehmen zu können, hellt meine Stimmung ein klein wenig auf.

Morgen werde ich noch einmal die *Operation Putzfrau* in Angriff nehmen. Vielleicht findet sich ja noch vor Weihnachten jemand Taugliches.

3

Hope

Es ist der Duft von gebratenem Speck, der von Grannys Küche empor zu meinem Gästezimmer steigt und mich am nächsten Morgen erwachen lässt. Obwohl ich mich noch immer wie ein überfahrener Frosch fühle, steige ich aus dem Bett, um mich im angrenzenden Badezimmer anzuziehen.

Ein Blick in den Spiegel genügt. Ich sollte wieder zurück und unter der Decke verschwinden. Selbst der beste Maskenbildner würde mich nicht annähernd passabel hinbekommen. Meine Augen sind rot unterlaufen und meine Nase meint, Rudolf, dem Rentier, Konkurrenz machen zu müssen. Auf meinem Kinn haben sich ein paar Pickel gebildet. Himmel, dabei bin ich doch schon seit einer halben Ewigkeit aus der Pubertät heraus. Mit beiden Zeigefingern drücke ich an den Störenfrieden herum. Dabei bilde ich mir ein, die Stimme meiner Mutter zu hören, die mich wie früher ermahnt, dass diese Methode mein Hautproblem nur noch verschlimmert. An Weihnachten vermisse ich sie immer besonders.

Frustriert lasse ich meine Hände sinken und schnappe mir ein Taschentuch, um meine verstopfte Nase zu säubern. Als ob ich nach dieser Nacht, in der ich gerade mal zwei Stunden geschlafen habe, ausgerechnet auch noch eine bescheuerte Erkältung gebrauchen könnte. Am liebsten würde ich mich wieder unter meiner Bettdecke verkriechen und weiterschlafen.

Aber der Gedanke Granny zu enttäuschen, die vermutlich schon seit einer guten Stunde in der Küche herumwerkelt, um mir ein voluminöses Frühstück zu zaubern, und sich alleine an den Tisch setzen zu lassen, bringt mich dazu, den Weg nach unten anzutreten.

„Morgen", begrüße ich sie und sehe ihr zu, wie sie den Speck wendet.

„Morgen, Liebes. Geh doch schon mal ins Esszimmer und setz dich. Ich bin gleich so weit."

Ohne sich vom Herd wegzudrehen und mich anzusehen, deutet sie um die Ecke.

Schlurfend gehe ich ins Esszimmer und lasse mich auf einen der Stühle plumpsen. Dabei fällt mir sofort auf, dass Granny es mal wieder viel zu gut gemeint hat. Der Tisch ist voll mit verschiedenen Sachen, mit der sie eine ganze Kompanie versorgen könnte. Es ist ausschließlich für zwei gedeckt. Gut. Ich habe Mühe, den Kloß in meinem Hals, der nichts mit meiner Erkältung zu tun hat, herunterzuschlucken. Seit Langem hat niemand mehr für mich solch ein Frühstücksmenü gezaubert. Wenn ich es mir recht überlege, war und ist es ausschließlich Granny, die mich so verwöhnt.

„Liebes, greif zu", beherzt stellt sie die Pfanne mit dem Speck vor mich hin und strahlt mich über das ganze Gesicht an. „Du bist so dünn geworden. Aber bei deinem stressigen Tag wundert mich das kaum."

Wenn sie wüsste. Mein einziger Stress besteht darin, den Leuten zuzusehen, wie sie an meinem Laden vorbei zur Konkurrenz gehen.

„Du musst dir mehr Urlaub gönnen. Ein wenig raus aus deinem Laden."

Sie reicht mir den Teller mit Wurst und Käse.

„Hm", ist mein einziger Kommentar darauf.

Ich kann ihr nicht sagen, wie schlecht es um mein Geschäft und meine Existenz steht. Sie würde sich nur unnötig Sorgen machen und genau das ist es, was ich nicht noch einer Person zumuten will. Es reicht schon, dass ich nachts nicht mehr schlafen kann.

„Vielleicht könntest du jemanden einstellen. Jemand, der dich unterstützt. So könntest du dir ein wenig mehr Freiraum verschaffen und wieder mehr unter Leute gehen. Du bist nicht mehr die Jüngste und …"

„Granny, ich bin noch nicht einmal dreißig", verteidige ich mich.

Dass meine biologische Uhr tickt, hat sie mir schon das ein oder andere Mal unter die Nase gerieben.

„Ich mein ja nur", sie nimmt meine Tasse, um mir von dem starken schwarzen Tee einzuschenken, der in ihren Augen alle Probleme löst. „Irgendwann wirst du Familie haben, und wer führt dann deinen Laden weiter? Du musst an die Zukunft denken."

„Genau das tue ich und deshalb stelle ich auch niemanden ein", platzt es aus mir heraus.

Argwöhnisch zieht sie ihre Augenbraue nach oben.

„Was soll das heißen?"

Soll ich sie anlügen? Verflucht, mein Mundwerk war mal wieder schneller als mein Kopf. Ich sehe sie an, spüre, wie sie mich eingehend mustert, und in dem Moment weiß ich - sie würde jede Lüge enttarnen. Es ist zwecklos. Ich muss ihr beichten, wie es tatsächlich um mich und meinen Laden steht.

„Granny, ich bin pleite."

„Was heißt pleite? Deine Confiserie läuft doch gut und …" Statt einer Antwort schüttele ich bedauernd mit dem Kopf. „Sie läuft nicht gut?", schlussfolgert sie.

„Überhaupt nicht. Seitdem diese verflixte Fabrik ein paar Meter weiter ihre Schokolade, Pralinen und weiß der Geier was noch alles zum Spottpreis anbietet, bleibt mein Laden so gut wie leer. Ein paar Stammkunden noch, aber die kommen auch nicht jeden Tag."

Es schmerzt mich zu sehen, wie traurig sie meine Aussage macht. Bis eben hat Granny noch gestrahlt, ihre gute Laune versprüht und jetzt, jetzt sieht sie mich mit ihren dunkelbraunen Augen an, wie damals, als mein Kater Jerry starb und sie eine weinende Elfjährige trösten musste.

„Musst du schließen?"

„Wenn nicht ein Wunder geschieht, ja."

„Ach Liebes, das tut mir so leid. Es war doch immer dein Traum und nun … nun … ach Mist."

Sie ergreift meine Hand und drückt sie fest.

„Peng", ich schnalze mit den Fingern und füge ironisch ein „Geplatzt" hinzu. Ich kann mich noch genau an den Tag der Eröffnung erinnern. Das Leuchten in den Augen der Kinder und Erwachsenen gleichermaßen, wenn sie meine Auslagen betrachteten. Ihren verzückten Gesichtsausdruck, wenn sie sich eine der Köstlichkeiten in den Mund schoben und das Aroma sich langsam entfaltete. Ich war so stolz darauf, etwas geschaffen zu haben, mit dem ich Menschen glücklich machen konnte. Auch wenn es nur kurz war. Was gibt es für Naschkatzen nach einem stressigen Tag Besseres als einen Espresso und dazu eine Praline?

Besonders beliebt waren meine Geschenkkörbe, die ich passend für jede Gelegenheit eigenhändig zusammenstellte. Egal ob Taufe, Hochzeit oder Geburtstag – mein kleiner Laden war für Viele die erste Anlaufstelle, wenn sie ein Geschenk brauchten. Damals habe ich Eddi als Aushilfe engagiert, damit er abends die Körbe ausliefert, während ich den Laden sauber mache. Im Laufe der Zeit ist er zu meinem besten Freund geworden. Und ich habe ihn enttäuscht. Vor Kurzem hat er endlich einen neuen Job gefunden, nachdem ich ihn nicht mehr bezahlen konnte. Ich bin ihm umso dankbarer, dass er mir nicht böse ist und auf meinen Laden aufpasst.

Zwei Jahre lang standen die Kunden bei mir Schlange. Zu dieser Zeit hat mich Granny das letzte Mal in London besucht, weshalb sie von meinen Problemen die ganze Zeit nichts ahnte. Und ich habe mich erfolgreich darum gedrückt, sie zu besuchen. Bis heute. Ich wusste, dass ich ihr nicht lange etwas vormachen konnte.

„Ich muss mir ganz schnell etwas einfallen lassen, Granny. Sonst sitze ich zu Silvester auf der Straße."

„Wie viel Geld brauchst du?"

Erschrocken sehe ich sie an.

„Granny, ich nehme kein Geld von dir. Du kommst doch selbst gerade so über die Runden."

„Ach, ein bisschen was kann ich erübrigen. Also, wie viel?", fragt sie und steht schon auf, um zu dem Schrank zu gehen, in dem sie ihr Scheckbuch aufbewahrt.

„Granny!", rufe ich ein wenig bestimmter, als ich es eigentlich will. Sie dreht sich wieder zu mir um. „Ich meine es ernst. Ich werde kein Geld von dir nehmen!

Auch wenn ich alles verlieren sollte und künftig unter der Brücke hausen muss."

Ich stehe auf und nehme sie in die Arme, weil sie so betrübt aussieht. Ich fühle mich mindestens genauso hilflos wie sie. So stehen wir eine Zeitlang Arm in Arm schweigend in der Küche. Dann schiebt mich Granny sanft von sich und drückt mir einen Kuss auf die Wange.

„Na komm, das Essen wird kalt. Nach dem Frühstück überlegen wir, was wir tun können, um deinen Laden zu retten. Auch wenn du kein Geld von mir willst, will ich trotzdem wissen, von wie viel Schulden wir reden."

Jetzt ist sie schon fast wieder die gut gelaunte, ewig positive Granny, die ich kenne. Mit ihr an der Seite habe ich das Gefühl, alles schaffen zu können. Doch das bleibt wohl nur eine Wunschvorstellung. Die nächste Rate in Höhe von fünfhundert Pfund ist in zwei Wochen fällig. Und ich besitze außer den dreißig Pfund in meinem Portemonnaie keinerlei Geld mehr.

Nate

Mein Magen knurrt, als ich den Duft von gebratenem Speck wahrnehme. Zwar hat der Schneefall endlich aufgehört, die Straßen sind aber noch lange nicht frei, sodass ich auch noch nicht einkaufen fahren kann. Beths Korb haben Balu und ich gestern Abend noch komplett geplündert. Um mich zu revanchieren, wollte ich ihr eigentlich frische Eier vorbeibringen, doch der Hühnerstall war heute Morgen leer. Gabi und Naomi war es wohl zu kalt, um Eier zu legen. Also muss ich mich anders erkenntlich zeigen und habe wenigstens die Auffahrt zu ihrem Cottage freigeschaufelt, das ungefähr zwei Schafweiden von meinem Haus entfernt liegt. Körperliche Arbeit war schon immer das beste Mittel, um den Kopf freizubekommen. Denn der war seit gestern Abend gefüllt mit Gedanken an Hope.

Ich wische mir den Schweiß von der Stirn und greife nach dem Eimer mit den Holzspänen. Diese streue ich auf den Weg, als pfotenfreundlicher Ersatz für Streusalz. Balu dankt es mir, indem er sich wie wild erst im Schnee und dann in den Spänen wälzt.

„Na komm, du Schmutzfink", lache ich.

Schon folgt er mir zu der alten Scheune, die an Beths Grundstück grenzt.

Er weiß genau, was wir jetzt machen.

Da ich keine Herde habe, die er bewachen kann, muss ich Balus Intelligenz und Bewegungsdrang irgendwie anders fördern. Ich lasse ihn auf seinem Stammplatz in der Scheune Sitz machen. Dann gehe ich hinaus und beginne die erste Fährte für ihn zu legen. Bestimmt zehn Minuten schleiche ich durch den nahen Wald, bevor ich wieder zurückkehre. Er hört mich schon kommen und winselt, erfreut darüber, gleich loslegen zu dürfen. Es war ein hartes Stück Arbeit, bis ich ihn so weit hatte, dass er die Fährte ruhig und konzentriert aufnimmt. Mittlerweile ist er ein Profi und braucht kaum noch Hilfestellung. Auch jetzt laufe ich nur hinter ihm her und bin wie jedes Mal superstolz darauf, mein Leben mit so einem tollen Hund zu teilen.

Mitten in der vierten Fährtensuche höre ich in der Ferne ein Schaben und sehe die dazu passenden orangefarbenen Lichter durch die Bäume scheinen. Na endlich werden die Straßen geräumt! Viel länger hätte ich meinen Magen auch nicht mehr überhören können.

Ich führe mit Balu noch die Suche zu Ende und springe dann erleichtert in meinen Truck.

Es ist Mittag, bis ich wieder zu Hause ankomme. Ich habe zwar alles bekommen, was ich wollte, doch meine Nerven sind auf eine harte Probe gestellt worden. Der Laden platzte aus allen Nähten, weil sich das gesamte Dorf offenbar mit Lebensmitteln für die nächsten fünfzig Jahre eindecken wollte. Eigentlich ist für die nächsten Tage maximal leichter Schneefall vorhergesagt, aber das scheint die Bevölkerung nicht zu interessieren.

In der Küche schiebe ich eine Pizza in den Ofen und verstaue die zweite und die Steaks in der Tiefkühltruhe. Bier, Wurst, Butter und Milch wandern in den Kühlschrank. Brot, Nutella und Balus Futter bringe ich im Küchenschrank unter. Zufrieden betrachte ich mein Werk, gerate dann jedoch ins Stocken. Bei näherer Überlegung hätte ich vielleicht mehr Lebensmittel und weniger Bier kaufen sollen. So muss ich mich vermutlich in zwei Tagen schon wieder in den Laden begeben. „Ach, schau an", sage ich zu mir selbst und befördere einige Dosen Thunfisch aus dem Schrank ans Tageslicht. Die Staubschicht lässt sich leicht wegpusten, kann also nicht so schlimm sein.

So räume ich eine Weile hin und her, bis ich meinen knurrenden Magen endlich mit einem heißen Stück Pizza Diabolo zum Schweigen bringe. Danach setze ich mich an den Computer, um einige Rechnungen zu schreiben. In der näheren Umgebung bin ich der einzige Holzlieferant und könnte theoretisch viel höhere Preise verlangen. Wahrscheinlich denken meine Kunden, dass ich das nicht wüsste, und halten mich für ein wenig einfältig. Die Wahrheit ist, dass ich auf das Geld nicht angewiesen bin. Auf eine Putzfrau dagegen schon.

Neugierig werfe ich einen Blick in mein Postfach, doch hier herrscht gähnende Leere. Die letzte Mail der Vermittlungsagentur war auch eigentlich sehr eindeutig. Darin haben sie mir mehr oder weniger nahegelegt, mich nach einer anderen Agentur umzusehen. Vielleicht sollte ich ihren Rat befolgen …

Einige Stunden erfolgloser Suche später ist mein Nacken so sehr verspannt, dass ich Kopfschmerzen bekomme. Balu legt seinen Kopf auf mein Bein. Lächelnd kraule ich ihn hinter den Ohren.

„Wollen wir ne Runde drehen, Kumpel?"

Zur Antwort wedelt er begeistert mit dem Schwanz.

Ich erhebe mich schwerfällig von meinem Stuhl, während er leichtfüßig mit Schallgeschwindigkeit zur Haustür rennt und dort auf mich wartet. Noch ist es früh am Tag und mit ein wenig Glück kommt sogar gleich noch einmal kurz die Sonne hinter den Wolken hervor. Schnell ziehe ich meine Schuhe an, ergreife meine gefütterte Jacke und schlüpfe in einen Ärmel hinein, während ich gleichzeitig mit der anderen Hand die Tür öffne, um den winselnden Balu schon einmal hinauszulassen.

Der überschlägt sich fast vor Freude, als er Beth auf dem Weg sieht. Diese winkt mir zu und kommt dann an den hüfthohen Zaun, der mein Grundstück umgibt.

„Vielen Dank, Nate, aber das hättest du wirklich nicht tun müssen", sagt sie und zeigt dabei in einer ausholen-

den Geste hinüber zu ihrem Grundstück und dem freige-
schaufelten Hof.

„Du weißt, dass ich das gerne für dich tue, Beth.“

Die alte Dame ist für mich so etwas wie ein Elterner-
satz geworden und die einzige Person, der ich mich so
zeige, wie ich wirklich bin.

„Und meine alten Knochen danken es dir.“

Ihr Lächeln ist warmherzig und lässt ihre Augen
strahlen. *Muss in der Familie liegen*, denke ich und rüge
mich dafür gleich wieder. Diese Hope hat sich zumindest
in dem Jahr, seitdem ich nebenan wohne, nicht bei ihrer
Großmutter blicken lassen. Warmherzig ist daran gar
nichts. Wahrscheinlich hatte sie, wie alle Städter, Besseres zu tun. Ausgehen und Feiern zum Beispiel.

Kurz nicke ich und dann fällt mir ein, dass ich ja noch
Beths Korb habe. Ich deute zu meiner Haustür.

„Wenn du kurz Zeit hast, würde ich den Korb holen.“

„Natürlich, nur zu. Außer Plätzchen backen und vielleicht später einen kleinen Spaziergang mit meiner Enkelin habe ich nichts vor.“

„Vielleicht solltet ihr lieber gleich gehen. Noch spielt
das Wetter mit“, gebe ich zu bedenken und gehe zum
Haus. Dabei höre ich, dass meine Nachbarin mir folgt.

„Bestimmt hast du recht, aber im Moment schläft
Hope.“

„Um diese Zeit?“, kann ich mir nicht verkneifen.

Dann gehört Hope also tatsächlich zu denen, die lieber
bis spät in die Nacht wach sind und feiern als einen
wunderschönen Sonnenaufgang zu genießen. Ich lehne
mich gegen die schwere Holztüre, die dringend wieder
geölt werden muss, klopfe meine Füße kurz ab und gehe

ins Haus, um den Flechtkorb zu holen. Dabei lasse ich die Türe offen. Es dauert nicht lange, höchstens eine Minute, und doch sehe ich, als ich zurückkomme, wie Beth im Eingangsbereich steht und mein Chaos mustert.

„Brauchst du Hilfe im Haushalt?"

Ich sehe auf den dreckigen grauen Holzboden, der nicht nur mit Balus Pfoten, sondern auch meinen Fußabdrücken übersät ist. Natürlich könnte ich es jetzt leugnen, aber he, jeder, der Augen im Kopf hat, sieht, dass ich vermutlich im Moment nichts mehr gebrauchen könnte als eine Putze. Für einen Augenblick hebe ich meine Schultern, nur um sie gleich darauf wieder zu senken.

„Um ehrlich zu sein, ja. Die Hausarbeit liegt mir einfach nicht und früher…" Beinahe will ich schon sagen: *Hat das Suzie immer gemacht,* doch ich kann gerade noch an mich halten und füge stattdessen hinzu: „Ich habe einfach wahnsinnig viele Aufträge für Brennholz und zu wenig Zeit, um den Wischmopp zu schwingen."

„Hast du schon eine Stellenanzeige aufgegeben?"

Ich sehe, wie Beth sich einmal durch ihr kurzes, graues Haar fährt und ihre Augen ein wenig in die Ferne blicken. Sie sieht so aus, als müsste sie überlegen.

„Ja und nein. Die Agentur, die ich beauftragt hatte, hatte keine passenden Leute für meine Ansprüche. Nach den Feiertagen suche ich nach einer neuen Agentur."

Noch immer beobachte ich sie. Irgendetwas scheint in ihrem Kopf vorzugehen.

„Möchtest du noch eine ganze Woche warten?"

So, wie sie es sagt, muss es wohl unzumutbar sein, so zu wohnen wie ich.

„Habe ich eine Wahl? Oder fällt dir jemand ein, der spontan mein Haus in puncto Sauberkeit auf Vordermann bringen kann?"

Jetzt macht Beth mich neugierig. Mit Sicherheit hat sie jemanden im Hinterkopf, so angestrengt, wie sie gerade überlegt.

„Gib mir einen Tag Zeit. Ich habe tatsächlich jemanden für dich."

„Schön. Du kannst dieser Person gerne ausrichten, dass ich wesentlich mehr zahle als irgendein Anderer in diesem Dorf", *solange sie so arbeitet, wie ich es will*, denke ich noch für mich.

Auf dem Gesicht der alten Dame erscheint ein Lächeln. „Das ist gut zu wissen."

Auch ich schenke ihr meine Art von Lächeln, das für manche vielleicht eher wie eine Grimasse aussieht. Seit Monaten habe ich mir das Lachen nicht mehr gestattet. Noch immer sitzt der Schmerz in meiner Seele zu tief. Hat sich wie ein Loch hineingefressen und eine Lücke dort hinterlassen, die mit nichts auf der Welt wieder aufzufüllen ist.

Zum Abschied nicke ich meiner Nachbarin zu und sehe, wie sie mit leicht wackligen Schritten zurück zu ihrem Haus geht. Wenigstens muss Beth nicht alleine Weihnachten verbringen, kommt es mir und automatisch muss ich an ihre chaotische Enkelin denken. Ein Fluch entweicht meinen Lippen, und bevor ich noch mehr Gedanken an das nervtötende rothaarige Etwas verschwende, rufe ich meinen Hund, drehe mich um und gehe auf meinen angrenzenden Wald zu.

4

Hope

Zusätzlicher Schlaf war genau das, was ich gebraucht habe. Denn jetzt, knapp drei Stunden später fühle ich mich schon besser. Zwar kratzt mein Hals nach wie vor und meine Nase leuchtet noch immer, aber dieses Hämmern in meinem Schädel hat endlich aufgehört. Frisch geduscht gehe ich hinunter ins Wohnzimmer und sehe, wie Granny es sich in ihrem Fernsehsessel bequem gemacht hat und an einem moosgrünen Schal strickt.

„Du strickst wieder? Was ist mit deiner Schulter?", begrüße ich sie und nehme neben ihr auf dem bunt geblümten Sofa Platz.

„Gut."

Zur Bestätigung lässt sie einmal ihre Schulter kreisen und nimmt die Masche wieder auf. Das freut mich, denn ich weiß, wie gerne Granny Andere mit ihren selbstgestrickten Strümpfen, Schals und Mützen beschenkt.

Ein wenig beobachte ich sie dabei und gerade, als ich nach der Fernbedienung greifen will, fragt sie: „Was möchtest du denn heute noch unternehmen?"

„Keine Ahnung."

„Noch scheint die Sonne und es schneit einmal nicht. Lust auf einen Spaziergang?", will sie wissen und legt ihr Strickzeug beiseite.

Ich blicke nach draußen. Granny hat recht, Sonnenstrahlen haben sich einen Weg durch die Wolken gebahnt und lassen den Schnee wunderbar glitzern. Auch die Straßen sehen aus, als ob sie einigermaßen begehbar sind.

„Na gut, warum nicht?" Und dann fällt mir ein, dass sich mein Auto ja immer noch bei Lord Holzklotz befindet. Automatisch verdrehe ich meine Augen und seufze: „Mein Auto steckt noch bei deinem Nachbarn. Vielleicht sollte ich es zur Werkstatt bringen und einen Kostenvoranschlag machen lassen … Obwohl, da fällt mir ein, ich habe ja gar kein Geld mehr."

„Ach Liebes, jetzt denk einmal nicht an dein Konto und lass das Auto einfach ein paar Tage bei Nate stehen", meint Granny.

Kurz muss ich an Nate denken. An sein grimmiges Gesicht, an seine unhöfliche Art und an … seine schönen Hände. Gestern sind sie mir aufgefallen. Kräftige, große Hände, die zupacken können, und doch sehen sie sehr gepflegt aus. Egal, soll er doch schöne Hände haben, wen interessiert das schon.

„Ich kann mir nicht vorstellen, dass deine Idee ihm gefällt."

„Ich klär das für dich. Nun komm, bevor es dunkel wird, sollten wir aufbrechen."

„Na gut. Aber lass mich vorher noch kurz Eddi anrufen. Vielleicht ist ja ein Wunder geschehen und die Leute haben mir die Bude eingerannt", sage ich und gehe zurück in mein Zimmer.

Dort verbringe ich erst einmal eine halbe Ewigkeit damit, mein Handy zu suchen. Gestern hatte ich es doch noch gehabt … Ah! Unter einem Stapel Strickwolle werde ich fündig. Wie auch immer es da hingelangt ist … Ich wähle Eddis Nummer.

Es klingelt gerade einmal, als ich ihn auch schon schreien höre: „Können wir später telefonieren? Gerade ist es echt schlecht."

Ich kann meinen besten Freund kaum verstehen. Es hört sich so an, als ob er mitten in einer riesigen Menschenmenge stehen würde. Ich werfe einen Blick auf die Uhr. Es ist Teatime. Mein Herzschlag beschleunigt sich. Sollten sich meine Wünsche tatsächlich erfüllen und die Kunden in meinem Laden endlich wieder Schlange stehen, so wie früher?

„Ja, ja, ich will dich nicht lange aufhalten", sage ich aufgeregt. „Wie viele Leute sind es denn ungefähr?"

„Ich habe keine Ahnung! Aber so an die dreihundert auf jeden Fall!"

Eddis Stimme überschlägt sich fast.

„D… dreihundert?", stottere ich.

„Ja. Mindestens. Die Karten waren innerhalb einer Stunde ausverkauft."

Schlagartig wird meine Euphorie durch Ernüchterung ersetzt. Ich werfe einen Blick in meinen ständigen Begleiter, den Notizblock. Für heute steht da in Großbuchstaben *Billy Talent Live*. Stimmt ja. Die Band gibt heute ein exklusives Konzert im kleinen Rahmen für ausgewählte Gäste. Eddi hat Eintrittskarten für uns ergattert, doch ich habe abgelehnt. Ich wollte keine Almosen von ihm und selbst hätte ich sie mir nie leisten können.

„Cool", presse ich hervor und hoffe, dass er den Neid nicht allzu sehr heraushört. „Wie lief es im Laden?"

„Leider nicht gut, Süße. Zwei Kunden nur. Und …", er seufzt tief und ich höre, wie die Musik leiser wird. Wahrscheinlich hat er sich in ein ruhigeres Eck zurückgezogen. „Ich wollte es dir eigentlich noch nicht sagen, weil ich dir die Feiertage nicht versauen mag."

Ein Knoten bildet sich in meinem Magen, weil ich ahne, dass nur etwas ganz Schreckliches kommen kann.

Meine Befürchtungen werden bestätigt, als er sagt: „Das Gesundheitsamt war da. Sie haben den ganzen Laden auf den Kopf gestellt und ihn dann vorübergehend dichtgemacht. Angeblich haben wir die Auflagen vom letzten Mal nicht erfüllt. Stimmt das? War das Amt schon einmal da?"

Ich schließe verzweifelt die Augen und ringe um Beherrschung, bevor ich antworte: „Ja, war es. Die hatten damals angeblich einen anonymen Tipp bekommen und blöderweise tatsächlich ein paar Mängel festgestellt. Aber … der Typ hat so schnell gesprochen, dass ich mit dem Notieren nicht hinterherkam."

„Die geben dir doch normalerweise einen Bericht, in dem alle Mängel aufgelistet sind."

„Den wollte er mir per Post schicken."

„Lass mich raten, – du hast schon länger nicht mehr in deinen Briefkasten geschaut?"

Ich kaue auf meiner Lippe herum, weil mir die Wahrheit unangenehm ist. Den Schlüssel für meinen Briefkasten habe ich verlegt. Und da sowieso nur Mahnungen bei mir eintrudeln, war es mir nicht sonderlich wichtig ihn zu finden. Den Wisch vom Gesundheitsamt habe ich dabei völlig vergessen.

„Ich bin so selten dämlich!", sage ich zu Eddi und lasse mich auf das Bett plumpsen.

„Sorry, Süße. Tut mir leid, dass ich nicht mehr tun konnte. Aber ich habe mir die Nummer von dem Gutachter geben lassen. Ich schicke sie dir später, wenn ich wieder zu Hause bin. Dann kannst du selbst mit ihm sprechen und vielleicht findet ihr ja eine Lösung."

„Schon okay. Du kannst ja nichts dafür."

Am liebsten würde ich losheulen. Doch ich reiße mich zusammen und wünsche Eddi noch viel Spaß, bevor ich auflege. Kurz darauf höre ich Granny nach mir rufen.

„Komme", antworte ich, wische mir über die Augen und versuche mir nichts anmerken zu lassen, als wir im Flur aufeinandertreffen. Ich schlüpfe in meine Stiefel und lächle sie an: „Kann losgehen."

Sie hält mir meine Jacke hin.

„Frische Luft wird dir guttun und die Sorgen vertreiben. Versuch es nicht zu leugnen. Ich sehe dir doch an, dass dein Telefonat nicht sehr erfreulich war."

Kurz überlege ich, doch zu leugnen und heile Welt vorzutäuschen, entscheide mich aber für die Wahrheit.

„Nein, war es nicht."

Die traurigen Einzelheiten erspare ich ihr.

Granny hakt sich bei mir ein und gemeinsam verlassen wir ihr kleines Häuschen. Kurz riskiere ich einen Blick hinüber zum Nachbarn, der allerdings nicht zu Hause zu sein scheint. Zumindest kann ich seinen Truck nirgends entdecken, den ich selbst über die Entfernung hinweg noch rot leuchten sehen würde.

„Nate ist Holz ausliefern", sagt Granny und ich zucke ertappt zusammen.

„Warum sollte mich das interessieren?"

„Ihr jungen Leute glaubt immer, wir Alten würden nichts mehr mitbekommen. Glaubt, dass ihr uns etwas vormachen könntet. Dabei seid ihr diejenigen, die auf der Leitung stehen." Granny lacht ihr warmes Lachen und wird dann ernst. „Ich weiß, ihr hattet einen schlechten Start, aber er ist wirklich ein lieber Kerl. Und einsam. Genau wie du."

„Oh Granny, bitte versuche nicht schon wieder, mich zu verkuppeln", flehe ich sie an.

Mit Schrecken erinnere ich mich zurück an ihren letzten Besuch in London. Da hatte sie den Öko-Veganer vom benachbarten Gemüsestand als geeigneten Kandidaten für mich ins Auge gefasst. Leider (oder Gott sei Dank) hat sich dann herausgestellt, dass er nicht nur den Batiklook bevorzugt, sondern auch einen Hang zu illegalen Befreiungsaktionen hat. Unser erstes und einziges Date endete damit, dass wir die Nacht zusammen verbrachten. Unfreiwillig. In einer Gefängniszelle! Seitdem bin ich ein ganz klein wenig misstrauisch, wenn Granny für mich Amor spielen will.

„Nun, das wäre eine nette Zugabe", fährt sie augenzwinkernd fort, „aber das habe ich eher nicht im Sinn."

Jetzt bin ich neugierig. Ich helfe ihr einen kleinen Hügel hinauf, bevor sie sich wieder bei mir einhakt und wir in den Wald hineinspazieren. Spuren lenken mich ab, die immer wieder unseren Weg kreuzen. Früher hätte ich alle den entsprechenden Tieren zuordnen können. Doch ich war schon viel zu lange in der Stadt gefangen, als dass ich mich jetzt noch daran erinnern konnte. Ich hätte mir auch diese Dinge notieren sollen, schießt es mir durch den Kopf. Als Kind habe ich Wissen aufgesaugt wie ein Schwamm. Doch als Erwachsene gleicht mein Erinnerungsvermögen eher einem Sieb. Auch jetzt habe ich fast schon wieder vergessen, dass Granny ja etwas auf dem Herzen hat, und bin ein wenig überrascht, als sie zu sprechen beginnt.

„Als Nate vor ungefähr einem Jahr nebenan einzog, war ich zunächst nicht sehr angetan. Das lag aber eher daran, dass ich Ginny so sehr vermisst habe und noch immer vermisse. Du erinnerst dich noch an sie?", fragt Granny. Ich nicke. Ginny war eine langjährige Freundin von ihr, die unerwartet verstarb. Ihr gehörte das Haus, in dem nun Nate wohnt. „Der Junge hat es mir weiß Gott auch nicht leicht gemacht, ihn zu mögen. Mittlerweile möchte ich ihn nicht mehr missen. Er hilft mir, wo er nur kann. Ohne ihn hätte ich schon längst mein Cottage verkauft und mir irgendwo eine kleine Wohnung gesucht."

Entsetzt keuche ich auf.

„Granny, nein! Du darfst doch das Haus nicht verkaufen. Dort bin ich aufgewachsen!"

„Ich möchte es ja auch nicht verkaufen", beruhigt sie mich. „Aber ich muss realistisch sein. Ohne die Hilfe von Nate kann ich den Alltag kaum noch bewältigen."

Sofort fühle ich mich schuldig, obwohl ich mir sehr sicher bin, das Granny mir niemals Vorwürfe machen würde, ich ließe sie im Stich, um in London mein Glück zu suchen. Und zu versagen …

„Und so wie es aussieht, braucht Nate jetzt einmal meine Hilfe." Sie bleibt stehen und sieht mir fest in die Augen. „Deine Hilfe."

Ich blinzele überrascht und glaube mich verhört zu haben. „Wie bitte?"

„Er ist eben ein Mann."

Sie zuckt mit den Schultern, als ob diese Tatsache alles erklären würde.

„Ja, das ist mir auch schon aufgefallen", sage ich, „aber du musst mir schon ein wenig auf die Sprünge helfen. Wobei genau braucht er Hilfe?"

„Nate hat Probleme im Haushalt. Und er hat Probleme, die richtige Frau zu finden, die ihm dabei hilft."

Ich lache kurz auf.

„Woran das liegen mag? Dabei ist er doch so ein Sonnenschein!" Dann geht mir endlich ein Licht auf. „Moment! Du willst, dass *ich* für ihn die Putzfrau spiele?"

„Du sollst ihm nur etwas unter die Arme greifen, damit er nicht in völligem Chaos und Dreck leben muss."

„Als erwachsener Mann sollte er doch in der Lage sein, Ordnung zu halten!", wüte ich vor mich hin.

Bei der Vorstellung, mich zu erniedrigen, indem ich seinen Dreck wegräume und ihm hinterherputze, dreht sich mir der Magen um.

„Ich würde es ja selbst tun, aber noch einen Haushalt zu führen schaffe ich in meinem Alter nicht mehr. Und er bezahlt gut."

Der letzte Satz lässt mich in innehalten.

„So? Was bezahlt er denn?"

Dass ich auch nur annähernd darüber nachdenke, verdeutlicht, wie sehr ich in der Tinte sitze. Für Geld würde ich derzeit auch die Bahnhofstoilette schrubben.

„Mehr als üblich. Auf jeden Fall reicht es, um dir ein wenig Luft zu verschaffen."

Grannys Augen funkeln, weil sie merkt, dass sie mich an der Angel hat.

„Und was ist, wenn er mich mit seiner ablehnenden Haltung in den Wahnsinn treibt? Ich kann seine Beleidigungen doch nicht einfach schlucken."

„Er ist nicht so schlimm, wie du denkst. Wirklich."

Zur Antwort schnaube ich, belasse es aber dabei. Es hat ja doch keinen Zweck. Ich brauche Geld; er braucht eine Putze.

Gott sei Dank habe ich nicht studiert, sonst würde ich mich jetzt noch beschissener fühlen.

5

Für einen Moment schließe ich die Lider, lasse das heiße Wasser an meinem Körper hinablaufen. Obwohl sich mein Rücken dabei noch immer so anfühlt, als ob ich von kleinen Nadelstichen gepickt werde, tut die Wärme gut. Wieder mal habe ich mich länger in meinem Wald aufgehalten als ursprünglich geplant. Was nicht nur daran liegt, dass ich die Ruhe, den Duft der Bäume und des Holzes genieße, sondern auch, weil ich manchmal das Gefühl nicht loswerde, in meinem Haus einsam zu sein.

So wolltest du es, erinnere ich mich im Stillen und doch … seit gestern war irgendetwas anders. Ich kann nicht genau sagen, was, aber seit ich hier bin, hat mich niemand am Abend besucht. Und seltsamerweise muss ich gestehen, auch wenn Hopes Besuch nur von kurzer Dauer war, war es ganz nett.

„Ganz nett?", knurre ich und schalte das Wasser ab.

Was war nur los mit mir? Ich wollte die Einsamkeit, ich brauchte sie und jetzt komme ich mit solchen Gedanken daher? Es ist nun schon das dritte Mal, dass ich an Beths Enkelin denke.

Beinahe ärgerlich steige ich aus meiner Dusche, will mich gerade abtrocknen, als ich die Türklingel höre. Ein schneller Blick auf die Badezimmeruhr sagt mir, dass es kurz nach 19 Uhr ist. Bestimmt wieder jemand aus dem Dorf, dem jetzt einfällt, Holz zu bestellen. Von dieser Sorte Spätzünder gibt es hier genug.

Mein Blick wandert durch das Badezimmer, nur um festzustellen, dass sich meine frische Kleidung im Schrank oder, besser gesagt, in irgendeinem Wäschekorb befindet. Ich stoße einen Fluch aus, denn in diesem Moment klingelt es erneut. Da hatte es jemand aber so richtig eilig. Statt mich anzuziehen, binde ich mir eines der Handtücher um die Hüften und stapfe mit nackten Füßen zur Haustüre. Leicht verärgert über diesen Kunden, der nicht nur die Dreistigkeit besitzt, am Abend noch eine Bestellung aufzugeben, sondern auch noch so penetrant klingelt, reiße ich die Türe auf.

Doch vor mir steht kein Dorfbewohner oder, besser gesagt, keiner, der aktuell hier wohnt. Nein, es ist Hope, die mich jetzt, genau in diesem Moment, mit großen Augen anstarrt.

„Ich, … ähm ... ich wusste nicht … ich gehe wohl besser", stottert sie herum.

Ich sehe deutlich, dass sie mich von Kopf bis Fuß mustert. Was sie sieht, muss ihr gefallen, denn ihre Wangen werden von einer sanften Röte überzogen und ihre Augen bekommen einen seltsamen Glanz. Beschämt weicht sie meinem Blick aus, nur um jetzt mein Handtuch oder was auch immer anzustarren. Verflucht, bis eben habe ich mir nichts gedacht, in diesem Aufzug die Türe zu öffnen, aber ich habe auch nicht erwartet, Hope dort anzutreffen. Ihr Anblick genügt, um meinen Schwanz zum Leben zu erwecken. Wütend fahre ich sie an und versuche mit meinem Unterarm das Zelt, das sich vermutlich gleich bilden wird, irgendwie zu verdecken.

„Was gibt es denn so Dringendes?"

Ich sehe, wie sie schwer schluckt.

„Granny hat mir gesagt, dass Sie eine Putzfrau suchen, und … aber wir können das auch morgen klären. Es ist spät."

Sie deutet mit dem Kopf in die Richtung, von der sie gekommen ist. Ein tiefes Schnauben entweicht mir.

Langsam habe ich mich wieder im Griff und antworte, wenn auch nicht gerade freundlich: „Jetzt sind Sie schon da. Allerdings würde ich mir gerne was anziehen."

Hope räuspert sich kurz. „Das wäre mir recht."

Ohne mich umzudrehen, deute ich ins Wohnzimmer:

„Dann setzen Sie sich doch dort drüben hin. Ich bin gleich fertig."

Sie nickt, geht an mir vorbei, und obwohl ich ihr gar nicht hinterhersehen will, tue ich es doch. Betrachte ihren wohlgeformten Po, der in einer viel zu engen Jenas steckt. Dazu noch diese kurze Jacke, die gerade einmal unterhalb des Hosenbundes aufhört.

Erneut beginnt sich mein Handtuch selbständig zu machen. Erst als sie im Wohnzimmer verschwindet, drehe ich mich um und marschiere in mein Schlafzimmer. In frische Kleidung bin ich schnell geschlüpft, und doch warte ich ein paar Minuten, bis ich mich wieder vollends unter Kontrolle habe.

Hope

Noch immer habe ich leichte Schnappatmung und meine Hände spielen nervös mit meinen Haaren, als ich auf der Ledercouch Platz nehme. Ich muss mich erst einmal wieder sortieren. Mein Aufeinandertreffen mit Nate hat mich wortwörtlich aus der Bahn geworfen. Denn das, was sich unter seiner Kleidung befindet, ist noch besser als erwartet. Er hat nicht nur eine breite muskulöse Brust, sondern auch ein Sixpack, wie jemand, der täglich ins Fitnessstudio rennt. Wohlgeformte Muskeln am ganzen Körper, die von harter, körperlicher Arbeit stammen müssen. Denn um ehrlich zu sein, kann ich mir Nate nicht an einem dieser Geräte vorstellen. Dafür scheint er mir nicht der Typ zu sein.

Im oberen Stockwerk höre ich Türen quietschen. Danach gehen schwere Schritte den Flur entlang, aber die Treppe kommt er nicht herunter. Mir kann es nur recht sein. So bleibt mir noch ein wenig Zeit, mich wieder zu fangen. *Wenn er nicht so ein Stoffel wäre, könnte ich …*

„Nein, könntest du nicht!", schimpfe ich mich laut selbst aus.

„Was könnten Sie nicht?"

Nate steht im Türrahmen und beobachtet mich. Kurz bedauere ich, dass er diesmal angezogen ist.

„Ähm, … so leben … ja, genau, so leben könnte ich nicht. Aber genau deswegen bin ich ja hier. Ich würde gerne den Job annehmen."

„*Sie*?"

„Also, ganz so entsetzt hätten Sie das jetzt nicht sagen müssen."

Auch wenn ich keine große Lust darauf habe, ärgert es mich, dass er mir diesen Job nicht zutraut.

„Ja, nein, `Tschuldigung, so habe ich das nicht gemeint", versucht er sich an einer Erklärung. „Ich halte das nur für keine gute Idee."

Ich glaube, mich verhört zu haben. Er traut mir das wirklich nicht zu!

„Ach? Und warum nicht, wenn ich fragen darf?"

Er breitet aufgebracht die Arme aus und gestikuliert wild. „Na, sehen Sie sich uns doch einmal an. Wir können keine zwei Sätze wechseln, ohne uns an die Gurgel zu gehen! Wie stellen Sie sich das erst vor, wenn Sie von mir Anweisungen annehmen sollen?"

„Ich kann damit umgehen", beharre ich. „Sagen Sie mir, was ich machen soll, und ich tue es."

Dabei ziehe ich meinen kleinen Block hervor, um mir Notizen zu der Arbeit zu machen.

Nate starrt mich entgeistert an. Er hat sich offenbar auf eine längere Diskussion eingestellt und weiß nicht, wie er mit meiner Antwort umgehen soll. Er blinzelt ein paarmal, dann verschränkt er die Arme vor der Brust.

„Sie müssten meine Toilette schrubben. Bis in den hintersten Winkel."

Meine Kiefer mahlen, doch ich sage nur: „Okay."

„Hier gibt es Spinnen. Und Ratten. Balu bringt auch ganz gerne mal kleine Tierchen aus dem Wald mit rein."

„Kein Problem."

„Meine getragenen Socken sammele ich in einer Sporttasche und wasche erst, wenn sie voll ist." Er beugt seinen Oberkörper vor und ich kann nicht anders als auf seine kräftigen Arme zu starren. „Das kann Wochen dauern. Um den Gestank herauszubekommen, müssen die Socken per Hand vorgewaschen werden."

Ich zwinge mich den Kopf zu heben und in sein Gesicht zu sehen. Was hat er gesagt? Irgendwas mit Socken, oder?

Er zieht eine Augenbraue hoch, weil ich so lange für meine Antwort brauche. Diese fällt viel zu piepsig aus.

„Wie gesagt …“, ich räuspere mich, „kein Problem.“

Nate fängt an zu lachen.

„Oh Mann, Sie kann wohl gar nichts abschrecken.“

Sein Lachen ist wunderschön. So heiter und fröhlich, dass es gar nicht zu dem sonst so griesgrämigen Kerl passt. Viel zu schnell wird er wieder ernst.

„Mal ehrlich, – warum wollen Sie diesen Job? Ihnen geht's doch gut in der Stadt. Jeden Abend Party machen können Sie hier vergessen.“

„Ich habe meine Gründe“, weiche ich aus. Noch ist es mir einfach zu peinlich darüber zu sprechen. „Bis ich nach London zurückkehre, kann ich die Zeit auch sinnvoll nutzen. Und Sie brauchen dringend jemanden, der Ihnen im Haushalt hilft.“

„Ich habe bereits eine Anzeige aufgegeben für eine professionelle Putze, ähm … Haushaltshilfe, meine ich.“

„Ach? Und ich vermute, die Frauen stehen Schlange, um für so einen Sonnenschein wie Sie zu arbeiten?“

Egal, wie sehr ich mich bemühe, ich kann den Sarkasmus nicht verbergen.

„Ja … Nun ja … Es gibt da schon ein paar, die sich beworben haben …“, versucht er auszuweichen.

„Keine von denen ist so gut wie ich. Granny hat mich alles gelehrt, was ich über Haushaltsführung weiß. Und ich kann kochen. Die Zeiten von Pizza und Burger sind vorbei, wenn Sie mich engagieren.“

„Hmmm …“ Sein Blick schweift in die Ferne. Ich sehe regelrecht, wie es hinter seiner Stirn arbeitet. „Wie lange sind Sie denn noch hier zu Besuch?“

„Noch mindestens drei Wochen. Ich kehre erst Mitte Januar zurück nach London.“

„Hmmm …“, brummelt Nate erneut und sagt dann mehr zu sich selbst: „Die Zeit könnte reichen, um eine adäquate Putzfrau zu finden.“

„Und solange Sie suchen, ersticken Sie nicht in ihrem eigenen Dreck.“ Ich strahle ihn an, doch er starrt nur böse zurück. Ich schnaufe und verdrehe die Augen. „Okay, okay. Ich bin bereit das Kriegsbeil zu begraben. Sie auch?“

Auffordernd halte ich ihm die Hand hin, die er argwöhnisch mustert, als ob ich sie vergiftet hätte und er tot umfällt, sobald er sie ergreift. Schließlich tut er es doch.

„Frieden“, sagt er und nickt.

Ich kann nicht verbergen, dass mich ein wohliger Schauer durchfährt, sobald sich unsere Haut berührt. Ebenso wenig kann ich aufhören ihn anzugrinsen. Ich bilde mir ein, dass es ihm genauso geht, doch dann lässt er abrupt los und wischt sich die Hand an seiner Jeans ab. *Ganz ruhig, Hope,* versuche ich, meinen Ärger hinunterzuschlucken, was mir eher mäßig gelingt.

„Möchten … Möchten Sie darauf anstoßen?“, fragt mein neuer Arbeitgeber und schafft es dabei noch nicht einmal mich anzusehen.

Nein, danke, du Idiot!, würde ich ihm am liebsten an den Kopf werfen.

Stattdessen antworte ich so beherrscht wie irgend möglich: „Danke, aber Granny wartet mit dem Abendessen auf mich. Wann soll ich morgen hier sein?“

Einen Wimpernschlag lang glaube ich, so etwas wie Enttäuschung in seinem Blick zu sehen. Nein, das kann nicht sein. Das muss ich mir eingebildet haben.

„Wie wäre es um neun?“

Ich nicke. „Gut. Dann sehen wir uns morgen. Einen schönen Abend wünsche ich Ihnen noch."

„Hm", brummelt er zur Antwort und kratzt sich gedankenverloren den Bart. Ich bin schon fast an der Tür, als er mir hinterherruft: „Hope?"

Mein Name hört sich aus seinem Mund viel schöner an. Wenn er ihn sagt, ist es nicht bloß ein Name. Es ist ein Versprechen. Ich überlege, so zu tun, als hätte ich ihn nicht gehört, damit er ihn noch mal sagt. Doch das wäre kindisch. Daher drehe ich mich wieder zu ihm um.

„Ja?"

„Wäre es okay, wenn wir das blöde *Sie* weglassen?"

„Gerne.", nicke ich.

Nate scheint nicht recht zu wissen, was er noch sagen soll, also drehe ich mich wieder zur Tür und öffne sie.

„Bis morgen, Nate."

Er steht noch immer an Ort und Stelle, hat aber eine Hand gehoben und winkt mir zum Abschied. Als ich die Tür hinter mir schließe und mich auf den Weg zurück zu Granny mache, frage ich mich, was das da drinnen gerade war.

Ich kann ihn doch gar nicht ausstehen!

Nate

Wie ein Schuljunge stehe ich mit noch immer erhobenem Arm in meinem Wohnzimmer und starre auf die Eingangstür, durch die vor wenigen Augenblicken Hope verschwunden ist.

Als mir das bewusst wird, raufe ich mir die Haare und schreie mich selbst an: „Reiß dich zusammen!"

Mein Ausbruch lässt Balu in seinem Körbchen vor dem Kamin verschreckt zusammenzucken.

Hope arbeitet ab morgen für mich …

Vielleicht sollte ich noch schnell die Wohnung aufräumen. Zumindest meine Boxershorts in den Schrank packen oder so … Gott, was denke ich denn da für einen Unsinn? Ich bezahle sie doch genau dafür! Ich gehe hinüber in die Küche, schenke mir einen Whiskey ein und nehme einen großen Schluck. Nachdem ich das Glas auf Ex geleert habe, schenke ich direkt nach. Was war denn nur los mit mir? Wenn das so weitergeht, habe ich bald auch noch ein Alkoholproblem.

Ich muss mir einen Plan überlegen, wie ich sie so wenig wie möglich sehe. Gott sei Dank habe ich kurz vor Weihnachten immer so viel zu tun, dass ich von Sonnenauf- bis Sonnenuntergang draußen unterwegs bin. Diese Zeit sollte reichen, damit sie ihren Job erledigen kann. Wenn ich dann nach Hause komme, wartet eine saubere Wohnung auf mich. Ohne Hope, die ihren süßen kleinen Hintern in der viel zu engen Jeans hin- und herschwingt. Oder sich bückt, um etwas aufzuheben …

Schnell nehme ich einen großen Schluck, bevor ich gleich noch mal kalt duschen muss.

6

Hope

Unschlüssig stehe ich vor dem Zimmerspiegel, betrachte meinen grauen dünnen Wollpullover und die Jeans.

Vielleicht sollte ich doch eher mein tannenfarbenes Shirt anziehen?, überlege ich und greife danach, halte es an meinen Körper und mustere dieses Outfit. Nur um es gleich darauf wieder sinken zu lassen. Auch dieses Teil sieht nicht passend aus. Dann fällt mir meine schwarze Seidenbluse ein, die zwar schon ein paar Jährchen auf dem Buckel hat, aber immer noch perfekt passt. Doch augenblicklich verwerfe ich den Gedanken wieder.

„Hallo, du gehst putzen, da ist es piepegal, wie du rumrennst, und die teure Seidenbluse ist nun wirklich nicht fürs Toilettenschrubben gedacht."

Im Grunde sollte ich einfach nur bequeme Kleidung anziehen, und doch möchte ich einen guten Eindruck hinterlassen. Bloß warum?

Vielleicht liegt es daran, dass der gestrige Abend meine komplette Gefühlswelt auf den Kopf gestellt hat. Diese Begegnung mit dem nackten Nate, seine warme weiche Hand und sein Körper, Himmel, die halbe Nacht habe ich von ihm und diesen bescheuerten Händen geträumt. Wie sie auf meinem Körper auf und ab wandern und …

Weiter will ich gar nicht denken. Schon meine Träume waren alles andere als jugendfrei und jetzt am Tag, wenn mir sogar die Röte ins Gesicht steigt, sollte ich keinen weiteren Gedanken daran verschwenden. Nate ist mein Arbeitgeber und leise rufe ich mir in Erinnerung: „Lord Holzklotz."

Und wenn Granny doch recht hatte und er im Grunde echt nett ist?, denke ich und rüge mich augenblicklich. Ich habe schon genug Probleme am Hals. Ein neuer Mann in meinem Leben musste hier nicht noch das Sahnehäubchen abgeben.

Ich werfe einen letzten Blick in den Spiegel und gehe dann aus meinem Zimmer. Auf dem Treppenabsatz kehre ich noch einmal um, greife nach meiner Lieblings-CD und gehe dann hinunter, um mich anzuziehen.

„Granny, ich bin dann bei Lord Holzklotz", rufe ich in die Küche.

Ich will schon gehen, als von drinnen ein verwundertes „Wo gehst du hin?" ertönt.

Stimmt, sie weiß ja überhaupt nichts von meinem Spitznamen.

„Zu Nate."

„Ach so. Ja dann viel Spaß!"

Den werde ich ganz bestimmt haben, denke ich ironisch, lass die Tür ins Schloss fallen und stapfe durch den beinahe kniehohen Schnee.

In Nates Haus es ist dunkel und das, obwohl es jetzt, kurz vor acht Uhr, noch nicht ganz hell ist.

Vielleicht schläft er noch, überlege ich. Doch kaum dass ich sein Grundstück betrete, kommt auch schon Balu wie ein Pfeil angeflitzt, bellt und wedelt mit seiner Rute wie verrückt.

„Hey mein Süßer", begrüße ich ihn und streiche über seinen Kopf.

Balu, der sich meinen Streicheleinheiten völlig hinge-
ben will, wird von einem schrillen Pfiff zurückgerufen.
Und dann sehe ich Nate, wie er an der Scheune lehnt, zu
mir übersieht, und augenblicklich beschleunigt sich mein
Herzschlag.

„Guten Morgen", rufe ich ihm zu und gehe hinter Balu her in Nates Richtung.

Statt einer Antwort nickt er mir zu, wartet, bis ich bei
ihm bin, nur um mir dann einen Schlüssel in die Hand zu
drücken.

„Hier, den wirst du brauchen. Ich komme erst in ein
paar Stunden wieder. Sperr bitte die Türe ab, wenn du
fertig bist."

„Klar."

Ich nehme ihm den Schlüssel ab.

„Deine Arbeitszeiten sind von acht bis zwölf", kommt
es barsch und ich frage mich, welche Laus ihm denn nun
schon wieder über die Leber gelaufen ist.

„Geht in Ordnung. Soll ich vielleicht heute ein wenig
länger bleiben, um den großen Dreck zu entfernen?"

„Von mir aus", und dann dreht er sich um und geht
wieder in die Scheune.

Verdutzt sehe ich ihm hinterher. Keine Ahnung, was
ich erwartet habe, aber dieses Verhalten sicher nicht.
Wie auch immer, ich sollte mich an die Arbeit machen.
Und so gehe ich in sein Haus und sehe mir das Chaos
mal aus der Nähe an.

Kaum dass ich die Türe öffne, steigt mir sofort sein
Duft in die Nase. Der Geruch von Rasierwasser, vermischt mit Laub und Holz. Überall liegen Dinge von
ihm herum.

Nate hat ein wirklich schönes Haus. Ich kenne es noch von früher, als Grannys Freundin dort gewohnt hat. Aber jetzt hat sich doch einiges verändert. Gestern Abend ist mir das gar nicht so recht aufgefallen. Was bestimmt an meinem vorübergehenden Schockzustand gelegen hat.

Nate hat aus dem Wohn- und Esszimmer einen Raum gemacht und in der Küche nur die tragenden Wände stehen lassen, sodass alles offen ist und es einen richtig schönen großen Innenbereich abgibt. Na ja, es würde einen solchen abgeben, würde nicht alles einstauben und die Fenster mal wieder geputzt werden.

Gut, hier musste dringend etwas geschehen, und bevor ich mich noch weiter umsehe, sollte ich mit meiner Arbeit beginnen. Auf der Suche nach meinem Werkzeug gehe ich durch den Eingangsbereich und drücke die Klinke der ersten Türe herunter.

„Abgeschlossen", murmle ich und frage mich, was Nate da drinnen wohl vor mir versteckt.

Noch einmal versuche ich es, doch die Türe bleibt verschlossen. So gehe ich zur nächsten, öffne diese und finde dort tatsächlich eine Art Waschküche. Mit einem Eimer und einem Wischmopp bewaffnet gehe ich zurück in den Wohnbereich und mache mich an die Arbeit.

Dabei muss ich immer an diese Türe denken und das, was sich wohl dahinter befinden mag. Meine Neugierde ist geweckt. Warum sonst sollte in einem Haus, in dem er alleine lebt, ein Raum verschlossen sein?

Mir kommt der Gedanke, dass es vielleicht auch sein Büro ist und er nicht will, dass ich in seinen Rechnungen herumschnüffle. Tja, das kann natürlich auch sein, aber ich spüre, dass da noch mehr ist. Denn auch wenn der

Bereich, den ich bis jetzt gesehen habe, schön eingerichtet ist, wirkt es auf mich doch sehr unpersönlich. Es hängt kein Bild an der Wand, keine Fotografien, einfach nichts, was auf seine Interessen schließen lässt oder an seine Kindheit erinnert.

„Was vielleicht daran liegt, dass er ein Mann ist", meldet sich meine innere Stimme.

Gut, aber selbst ein Mann hat irgendwo eine Erinnerung an vergangene Tage hängen. Sei es ein Bild von der Uni oder eines vom ersten Urlaub mit der Clique. Noch während ich darüber nachdenke und den Mopp schwinge, frage ich mich, warum Nate überhaupt hierhergezogen ist. Von Granny weiß ich, dass er hier weder Verwandtschaft noch Freunde hat. Was also veranlasst einen Mann Anfang dreißig, zumindest schätze ich ihn auf dieses Alter, an diesen gottverlassenen Ort zu ziehen?

In meinem Geist spinnen sich lauter Bilder zusammen und mein Kopfkino hätte dafür mit Sicherheit einen Oscar verdient. Noch bevor ich meinen kompletten Vormittag damit verbringe, an den Besitzer dieses Hauses zu denken, und irgendwo nach versteckten Hinweisen und Familienalben Ausschau halte, rufe ich mir in Erinnerung, weswegen ich eigentlich hier bin, und gehe auf Zehenspitzen über den verdreckten Boden zum Badezimmer, um auch hier sauber zu machen.

Kurz nach 15 Uhr werfe ich den schmutzigen Lappen mitsamt einer Ladung getragener Wäsche in die Waschmaschine und schalte sie ein. Mein Bedarf an Staub, herumliegenden Kleidungsstücken und Dreck ist für heute gedeckt.

Die Tür zur Waschküche schließe ich, und als ich meine Jacke von der Garderobe nehme, stelle ich fest, dass es schon ein wenig besser aussieht. Was nicht nur daran liegt, dass ich bestimmt einen ganzen Korb voll Klamotten eingesammelt habe, sondern auch, weil der Fußboden und die Schränke wieder hell erstrahlen. Auch in der Küche habe ich das benutzte Geschirr gesäubert und weggeräumt. Ich war so frei und habe auf der Anrichte eine kleine Schüssel mit frischem Obst hingestellt.

„Ob er es wohl merken wird?", frage ich mich. „Selbst Nate kann kein so großes Brett vor dem Kopf haben", flüstere ich leise.

Noch einmal werfe ich einen Blick auf meine getane Arbeit und nicke zufrieden. Für heute ist es genug.

Kaum dass ich die Türe hinter mir verschlossen habe, sehe ich hinüber zur Scheune. Sucht jeden Zentimeter der Umgebung nach Nates stattlicher Statur ab. Doch er ist nirgends zu sehen.

Ein kleines wehmütiges Gefühl macht sich in mir breit. Was ich augenblicklich versuche zu ignorieren oder, besser gesagt, zu unterdrücken. Nate ist nicht mein Typ. Ich stehe nicht auf Männer, die unfreundlich und verschlossen sind. Egal, ob er gut aussieht oder nicht.

Auch wenn es nur ein paar hundert Meter zu Grannys Haus sind, schlüpfe ich doch in die Handschuhe und rücke meine Mütze zurecht. Dabei schiebe ich meine Brille hoch, die sich mal wieder von meiner Nase verabschieden will. Ohne mich weiter nach dem Grundstücksbesitzer umzusehen, stapfe ich durch den Schnee und freue mich auf eine heiße Tasse Tee und selbstgebackenen Plätzchen.

Nate

Der Duft von Putzmittel schlägt mir entgegen, als ich mein Haus betrete, und die wenigen Schritte ins Innere genügen, um zu sehen, dass Hope tolle Arbeit geleistet hat. Meine Schuhe hat sie fein säuberlich in einer Reihe aufgestellt und meine Jacken, die ich immer achtlos irgendwo hinwerfe, hängen brav an der Garderobe. Dass der Boden frisch gewischt wurde, ist ebenfalls deutlich zu erkennen, genauso, dass die Schränke im Wohnzimmer abgestaubt wurden und das Geschirr in der Küche gespült. Zufrieden stelle ich fest, dass Beth vielleicht doch recht hat und ihre Enkelin sehr gewissenhaft die Putzarbeit verrichtet.

Erwarte nicht zu viel, ermahne ich mich. Es ist ihr erster Tag und bereits einmal hatte ich gedacht, endlich die passende Putzfrau gefunden zu haben, bis ich sie drei Wochen später schlafend in meinem Bett vorgefunden habe. Nackt. Zumindest dachte ich, dass sie schläft. In Wahrheit wollte sie mich verführen. Mit Grauen denke ich an – Wie hieß sie noch gleich? – Katie oder Kira? Der Name ist mir entfallen. Jedenfalls sehe ich noch heute ihr Gesicht, als ich sie angebrüllt habe, so schnell wie möglich aus meinem Haus zu verschwinden. Seit diesem Tag bin ich gegenüber Damen, die sich eine Zeit alleine in meinem Haus aufhalten, skeptisch geworden.

Ich betrachte den Korb mit Obst, der jetzt auf der Anrichte steht. Allein dieser Anblick genügt, um meine Alarmglocken anzuschalten. Zu Hopes Aufgaben gehört das Putzen meines Hauses und nicht, irgendwelche Dekorationen hinzustellen.

„Himmel, reiß dich zusammen. Es ist Obst, kein String Tanga oder eine Vase mit Blumen. Einfach nur eine nette Geste", ermahne ich mich und greife nach einer Bierflasche, um sie zu öffnen.

Ein langer harter Arbeitstag liegt hinter mir und im Moment ist Ruhe das Einzige, was ich will. Ich möchte mir weder Gedanken um Hope noch um sonst irgendwen machen. Mit der Flasche in der Hand gehe ich ins Wohnzimmer, lass mich auf die frisch aufgeschüttelten Kissen nieder und greife nach der Fernbedienung. Lustlos zappe ich durch die Kanäle, gönne mir immer wieder einen großen Schluck aus der Pulle und verharre dann bei den Lokalnachrichten. Nur mit halbem Ohr höre ich dem Sprecher zu, wie er von den anstehenden Weihnachtstagen spricht, und dass in London, wie immer zu dieser Jahreszeit, Chaos herrscht. Überall sind die Leute auf der Suche nach passenden Geschenken, was nicht nur den Verkehr in der Innenstadt immer wieder lahmlegt, sondern auch die Einwohner gestresst und genervt werden lässt.

„Zum Glück muss ich mir das nicht antun", flüstere ich leise und halte dann mitten in der Bewegung, erneut zu trinken, inne.

Plötzlich wird der Kensington Palace gezeigt und mein Pulsschlag beschleunigt sich. Meine Halsader beginnt zu pochen und die Haut auf meinem Rücken spannt unangenehm. Regungslos sehe ich, wie die Kamera näher an die Tore zoomt und eine Sprecherin verkündet, dass die Königsfamilie nur noch wenige Tage dort sein wird, bevor sie sich über Weihnachten in ihre Ferienpaläste zurückzieht.

Schwer schlucke ich, versuche, die aufsteigenden Bilder zu verdrängen. Versuche die Geräusche, die Stimmen, die sich nun in meinen Kopf schleichen, zu überhören. Ich merke, wie mein Atem unregelmäßig geht und wie meine Hände leicht zittern.

„Nein", befehle ich mir, und bevor es wieder über mich hereinbricht, schalte ich den Fernseher ab.

Ich bin stark, stark genug, das alles zu vergessen. Die Bilder aus meinen Kopf ein für alle Mal loszuwerden. Doch auch jetzt, so viele Monate später, weiß ich noch immer nicht, wie genau ich das anstellen soll. Ich habe es weiß Gott versucht und mich sogar auf dämliche Londoner Quacksalber eingelassen, die mir einreden wollten, dass Klangschalen und Aromatherapien mir helfen würden. Dass ich nicht lache! Die Abgeschiedenheit auf dem Land ist das Einzige, was mir ansatzweise hilft. Und natürlich Balu, der sich gerade an mich geschmiegt den Bauch kraulen lässt.

Hätte ich damals nur nie diesen verdammten Job angenommen! Aber da ich die Zeit nicht zurückdrehen kann, muss ich lernen damit umzugehen. Irgendwie.

Ich leere die Flasche und stelle sie zurück auf den Tisch. Eine Weile starre ich so vor mich hin, bis ich schon wieder Durst bekomme. Mein treuer Vierbeiner ist zwischenzeitlich eingeschlafen und schnarcht leise vor sich hin.

Als ich Anstalten mache aufzustehen, seufzt er herzerweichend und kuschelt sich noch enger an mich.

„Also entweder lässt du mich kurz aufstehen oder ich schicke dich zur Hundeschule, damit du lernst, wie man eine Bierflasche öffnet."

Die Drohung zieht und Balu verkrümelt sich schmollend an das andere Ende der Couch. Ich stemme mich hoch, greife nach der Flasche … und stelle mit Entsetzen fest, dass sich ein Rand auf dem frisch polierten Holztisch gebildet hat.

„Shit!", fluche ich und sprinte in die Küche, um einen Lappen zu holen. Ich reiße sämtliche Schränke und Schubladen auf, doch fündig werde ich nicht. „Wo zum Teufel hat sie die denn hin?"

Panisch drehe ich mich um die eigene Achse, wobei mein Blick an meinem Hund hängenbleibt, der sich aufgesetzt hat und mich beobachtet. Um den Ausdruck in seinen Augen zu deuten, brauche ich keinen Übersetzer. Wenn er könnte, würde er mir wohl den Vogel zeigen … Und genau in dem Moment frage ich mich, was ich da genau tue? Ich knalle die Schublade zu, die ich soeben erst geöffnet habe, reiße den Kühlschrank auf (der ungewohnt nach Zitrone anstelle von Schimmel duftet), schnappe mir ein Bier und stelle es auf den Tisch. Ohne Untersetzer. Ich bin so ein Rebell.

Der Wassertropfen, der langsam aber unaufhörlich den Flaschenhals entlangrinnt, verschafft mir eine gewisse Genugtuung. Mein Psychologe hätte seine helle Freude, wenn ich ihm davon erzählen würde. Was ich natürlich nicht tun werde.

Warum solltest du auch? Den Verstand mit Alkohol zu betäuben ist natürlich viel sinnvoller …

„Ach, halt die Klappe!", fahre ich mein Gewissen an und erfreue mich lieber an der eleganten Flugbahn des Kronkorkens, der mitten auf dem frisch gesaugten Teppich zum Liegen kommt.

Am nächsten Morgen werde ich durch ein extrem helles Licht geweckt. Dann fährt eine raue Zunge über meine Wange.

„Nur noch fünf Minuten, Kumpel", nuschle ich und drehe mich von ihm weg.

Ich spüre, wie er vom Bett hüpft, und höre irgendwas rascheln. Hinter meinen Lidern wird es hell. Ich will ein Auge öffnen, werde aber geblendet von gleißendem Sonnenschein. Moment …

Wie viel Uhr ist es denn? Ich taste nach dem Wecker auf meinem Nachttisch.

Mit einem „Verdammte Scheiße!" hechte ich ins Bad, doch da höre ich schon, wie der Schlüssel ins Schloss gesteckt wird. Balu bellt freudig und rennt die Treppe hinunter. Hope ist da!

„Hey, mein Süßer", höre ich ihre Stimme und verfluche sie, weil mein Herzschlag sich wie auf Kommando noch mehr beschleunigt. „Hat dich dein Herrchen alleingelassen?"

Mein Hund bellt einmal, was sich meiner Meinung nach ziemlich vorwurfsvoll anhört.

„Äh, nein, habe ich nicht. Ich wollte mich nur kurz duschen nach meinem Morgenworkout", lüge ich und schlage mir mit der flachen Hand vor die Stirn. *Morgenworkout? Ehrlich?* „Bin gleich weg. Sie … äh, du kannst ja schon mal im Wohnzimmer anfangen."

„Okay." Kurze Pause, dann ruft Hope noch zu mir hinauf: „Hattest du gestern Besuch?"

Ich höre etwas klappern und klirren und versuche nachzudenken. Ich habe jede Menge getrunken. So viel steht fest.

Nach und nach schießen Erinnerungsfetzen durch mein schläfriges Gehirn. Balu hat mit seinem Schwanz eine halbvolle Flasche umgewedelt. Die wollte ich aufwischen, habe aber den Mob nicht gefunden. Dafür aber meine lang verschollene Platte der *Héroes del Silencio*. Im nächsten Flashback tanze ich nur in Boxershorts mit dem doch noch gefundenen Mob als Partnerin durchs Wohnzimmer.

„Oh Gott!"

Ich schwanke leicht und muss mich am Türrahmen abstützen. Es muss für Hope so aussehen, als ob ich im Wohnzimmer eine wilde Orgie gefeiert habe.

„Soll ich euch alleinlassen?", höre ich sie fragen.

Täusche ich mich oder klingt sie säuerlich? Und wieso gefällt mir das? Ich beschließe, die Situation weiter auszureizen, kämme mir kurz mit den Fingern durch die Haare und gehe, nur in Boxershorts bekleidet, die Treppe zu ihr hinunter.

„Nein, brauchst du nicht. Hab nur meine Jeans unten vergessen."

Bei jedem Schritt muss ich mir das Grinsen verkneifen. Sie kann ihre Augen nicht von mir abwenden. Gleichzeitig ist sie stinkwütend, was ich an ihren bezaubernden Kiefern ablesen kann, die aufeinander mahlen.

Ich habe keine Ahnung, warum ich die Situation nicht einfach aufkläre und eine der fünf anderen Hosen anziehe, die fein säuberlich in meinem Schrank hängen. Vielleicht ist ein Grund, dass es mir peinlich ist, einen halben Kasten alleine getrunken zu haben. Es kann nur am Restalkohol liegen, dass ich mich so aufführe, wie ich es gerade tue.

Hope schluckt einmal hart, dreht mir dann den Rücken zu und sagt: „Ich hoffe sehr, dass ich keine benutzten Kondome finde. Sonst musst du mir Gefahrenzulage zahlen, mein Lieber!"

Sie tippt mehrmals mit dem Fuß auf den Boden. Ich stelle mich so dicht hinter sie, dass wir uns fast berühren, und greife an ihr vorbei, um meine Jeans von der Couch zu angeln.

An ihrem Ohr halte ich kurz inne und sage: „Ein Gentleman genießt und schweigt."

Ich kann sehen, wie sich die Härchen an ihrem Arm aufstellen, und freue mich diebisch darüber. Dann fällt mein Blick auf eine weitere Sache, die ich gestern Abend wiedergefunden habe und die, wie mir jetzt einfällt, der Hauptgrund ist, warum ich weitaus mehr als mein übliches Feierabendbierchen gezischt habe.

Suzie.

Hastig ziehe ich das Polaroid aus der Ritze zwischen zwei Kissen heraus und verstecke es hinter meinem Rücken. Hope würde nur unangenehme Fragen stellen, für die ich nicht bereit bin. Es vielleicht auch nie sein werde.

„Also, ich hätte ja nicht gedacht, dass du auf Sexfotos stehst", versucht Hope zu witzeln.

„Ja … Nein … Ich geh duschen. Entschuldige mich."

Ich bin so durch den Wind, dass ich erst auf dem Weg nach oben bemerke, dass ich mich gerade vor ihr verbeugt habe. Eine elende Angewohnheit aus den guten alten Tagen, als meine Welt noch in Ordnung war. Dann fällt mir siedend heiß ein, dass Hope nun freie Sicht auf meinen Rücken hat. Ich beschleunige meine Schritte, in der Hoffnung, dass sie nichts bemerkt.

Hope

Verwirrt starre ich Nate hinterher und bewundere dabei das Spiel seiner Rückenmuskulatur. Was sind denn das für rote Punkte auf seiner sonst sonnengebräunten Haut? Da beschleunigt er seine Schritte und ist auch schon aus meinem Sichtfeld verschwunden, bevor ich mich näher damit befassen kann.

Wie kann er von einer Sekunde zur anderen von glühend heiß zu eiskalt wechseln?

„Männer!", schimpfe ich laut und mache mich dann daran, die Überreste der Party zu beseitigen.

Mit wem er wohl die Nacht verbracht hat? Vielleicht hat er eine einsame Hausfrau getröstet? Oder bezahlten die weiblichen Dorfbewohner womöglich so ihr Holz?

Ich schüttele den Kopf, um die aufsteigenden Bilder zu verscheuchen, und schrubbe weiter den Wohnzimmertisch. So lange und intensiv, bis meine Oberarme anfangen zu schmerzen.

Der Tag hatte schon so beschissen angefangen. Mitten in der Nacht bin ich schweißüberströmt aufgewacht, weil ich träumte, dass ein Schwarm Haie hinter mir her wäre. Nach einer wilden Verfolgungsjagd die Themse hinauf hatte ich sie eigentlich abgeschüttelt und wollte in meinem Laden Zuflucht suchen. Doch kaum hatte ich diesen betreten, umzingelten mich ein gutes Dutzend Männer in Anzügen, die mich mit ihren Visitenkarten bewarfen. Als sie dann in Zeitlupe und mit gebleckten Vampirzähnen auf mich zukamen, wachte ich kreischend auf.

Ich muss so laut geschrien haben, dass sogar Granny wach wurde und bewaffnet mit einer Suppenkelle in mein Zimmer stürmte. Danach war an Schlaf nicht mehr zu denken, also redeten wir bei Tee und Keksen bis zum Morgengrauen in der Küche. Entsprechend freue ich mich schon auf meinen Mittagsschlaf, sobald ich mit meinem Nebenjob fertig bin.

Eigentlich habe ich gehofft, mich mit Putzen ablenken zu können, bin ich doch davon ausgegangen, dass Nate bereits arbeiten ist. Wie hätte ich ahnen können, dass er zum zweiten Mal in kurzer Zeit halbnackt vor mir herumturnt?

Ob er Nudist ist?, überlege ich vor mich hin, während ich den Heißwasserhahn in der Küche aufdrehe.

„AAAHHHHHH, VERDAMMTE SCHEISSE!!", höre ich Nate aus dem oberen Stockwerk durch die geschlossene Badezimmertür bis nach unten brüllen. Dann folgen schwere Schritte und die Tür wird aufgerissen.

„Wenn du deinen Job behalten willst, machst du das nie wieder!"

Schneller als ich antworten kann, knallt er die Tür wieder zu. Verwirrt blicke ich zum Wasserhahn, dann höre ich von oben wieder die Dusche rauschen. Dann wird mir klar, was das Problem ist, und ich kann nicht anders als diabolisch vor mich hinzugrinsen.

„Oh, upps! Tut mir leid", rufe ich ihm eine Entschuldigung hinterher, die er nicht hören kann.

Macht aber nichts, da ich es sowieso nicht ernst meine. Eine kalte Dusche hat noch niemandem geschadet. Besonders nicht einem grummeligen Schwerenöter wie ihm. Schade, dass sein One-Night-Stand nicht auch mit unter der Dusche gewesen ist. Bei der Vorstellung muss ich laut lachen und es geht mir gleich besser.

Was, wenn es keine Nummer für nur eine Nacht war?, drängt sich mein Gehirn in den Vordergrund und verdirbt mir den kurzen Moment der Heiterkeit gleich wieder. Aus diesem Gedanken löst sich ein wahres Feuerwerk an Eventualitäten, die mir alle nicht gefallen. Überhaupt nicht gefallen!

Während ich die vollen Bierflaschen in den Kühlschrank räume, flüstert mir ein Teufelchen unablässig zu: *Der Typ benimmt sich total merkwürdig. Sind dir die kleinen Narben auf seinem Rücken nicht aufgefallen? Wieso rastet er aus, wenn du eine Kassette anfasst? Und was verbirgt er vor dir in diesem Zimmer? Hält er da drin jemanden gefangen? Vielleicht ist er ein Stalker, hat da seinen Schrein aufgebaut und die Wände mit Fotografien von dem Objekt seiner Begierde beklebt.*

Ich höre, wie der Wasserhahn quietscht und das Rauschen in den Leitungen immer weniger wird, bis es schließlich ganz aufhört. Leise schleiche ich aus der Küche und spähe ums Eck, hinauf zu dem offenen Treppenhaus. Ein paar Sekunden später öffnet sich die Badezimmertür und Nate überquert mit einem Handtuch um die Hüften und nasser Haut den Flur. Heiße Dampfschwaden umwabern dabei seinen Körper. Obwohl ich sehr genau hinsehe, kann ich zwar rote Stellen an seinem Rücken erspähen, jedoch könnten die genauso gut vom heißen Wasser stammen.

„Ach, du spinnst doch!", weise ich mein Teufelchen zurecht und mache mich wieder ans Schrubben.

Doch der Gedanke lässt mich nicht los. Selbst als Nate sich schon längst verabschiedet hat, grüble ich noch über ihn und das Zimmer nach. Mein Teufelchen leistet mir wieder Gesellschaft, während ich die Hundenäpfe ausspüle und einen davon mit frischem Wasser befülle.

Vielleicht findest du ja beim Saubermachen ganz zufällig einen Schlüssel, der dann auch noch – was für ein Zufall – dir aus der Hand fällt und im Schloss landet, flüstert es mir zu.

„Ich habe, ehrlich gesagt, andere Probleme, als mich damit zu befassen!"

Gestern Abend hatte ich den Bericht des Gesundheitsamtes erhalten, was wahrscheinlich der Grund für meinen Albtraum war. Auf die Lösung dieses Problems sollte ich mich eher konzentrieren, anstatt meine Energie auf Detektivarbeit zu verschwenden.

Eddi hatte mir wie versprochen die Nummer des Gutachters zugeschickt, den ich auch prompt anrief. Sosehr ich auch versuchte meinen mädchenhaften Charme bei ihm einzusetzen, – sein Herz schien aus Stein zu sein. Wahrscheinlich war das ein Einstellungskriterium. Immerhin hatte er für mich die Regeln gebrochen, den Bericht eingescannt und mir per Mail zugesendet.

Einige Mängel hatte ich noch dunkel in Erinnerung, doch es schien mir, als ob die Liste kein Ende nehmen würde. Was mich überraschte, war der Grund für die Schließung. Nicht etwa Hygienemängel, sondern der Brandschutz war der ausschlaggebende Punkt.

„Wie können Sie es nur verantworten, in einem Fachwerkhaus aus dem neunzehnten Jahrhundert so alte Maschinen einzusetzen, die noch dazu viel zu lange nicht mehr gewartet worden sind? Da kann es jederzeit zu einem Kabelbrand kommen! Und dann haben Sie noch nicht einmal einen Rauchmelder installiert. Das ist absolut fahrlässig und nicht tolerierbar", höre ich die unbarmherzige Stimme des Beamten in meinem Kopf noch einmal sagen.

Neue Maschinen anschaffen ... wenn das mal so einfach wäre ... Der hatte ja keine Ahnung, was mich diese Second-Hand-Maschinen schon gekostet hatten!

Bei dem Tee-und-Kekse-Plausch mit Granny heute Nacht ist mir zumindest eine Idee gekommen, wie ich mein kleines Geschäft retten könnte.

Nate bezahlt wirklich extrem gut. Für neue Maschinen reicht es trotzdem noch lange nicht. Aber für die Reparatur könnte ich bis Mitte Januar das Geld zusammenhaben. Sobald die Maschinen gewartet sind, kann ich wieder öffnen.

Für den weiteren Plan bin ich auf Nate angewiesen. Wenn ich mich so sehr reinhänge, dass er von meinem Putztalent überzeugt ist, werde ich ihn bitten, mich fest anzustellen. Ich werde dann meine Wohnung in London kündigen, zu Granny ziehen, morgens bei ihm putzen, dann die Stunde nach London fahren und bis zum Abend im Laden stehen. Vielleicht würde ich dadurch noch einmal einen Kredit von der Bank erhalten. Zugegeben, der Plan ist nicht großartig, aber zumindest habe ich endlich mal einen Plan.

Während ich so vor mich hinsinniere, bin ich mit allem fertig geworden, was ich mir heute für Nates Wohnung vorgenommen habe. Selbst die Ecken habe ich auf Knien rutschend mit einem Schwamm gesäubert. Mit den Händen in die Hüften gestemmt, betrachte ich mein Werk. Jepp. Das kann sich sehen lassen. Zufrieden will ich gerade mein Werkzeug wieder in den Schrank räumen, als ich einen lauten Schlag höre. Es erinnert mich an das Geräusch, als ich mit meinem Auto in die Hecke gekracht bin. Vor Schreck lasse ich den Eimer fallen und sämtliche darin verstauten Putzutensilien rollen scheppernd über den Boden. Mit fahrigen Fingern räume ich im Eiltempo alles wieder in den Eimer und stelle ihn achtlos irgendwo in die Kammer. Dann hetze ich hinaus.

Ein weiterer Schlag ertönt. Dieses Mal kann ich die Richtung, aus der der infernalische Lärm kommt, deutlicher ausmachen.

Bäm, erklingt es noch mal und ich muss mir die Ohren zuhalten, während ich zu Nates Scheune hinüberlaufe. *Bäm ... Bäm ... Bäm ...* Die Abstände zwischen den Schlägen werden jetzt immer kürzer. Was veranstaltet Lord Holzklotz da drin bloß?

Ich sag ja, der hat Dreck am Stecken!, raunt mir Teufelchen ins Ohr.

Kurz vor meinem Ziel, dem Scheunentor, erwische ich treffsicher eine Eisplatte. Im hohen Bogen haut es mich hin. Der Aufprall presst mir alle Luft aus den Lungen. Leicht benommen nehme ich den krachenden Lärm noch lauter wahr.

Bäm ... Bäm ... Bäm ... Bäm ...

Ich rapple mich auf alle Viere und ziehe mich dann am Griff des Tors wieder in die Senkrechte. Mittlerweile bin ich stinksauer. Ja, ich sollte zu meinem (hoffentlich) neuen Arbeitgeber nett sein. Aber ein paar deutliche Worte in Bezug auf Lärmbelästigung dürften ja wohl drin sein. Was, wenn Granny gerade ihren Mittagsschlaf hält? Wenn ich mich schon so erschrecke, wie ist es ihr dann erst ergangen?

Ich setze mein ganzes Gewicht ein, um die Schiebetür aufzudrücken, öffne den Mund, um meiner Wut freien Lauf zu lassen, ... und erstarre mitten in der Bewegung.

Vor mir sehe ich ein kleines Männchen mit dem Vorschlaghammer auf mein Auto einprügeln. Es trägt eine viel zu große dunkelblaue Latzhose, Flanellhemd und Sicherheitsschuhe. Gehörschutz und Sicherheitsbrille zählen ebenfalls zu seiner Ausstattung. Daneben steht meine Granny und klatscht begeistert Beifall bei jedem Schlag. Ihre Ohren hat sie ebenfalls mit Kopfhörern geschützt.

„Ey!", brülle ich zwischen zwei Schlägen. Das Männchen hält tatsächlich inne und wendet den Kopf zu mir um. „Was zum Teufel treiben Sie da?"

„Dein Auto reparieren", schreit Gran an seiner Stelle.

„Indem er es noch mehr demoliert?"

„Das nennt man ausbeulen. Carl hatte früher eine Werkstatt, also ist dein Auto in den besten Händen."

Besagter Carl winkt mir zu und hebt dann den Hammer, um erneut zuzuschlagen. Ich will einschreiten, doch Granny zieht mich am Arm nach draußen und dann hinüber in ihr Haus. Sobald die Tür hinter uns ins Schloss fällt, können wir uns endlich wieder unterhalten, ohne uns über den Lärm hinweg anzuschreien.

„Granny, du kannst doch nicht irgendwelche Leute in meinem Namen engagieren. Und wie lange ist der Kerl schon in Rente? Weiß er überhaupt noch, wie das geht? Man muss sich doch ständig weiterbilden."

„Also erstens: Er heißt Carl. Zweitens: Dein Auto ist auch nicht mehr das Jüngste, weshalb er durchaus dazu in der Lage ist, es wieder fahrtauglich zu machen. Drittens: Carl ist Nate noch einen Gefallen schuldig. Und zu guter Letzt: Du hast kein Geld für eine Reparatur und es kann ja nicht ewig Nates Garage blockieren."

Sie sieht mich herausfordernd an, wobei sie genau weiß, dass sie mir völlig den Wind aus den Segeln genommen hat. Ich versuche eine andere Strategie.

„Wieso sollte Nate einen Gefallen für mich einlösen?"

„Das musst du ihn schon selber fragen, meine Liebe. Ich mache uns jetzt erst mal einen Tee. Dann backen wir was zusammen, damit du dich beruhigen kannst. Und wenn du die Enkelin bist, die ich großgezogen habe, dann gehst du nachher rüber und bedankst dich sowohl bei Nate als auch bei Carl dafür, dass sie dir aus der Patsche geholfen haben."

Ich ziehe einen Küchenstuhl zurück und lasse mich kraftlos darauf sinken. Plötzlich fühle ich mich so unendlich müde.

„Und was ist, wenn ich das gar nicht möchte? Dass sie mir helfen, meine ich."

Granny füllt den Wasserkocher, überlegt eine Zeitlang und sieht mich dann ernst an.

„Ich weiß, du verlässt dich nicht gerne auf andere Leute. Das Einzige, dem du traust, ist das da." Sie zeigt auf meinen Notizblock, der noch immer von unserem Brainstorming auf dem Küchentisch legt. „Doch diesmal kann er dich nicht retten. Du steckst bis zum Hals in Schulden und solltest langsam lernen Hilfe anzunehmen, bevor du darin ertrinkst."

7

Es ist bereits später Nachmittag, als ich meinen Truck vor dem Haus abstelle. Ein Blick in den Himmel genügt, um zu wissen, dass die nächsten Schneeflocken nicht mehr lange auf sich warten lassen. Aber das Wetter ist nicht das, was mich davon abhält, mein Werkzeug von der Ladefläche zu nehmen.

Nein, es ist der Anblick der kleinen, rothaarigen Frau, die sich in dem Moment auf den Weg zu mir macht. Leicht knurrend muss ich feststellen, dass sie auch heute wieder eine dieser viel zu engen Jeans trägt, die ihre wohlgeformten Beine betont.

„Hey!" Grüßend winkt sie mir zu und ich kann mir ein genervtes Augenrollen nicht verkneifen.

Was will Hope? Ihre Arbeitszeit ist seit über fünf Stunden zu Ende, ihren Vorschuss für die getane Arbeit habe ich hier heute Morgen auf den Küchentisch in einen Briefumschlag gelegt. Dass sie extra gekommen ist, um sich dafür zu bedanken, kann ich mir kaum vorstellen.

„Es ist spät."

Nur noch wenige Meter trennen uns und ich sehe, wie sie ihre Schritte verlangsamt.

„Ach ja? Ist mir überhaupt nicht aufgefallen", lüge ich und mach mich an das Entladen meines Autos.

Als Allererstes lasse ich Balu heraus, der wie ein Wirbelwind auf Hope zuhüpft und sie freudig begrüßt. Dabei sehe ich aus dem Augenwinkel, wie sich ihr Mund zu einem breiten Lächeln formt und ihre Augen vor Freude leuchten.

„Hallo mein Hübscher. Warst du auch brav?", flüstert sie und streicht mit ihren kleinen Händen liebevoll durch das Fell meines Vierbeiners, der sich just in dem Moment auch noch auf den Boden legt, um sich den Bauch kraulen zu lassen.

„Balu, aus!", befehle ich.

Keine Frage, mein Hund und Hope haben Freundschaft geschlossen.

„Nein, nein. Es stört mich nicht", wehrt sie ab und beugt sich zu Balu, der meinen Befehl einfach ignoriert, um sich den Bauch tätscheln zu lassen. „Ich wollte auch immer einen Hund. Einen großen, starken, der mich beschützt. Aber leider waren meine Eltern nie damit einverstanden", klärt sie mich auf.

Wieder einmal spüre ich, wie meine Einstellung ihr gegenüber sich noch mehr verändert. Je besser ich Hope kennenlerne, umso interessanter finde ich sie. Ihre aufgeweckte, fröhliche Art. Ihre Schlagfertigkeit ist vielleicht genau das, was ich brauche. Jemand, der …

Stopp, unterbreche ich mich beim Denken. Beths Enkelin ist tabu. Genau wie alle anderen Frauen. Ich liebe Suzie. Sie ist die Frau, mit der ich glücklich alt werden wollte. Für eine Neue ist kein Platz in meinem Leben.

„Ich kann mir kaum vorstellen, dass du hier bist, um mit mir über deine Kindheit zu sprechen." Selbst in meinen Ohren klingt meine Stimme sehr unfreundlich.

Ihr Blick schnellt nach oben, unsere Augen treffen sich. Ich kann darin erkennen, wie erstaunt und zugleich verärgert sie über meine Worte oder die Tonart ist.

„Keine Sorge, ich will dir schon nichts von meinem Leben erzählen und verschwinde auch gleich wieder."

Langsam erhebt sie sich, klopft ein wenig Schnee, den Balu mit seiner Schnauze an ihr Hosenbein geschoben hat, ab. Ohne sie weiter anzusehen, greife ich nach meinem Werkzeug und gehe zur Scheune, um es dort zu verstauen. Dabei höre ich, wie sie mir folgt.

„Eigentlich bin ich gekommen, um dir das zu geben."

Ihr Gesicht, das bis eben noch so fröhlich war, sieht jetzt so aus, als ob ihr jemand gerade deutlich zu verstehen gegeben hat, dass sie unerwünscht ist. Ich hasse mich selbst dafür, dass ich derjenige bin, und doch drehe ich mich nicht zu ihr, als sie die Box mit einem lauten Knall neben mir auf die Werkbank knallt.

„Was ist das?", knurre ich.

„Das, Lord Holzklotz, musst du schon selbst rausfinden. Ich dachte, ich mach dir damit eine Freude, aber… vergiss es."

Ihre Stimme ist mindestens so unfreundlich wie meine, dann dreht sie sich um und rauscht aus der Scheune.

Lord Holzklotz? Habe ich richtig gehört? Seltsamerweise muss ich dabei grinsen, nehme die Box, die mit Schneemännern und Tannenzweigen verziert ist, und öffne den Deckel. Sofort steigt mir der Duft von Zimt, vermischt mit Anis und Kokos in die Nase, und wenn diese herzförmigen schokoladenüberzogenen Kekse genauso gut schmecken, wie sie riechen und aussehen, dann erleben sie Weihnachten nicht.

Ich nehme einen der Taler heraus und spüre, dass sie noch lauwarm sind. *Hat Hope sie frisch gebacken?*, frage ich mich und könnte mich bei dem Gedanken, dass

83

sie währenddessen an mich gedacht haben könnte und ich mich zum Dank aufgeführt habe wie ein Vollidiot, eine scheuern.

„Vielleicht war es aber auch Beth, die ihr aufgetragen hat, mir welche zu bringen", überlege ich laut.

Was du nicht herausfinden wirst, wenn du nicht schleunigst zu Hope gehst und dich für dein Benehmen entschuldigst.

Aber das würde ja dann bedeuten, dass ich tatsächlich ein Arsch bin. Langsam lasse ich den Keks wieder in die Box wandern und verschließe den Deckel.

„Verflucht", stöhne ich, klopfe mit meiner flachen Hand einmal kräftig auf die Werkbank und hasse es, in was für einem Zwiespalt ich mich befinde.

Dann siegt doch mein verbliebener Funke Anstand. Eilig drehe ich mich um und sehe, wie Hope gerade dabei ist von meinem Grundstück zu stampfen.

„Hope", rufe ich laut und gehe mit schnellen Schritten hinter ihr her. Unerwarteterweise bleibt sie doch tatsächlich stehen, als sie meine Stimme hört.

„Was?", dreht sie sich um, und ihre grauen Augen funkeln mich angriffslustig an.

„Deine Plätzchen…" Ich möchte mich nur bedanken, doch Hopes Hand schnellt nach oben, unterbricht mich mitten im Satz: „Wirf sie einfach in die Mülltonne."

In ihrem Gesicht spiegelt sich etwas, was ich nicht so recht zu deuten weiß. Sie sieht verärgert und verletzt zugleich aus und erneut hasse ich mich dafür, dass ich vielleicht der Grund sein könnte.

„Ich will sie aber gar nicht wegwerfen. Ich möchte mich bedanken", gebe ich ehrlich zu.

„Wie auch immer."

Sie dreht sich um, will schon wie ein Schneesturm davonrauschen, aber ich bin schneller. Meine Hand ergreift ihren Oberarm und hält ihn fest. Mir wird immer klarer, dass ich Hope mag. Und genau aus dem Grund kann ich sie jetzt nicht gehen lassen. Nicht nachdem ich mich bei ihr entschuldigt habe und ihr ein klein wenig davon erzähle, warum ich mich so bescheuert aufführe.

„Danke."

Blitzschnell dreht sie sich erneut zu mir.

„Für was? Dafür, dass ich deine Launen ertrage, oder dafür, dass ich mir gerade den Arm zerquetschen lasse?"

Rasch lasse ich sie los.

„Danke für die Kekse. Und das eben", ich deute zur Scheune, „tut mir auch leid. Irgendwie bin ich im Moment nicht auf Gesellschaft aus."

„Ach wirklich?", tut sie überrascht, „ist mir jetzt gar nicht aufgefallen."

Erneut muss ich grinsen. „Liegt vielleicht an der ganzen weihnachtlichen Atmosphäre und dem Song ‚Last Christmas'."

„Ich mag das Lied."

Mittlerweile sieht Hope auch wieder freundlicher aus.

„Nicht dein Ernst?!"

„Natürlich. Ich freue mich jedes Jahr aufs Neue darauf. Wegen mir könnten die Radiosender es hoch und runter spielen."

Sie klingt so überzeugend, dass selbst mein letzter Zweifel, ob sie es tatsächlich ernst meint, fällt. Ich bin kurz davor, erneut mit den Augen zu rollen, besinne mich dann aber eines Besseren. Eine weitere Auseinandersetzung mit Hope, und vor allem wegen einer solchen Lappalie, will ich nicht riskieren.

Ein paar Sekunden stehen wir uns schweigend gegenüber und aus irgendeinem Grund möchte ich nicht, dass sie jetzt schon geht.

„Was hast du heute noch vor?", will ich wissen.

„Nichts, bis auf das, dass ich mir einen ziemlich guten Plan ausdenken muss", tut sie es ab und weicht meinem Blick aus.

„Einen guten Plan für was?", hake ich nach und sehe zu, wie die kleinen Schneekristalle sich in ihrem roten Haar verfangen.

Hope schließt kurz die Augen, atmet laut aus und sagt dann: „Das, mein Freund, ist etwas, was mit meinem Leben zusammenhängt. Mit meiner Vergangenheit und Zukunft, das dürfte dich kaum interessieren. Außerdem will ich dir deine wertvolle Einsamkeit nicht rauben."

„Ich habe mich doch schon entschuldigt. Ich wollte vorhin wirklich nicht so unhöflich zu dir sein. Erzähl mir, was los ist."

Ein weiteres Mal seufzt Hope tief.

„Na gut. Ich habe da ein Problem mit meinem Laden. In London führe ich eine eigene kleine Confiserie und in den letzten Monaten läuft das Geschäft nicht gut." Sie fährt sich durch ihr Haar. „‚Nicht gut' ist vielleicht ein wenig untertrieben. Also eigentlich läuft es überhaupt nicht mehr. Meine Kunden kaufen mittlerweile in der Schokoladenfabrik, ein paar Häuser weiter ein. Natürlich habe ich Stammkunden, die regelmäßig kommen, aber es sind zu wenige, um meine Existenz zu sichern."

„Scheiße", kommt es ehrlich betroffen von mir.

„Du sagst es. Allerdings ist das noch nicht alles. Das Gesundheitsamt sitzt mir im Nacken mit Auflagen, die ich schleunigst erfüllen muss. Sonst droht meinem Laden ein schnelles Ende. Leider habe ich hier schon das nächste Problem." Sie zögert und man spürt, dass es ihr sehr schwerfällt, darüber zu sprechen. „Ich bin pleite. Noch ärmer als eine Kirchenmaus. Ich habe keine Ahnung, wie ich die ausstehende Miete für meinen Laden und für meine Wohnung bezahlen soll."

„Du steckst verdammt tief in der Klemme", stimme ich ihr zu und irgendetwas in mir ruft, ihr zu helfen.

Ich weiß nicht, ob es an ihren traurigen Augen liegt oder an ihrer Stimme, die immer leiser wird. Jedenfalls ist ihr anzusehen, wie viel ihr ihr kleiner Laden bedeutet.

„Ich kann dir Geld leihen", höre ich mich selbst sagen und zucke etwas zusammen.

Was ist nur los mit mir? Das hier passt so gar nicht zu mir und meiner Art. Früher wäre mir nie in den Sinn gekommen, jemand Fremdem Geld zu leihen. Außerdem war ich immer der Meinung, dass jeder selbst für sein Glück oder Unglück die Schuld trägt. Doch aus unerfindlichen Gründen ist es jetzt plötzlich anders. Ich will Hope helfen und das aus ganzem Herzen.

„Ich kann dir helfen!"

Hope

Erstaunt blicke ich Nate an. In seinen Augen liegt eine solche Überzeugungskraft, ein solcher Wille, der mich für einen kurzen Moment positiv stimmt. Doch dann höre ich eine kleine Stimme in meinem Kopf, die mich daran erinnert, dass ich von niemandem Geld annehmen will. Egal, ob von Granny oder Nate.

Nein, ich muss das schon aus eigener Kraft schaffen. Bloß wie?

„Das ist wirklich nett von dir, aber erstens bezweifle ich, dass du so eine hohe Summe hast, wie ich sie benötige, und zweitens kann und will ich dein Geld nicht annehmen."

„Hast du denn eine Wahl?"

Die habe ich tatsächlich nicht. Entweder gewinne ich im Lotto, dazu sollte ich allerdings erst einmal spielen, oder ich muss von irgendwo her ziemlich viel und ziemlich schnell Geld auftreiben.

„Und wenn ich dein Geld nehme, was dann? Dann kann ich meinen Laden zwar weiter betreiben, aber habe noch immer das Problem, dass dies allein mir keine neue Kundschaft verschafft."

In Gedanken versunken sehe ich zu, wie die Schneeflocken dicker werden. In den Minuten, die ich mich mit ihm unterhalte, verdunkelt sich der Himmel. Man könnte glauben, dass bereits die Nacht hereinbricht.

Zögerlich nickt Nate und stimmt mir zu: „Vielleicht hast du recht. Aber kampflos aufgeben scheint nicht zu dir zu passen."

Ich wische mir ein paar Schneeflocken aus dem Haar.

„Genau. Und deshalb gehe ich jetzt wieder rüber und mache mich auf die Suche nach einer Lösung."

„Viel Spaß dabei", kommt es leicht ironisch von ihm.

Dabei schenkt er mir ein Lächeln, das zugleich aufmunternd und durch und durch sexy ist. Mein verräterisches Herz macht einen kleinen Salto und fasziniert beobachte ich, wie sich in seinem Mundwinkel kleine Fältchen vom Grinsen bilden.

Aus dem Mann werde ich einfach nicht schlau. Auf der einen Seite zeigt er mir regelmäßig die kalte Schulter und dann wieder das da. Eine Seite an ihm, die freundlich, ja sogar fröhlich wirkt und einen krassen Kontrast zu seinem Lord-Holzklotz-Image bildet.

Selbst meine Beine, die sich gerade leicht wacklig anfühlen und nachzugeben drohen, lassen sich von ihm verwirren. Höchste Zeit, den Rückzug anzutreten. Irritiert hebe ich zum Gruß kurz die Hand.

„Also dann, … wir sehen uns."

„Bestimmt."

Zu allem Überfluss spüre ich, wie die Hitze in meinen Kopf steigt, ich tomatenrot anlaufe, und das alles nur, weil ich viel besser mit seiner unhöflichen Art klarkomme als mit seiner freundlichen.

„Bye."

Schnell drehe ich mich um und stapfe durch den Schnee zurück auf die Straße und zu Grannys Grundstück. Dabei bilde ich mir ein, dass seine Augen mich genau beobachten.

8

Ich sehe ihr hinterher und kann den Seufzer beim Anblick der schwingenden Hüften nicht unterdrücken. Viel
zu schnell verschwindet sie im Haus, ohne mir noch mal
einen Blick zuzuwerfen. Ist wahrscheinlich besser so.

„Na komm, mein Kleiner. Mal schauen, was unser
Kühlschrank so hergibt."

Balu sprintet bellend zu unserer Haustür. Offenbar ist
er genauso hungrig wie ich. Mal wieder. Herrje, ich bin
wirklich der typische Junggeselle, der für einen anstän-
digen Braten töten würde. Aber früher musste ich ja
auch mit Dosenfutter und Fast Food auskommen, wenn
die Zeit mal wieder knapp war. Von meinem Einkauf ist
bestimmt nicht mehr allzu viel übrig. Vielleicht reicht es
noch für eine Scheibe Brot mit Nutella.

Doch meine Hoffnung wird leider zerstört. Nachdem
ich sämtliche Schränke auf den Kopf gestellt habe, finde
ich zumindest eine letzte Dose Hundefutter. An der klebt
ein Zettel: „Du musst einkaufen! Dringend!"

Bei der femininen Handschrift brauche ich nicht lange
zu fragen, wer der Autor dieser Zeilen ist. Ich stelle mir
vor, wie Hope kopfschüttelnd die Schränke ausräumt,
um sie auszuwischen, und es sich beim Wiedereinräu-
men nicht verkneifen kann, mir eine Nachricht dazulas-
sen. Dabei muss ich grinsen. Mir gefällt ihre forsche Art
ebenso sehr wie ihre verletzliche Seite, die sie mir schon
ein paarmal gezeigt hat.

Plötzlich schießen Bilder in meinen Kopf.

Suzie, wie sie mir nach unserer ersten gemeinsamen Nacht einen Zettel aufs Kopfkissen legt und sich davonschleichen will. Die blonden Locken fallen in ihr Gesicht. Ich halte sie am Handgelenk fest und schüttele flehend den Kopf.

„Du weißt, was passiert, wenn man uns erwischt", flüstert sie mir zu, lässt sich jedoch widerstandslos von mir küssen.

„Sollen sie doch kommen", sage ich zwischen zwei Küssen und ziehe sie wieder zurück zu mir ins Bett.

Seit jenem Morgen und an jedem folgenden bin ich mit einer Nachricht von Suzie auf meinem Kissen aufgewacht. Bis zum Schluss.

Wütend knülle ich den neongelben Zettel von Hope zusammen und werfe ihn mit einem gekonnten Bogen in den Mülleimer. Dieses dämliche Schicksal! Ich bin hierhergezogen, um zu vergessen, und jetzt werde ich ständig an sie erinnert! Wie gerne würde ich Hope aus meinem Leben verbannen, aber ich schaffe es einfach nicht. Ich spüre das dringende Verlangen nach einer Zigarette. Dabei rauche ich schon seit fünf Jahren nicht mehr. Und für Whiskey ist es definitiv zu früh.

Obwohl … Mein Blick wandert wie von selbst hinüber zu meiner Flaschensammlung.

„Nein!", sage ich laut zu mir.

Mein Hund zuckt neben mir zusammen, weil er sich angesprochen fühlt. So einen scharfen Tonfall kennt er nur von mir, wenn er nicht hören möchte. Gerade sieht er mich verwundert an und trollt sich dann sicherheitshalber in sein Körbchen.

„Sorry", murmle ich entschuldigend und mit schlechtem Gewissen.

Ich muss mich irgendwie ablenken. Normalerweise würde ich jetzt raus in den Wald gehen. Doch es schneit mittlerweile wie verrückt. Jetzt rauszugehen grenzt an Selbstmord. Ob ich stattdessen vielleicht … Ja, das ist eine gute Idee!

Entschlossen gehe ich die Treppe hinauf in mein Schlafzimmer, öffne die Schublade meines Nachtschränkchens und hole den großen Eisenschlüssel hervor, der mindestens so alt ist wie dieses Haus. Er liegt schwer in meiner Hand. Genauso schwer, wie die Erinnerung an das, was ich in dem Zimmer weggeschlossen habe, auf meinem Herzen lastet.

„Du schaffst das!", rede ich mir gut zu. „Du musst nur reingehen und die *Glock* herausholen. Dann kannst du die Tür wieder verrammeln."

Die Waffe zu reinigen, ist ein Ritual, welches mich beruhigt. Da weiß ich, dass jeder meiner Griffe, die mir in jahrelanger Routine in Fleisch und Blut übergegangen sind, sitzt. Meine Finger zittern, als ich in Zeitlupe die Hand hebe, um den Schlüssel ins Loch zu stecken. Ich atme einmal tief durch, wappne mich für das, was hinter der Tür auf mich wartet.

Vor Schreck fällt mir der Schlüssel aus der Hand, als mein Handy in der Hosentasche zu vibrieren anfängt. Scheppernd landet er auf dem Holzboden. Balu fängt an wie verrückt zu bellen. Wahrscheinlich hat er sich genauso erschreckt wie ich.

Nachdem sich mein Herzschlag wieder beruhigt hat, ziehe ich das Telefon hervor. Kurz wundere ich mich über den Namen im Display, nehme dann aber das Gespräch entgegen.

„Hi Beth. Ist alles okay?"

Sie lacht. „Ja, natürlich. Wie lieb, dass du fragst. Ich würde mich gerne auch bei dir bedanken. Dafür, dass du den Gefallen eingelöst hast und ich so Carl kennenlernen durfte. Magst du vielleicht zum Essen vorbeikommen? Es gibt Rinderbraten. So wie ich dich kenne, hast du nichts außer Whiskey, Ravioli und Shortbread im Haus."

„Und meine Kekse", höre ich Hope sagen.

Kichert sie etwa dabei?

„Hope lässt dich grüßen. Sie würde sich auch freuen, wenn du rüberkommst."

Ich höre etwas rascheln, so als ob jemand die Hand über den Hörer legt. Gedämpft meine ich, Hope sagen zu hören: „Granny, hör auf, mich verkuppeln zu wollen."

Dann erneut ein Rascheln und Beth ist wieder klar zu verstehen: „Also, was sagst du, mein Junge? Du musst einfach kommen, schon allein, um mir mehr von Carl zu erzählen."

„Beth, du hattest mich schon bei dem Wort ,Rinderbraten'."

Allein bei dem Gedanken daran läuft mir das Wasser im Mund zusammen. Zur Bestätigung knurrt mein Magen vernehmlich. Ihm ist es egal, dass Hope anwesend sein wird. Nun, hoffen wir, dass mein Gemächt sich auch zusammenreißt.

„Ich komme gleich." Kurze Pause. „Rüber, meine ich. Ich komme gleich rüber zu euch."

Beth lacht mich aus. „Das habe ich schon verstanden, mein Junge. Ich bin vielleicht alt, aber nicht senil."

„Was hat er denn gesagt?", will Hope nun wissen.

„Er meinte, dass er gleich …", setzt Beth an, doch ich unterbreche sie schnell, bevor es noch peinlicher wird.

„Also bis gleich."

Dann lege ich auf, bevor irgendwer antworten kann. Balu ist mittlerweile zu mir gekommen und sieht mich mit schiefgelegtem Kopf an. „Ja, du darfst ja mitkommen. Und wir nehmen die Futterdose mit rüber. Vielleicht fällt ja auch was vom Braten ab." Ich tätschle über seinen Kopf, und wo ich mich schon einmal vorgebeugt habe, hebe ich auch gleich den Schlüssel auf und stecke ihn in die Hosentasche. Die Glock muss warten. Essen ist auch eine super Ablenkung.

Auf dem Weg nach unten und zur Haustür fällt mein Blick wieder auf das Regal mit den Flaschen. Ohne groß zu überlegen, ziehe ich eine der besseren Marke raus und stecke sie zusammen mit Balus Futter in eine Tüte. Der sieht mich vorwurfsvoll aus seinen braunen Augen an.

„Was denn? Nach dem Essen kann niemand was gegen ein kleines Glas Whiskey sagen."

Hope

Keine zehn Minuten später klingelt es an der Haustüre und Granny ruft mir von der Küche aus zu: „Liebes, mach doch bitte Nate auf."

„Sicher."

Insgeheim verfluche ich mein Herz, das viel zu unregelmäßig klopft, und öffne die Tür. Da steht er. Groß wie eine Naturgewalt und mit einem Lächeln, das mich beinahe in die Knie zwingt.

„So schnell sehen wir uns wieder."

Dümmlich nicke ich und lasse ihn an mir vorbei ins Haus. Zum Glück hat er Balu mitgebracht, der mich mit seinen geforderten Streicheleinheiten kurzzeitig ablenkt.

„Als kleines Dankeschön für die Einladung."

Nate reicht mir eine Flasche, die sich beim näheren Betrachten als Whiskey herausstellt. Genau das, was meine flatternden Nerven jetzt gebrauchen können.

„Danke schön. Vielleicht sollten wir den gleich öffnen", erwidere ich und gehe voraus ins Esszimmer.

Ich lausche seinen Schritten dicht hinter mir und gehe zum Ende des Zimmers, um die Flasche abzustellen.

Unentschlossen stehe ich da, blicke auf den gedeckten Tisch und überlege mir irgendeine Ausrede, um nicht länger alleine mit Nate im Raum sein zu müssen. Die Anspannung zwischen uns ist förmlich zu greifen und ich frage mich, wie das passiert ist.

„Setz dich doch schon mal." Selbst in meinen Ohren klingt meine Stimme viel zu schrill. „Ich muss noch schnell …"

Ja was eigentlich? Der Tisch ist fertig gedeckt und das Holz im Kamin habe ich erst vor ein paar Minuten aufgelegt. Selbst diese bescheuerten Kerzen, die Granny unbedingt aufstellen wollte und dem Ganzen jetzt etwas von einem Candle-Light-Dinner geben, brennen.

Dass ich die Luft angehalten habe, fällt mir erst auf, als meine Granny in diesem Moment hereinkommt und ich den eingesaugten Atem jetzt laut auspuste. Dabei bilde ich mir ein, dass Nate mir einen belustigen Blick zuwirft.

„Nate, wie schön, dass du Zeit gefunden hast."

Granny strahlt ihn an, als ob er gerade verkündet hätte, sie für die nächsten Jahre kostenlos mit Holz zu versorgen. Ist mir irgendwas entgangen?

„Dein Anruf hat mich vor Dosenravioli gerettet.“

„Noch nie habe ich verstanden“, schwungvoll stellt sie die Schüssel mit den Salzkartoffeln ab, „wie einem dieses Dosenzeugs schmecken kann. Was findet ihr nur daran?“

Ich sehe zu, wie sie neben Nate an der Stirnseite Platz nimmt und ihm die Bohnen reicht. Dabei zuckt er mit den Schultern.

„Es ist okay und erfüllt seinen Zweck.“

Granny runzelt die Stirn und sieht mich an.

„Willst du dich nicht setzen, Hope?“

„Natürlich, ich überlege nur, welcher Wein zum Essen passen könnte“, lüge ich, was Granny sofort enttarnt.

Zum Glück sagt sie nichts, denn sie weiß, dass ich absolut keine Ahnung von Wein habe.

„Liebes, ich habe schon einen auf den Tisch gestellt.“

Mit dem Kopf deutet sie in die Richtung, in der ich jetzt tatsächlich eine braune Flasche stehen sehe. Ich verkneife mir zu fragen, ob die schon die ganze Zeit dagestanden hat. Muss aber, denn sonst hätte Granny sie ja hereingeholt. Himmel, bin ich durch den Wind.

Kommentarlos gehe ich zu meinem Stuhl, nehme Nate gegenüber Platz und greife nach den Kartoffeln. Mein Appetit hat sich mit Grannys Anruf und Nates Zusage verabschiedet, und doch lade ich mir ein wenig von dem köstlich duftenden Essen auf den Teller.

„Was macht die Arbeit, Nate? Machst du über die Feiertage ein wenig Pause?“, will Granny wissen.

Stumm lausche ich ihrer Unterhaltung und werde erst hellhörig, als er sagt, dass er nicht vorhabe zu pausieren. Was bedeutet, dass er weder wegfahren wird noch mit Familienbesuch rechnet. Auch Granny bemerkt es und will, neugierig wie sie ist, wissen, ob er es nicht schade finde, ganz alleine Weihnachten verbringen zu müssen. Schließlich sei es ja das Fest der Liebe und der Familie.

Ich werfe ihm einen schnellen Blick zu und erkenne, dass seine Stimmung getrübt ist. Seine Lippen sind dicht zusammengepresst und ich bilde mir ein, dass ihm diese Unterhaltung nicht gefällt. Dabei malträtiert er sein Fleisch in so winzige Stücke, dass er es nur noch hinabschlucken muss, ohne zu kauen.

„Du hast dich mal wieder selbst übertroffen, Granny. Dieser Braten ist einfach köstlich. Wie schaffst du es nur immer, ihn so saftig zu bekommen", unterbreche ich das Thema und lade mir demonstrativ meine Gabel voll, um sie glich darauf in meinen Mund wandern zu lassen. Genüsslich kaue ich.

„Ich meine, dir öfter gezeigt zu haben, wie es geht."

„Ja wirklich?", tue ich überrascht und kriege fast ein schlechtes Gewissen, weil das natürlich stimmt.

Mittlerweile schmeckt er, wenn ich mich selbst loben darf, mindestens genauso gut.

„Du solltest dir vielleicht einen Mann suchen, den du bekochen kannst. Dann würdest du nicht immer bei diesem Chinesen bestellen und mein selbstgestaltetes Kochbuch, das du vor Jahren von mir erhalten hast, würde endlich zum Einsatz kommen."

Obwohl ich weiß, dass Granny es nur gut meint, werfe ich ihr einen mahnenden Blick zu. Diese Anspielung und ihre Verkupplungsversuche gehen mir langsam gehörig auf die Nerven.

„Ich weiß nicht, wieso ich dazu einen Mann brauche. Außerdem ist dein Kochbuch regelmäßig im Einsatz."

Im Stillen füge ich hinzu: *Zweimal im Jahr*.

Theatralisch seufzt sie, widmet sich wieder dem Essen und erzählt uns von früher, als mein Grandpa noch gelebt hat und welche Menüs sie ihm immer gezaubert hat.

Das Thema um Nates Weihnachtspläne ist vergessen und ich sehe, wie er sich langsam wieder entspannt. Dabei frage ich mich, warum er erstens alleine die Feiertage verbringen will und zweitens nicht darüber reden möchte. Der Mann hat ein Geheimnis. Dessen bin ich mir sicher und vielleicht steckt die Antwort hinter dieser verschlossenen Tür in seinem Haus.

Bevor ich mir noch länger darüber Gedanken machen kann, stehe ich auf, um den Tisch abzuräumen. Aber auch, um Nates Anwesenheit kurz zu entfliehen. Seit er hier ist, spielen meine Hormone verrückt. Ich hab das ständige Verlangen ihn küssen zu wollen. Ihn zu berühren. Himmel, was macht der Typ nur mit mir? Er schafft es, dass ich mich wie ein pubertierender Teenager fühle und nicht wie eine erwachsene Frau.

Sekundenlang atme ich einfach nur ein und aus und versuche mich ein wenig unter Kontrolle zu bekommen. Im Kühlschrank steht noch mein selbstgemachter Apfel-Himbeer-Crumble, den ich nun zusammen mit drei Desserttellern raushole.

Gerade als ich nach den Teelöffeln greifen will, höre ich Granny zu Nate sagen: „Hope ist sehr wählerisch, was ihren Partner angeht."

„Bitte hör endlich auf damit", flüstere ich auf dem Weg zurück ins Esszimmer vor mich hin.

Natürlich kann sie es nicht hören, und dennoch hoffe ich, dass sie es endlich sein lässt. Als sie just in diesem Moment auch noch von meinem Sandkastenfreund Gabe anfängt, den ich früher, als Fünfjährige, mit der Plastikschaufel eine über den Kopf gezogen habe, weil er lieber mit Kelly als mit mir spielen wollte, platzt mir der Kragen. Lauter als beabsichtigt knalle ich die Schüssel mit dem Dessert auf den Tisch und werfe ihr einen mahnenden Blick zu.

„Der Nachtisch ist da."

Ich nehme den großen Löffel und einen der kleinen Teller, belade ihn mit der Apfel-Himbeer-Streuselmasse und stelle ihn vor Nate auf den Tisch.

„Danke."

„Gerne."

„Hope war damals lange traurig, dass … Wie hieß der Junge noch?", will Granny an mich gewandt wissen.

„Gabe."

„Richtig", nickt sie. „Gabe. Jedenfalls …"

„Granny, bitte. Das alles ist Jahre her und außerdem interessiert sich Nate ganz sicher nicht dafür."

Nate, der artig vor seinem Teller sitzt, mit dem Löffel in der Hand, schüttelt den Kopf.

„Aber natürlich interessiert es mich. Beth, erzähl ruhig weiter."

Dabei wirft er mir einen amüsierten Blick zu, der mich sofort mit den Augen rollen lässt.

„Noch ein Wort über irgendeinen Jungen aus meiner Vergangenheit und der Nachtisch landet ungegessen im

Mülleimer!", drohe ich den beiden und wedele mit dem Löffel in der Luft.

Die Atmosphäre ist heimisch, locker, genauso wie sie sein soll. Nichts Gezwungenes, keiner, der sich verstellt.

Auf der einen Seite ist es schön zu sehen, wie gut Nate und Granny sich verstehen, und doch will ich den Gedanken nicht zulassen, dass er vielleicht genau der Richtige für mich wäre.

Und wenn doch? Warum nicht einfach probieren? Ich habe nichts zu verlieren. Oder?

9

Nate

Sie ist mindestens so nervös wie ich. Was mich gleichsam erfreut und beruhigt. Das brauche ich auch nach dem Verhör durch Beth. Meine Vergangenheit geht niemanden etwas an. Wenn ich könnte, würde ich sie selbst gerne vergessen. Doch der restliche Abend macht das wieder wett. Ich war schon lange nicht mehr so entspannt. Gerade lacht Hope über einen Witz von mir. Ich kann nicht aufhören sie anzusehen. Sie strahlt aus jeder Pore eine Lebensfreude aus, die ich nie mehr wieder zu sehen glaubte. Ich kann den Gedanken kaum ertragen, dass irgendetwas sie so sehr belasten könnte, dass sie ihr Lachen verliert. Was auch immer sie vorhin beschäftigt hat, ich muss ihr die Last abnehmen. Irgendwie.

Jetzt sieht sie mich an und mein Herz stockt für einen Moment. Was passiert hier nur? Hope wirft mich völlig aus der Bahn.

Mit einem Schluck leere ich mein Glas und will gerade aufstehen, als Beth mir zuvorkommt.

„Es ist schon spät für so eine alte Frau wie mich. Ich verabschiede mich ins Bett."

Ich stehe gemeinsam mit ihr auf.

„Oh, okay. Gute Nacht, Beth. Ich gehe dann lieber."

„Nein!", höre ich Beth und Hope gleichzeitig sagen, was mich amüsiert die Brauen hochziehen lässt.

„Also, ... ich meine ...", stammelt Hope, aber ihre Granny kommt ihr zu Hilfe.

„Du musst nicht gehen, Nate. Hope wollte dir noch was zeigen."

„So?", frage ich und beobachte, wie Hope knallrot anläuft und „Granny, bitte!" murmelt.

„Wieso? Du wolltest ihm doch Bilder von deinem Laden zeigen. Schon vergessen?", sagt Beth und wendet sich wieder an mich. „Nimm es ihr nicht übel, aber sie vergisst alles, was nicht in diesem Buch drinsteht. Gute Nacht, mein Lieber."

Damit gibt sie mir einen Kuss auf die Wange, drückt meinen Arm und verschwindet die Treppe hinauf. Mein Kopf sagt mir, dass auch ich verschwinden sollte, und doch bewege ich mich keinen Millimeter.

„Sie verkuppelt gerne, hm?", versuche ich wieder ein Gespräch aufzunehmen, denn Hope sitzt stumm am Küchentisch, den Kopf in den Händen verborgen. Jetzt nuschelt sie etwas. „Was?", frage ich nach.

Endlich hebt sie den Kopf, sodass ich wieder in ihr hübsches Gesicht sehen kann. Die Brille sitzt ein wenig schief, doch sie schiebt sie mit einer geübten Bewegung wieder an Ort und Stelle. Ihre rötlichen Haare schimmern wie Kupfer im Licht der Küchenlampe.

„Ich sagte: Ja, leider." Hope seufzt, steht auf und kommt einen Schritt auf mich zu. „Granny kann manchmal sehr ... forsch sein. Du musst nicht bleiben, wenn du nicht willst. Wirklich. Ich habe kein Problem damit, wenn du gehen möchtest."

Ich trete ebenfalls einen Schritt näher zu ihr. Wenn ich meinen Arm ausstrecke, kann ich sie berühren und ich muss mich sehr anstrengen, es nicht zu tun.

„Und ich würde wirklich gerne bleiben."

Hope sieht mich endlich an. „Echt?"

Ich lache. „Ja. Echt."

Sie fährt mit dem Finger den Tischrand entlang.

„Dann ... hol ich mal meinen Laptop."

Ohne mich anzusehen, huscht sie an mir vorbei ins Wohnzimmer. Ich nutze die Zeit, um nachzuschenken. Wir können, glaube ich, beide einen Schluck vertragen.

Nur wenige Augenblicke später kehrt Hope mit besagtem Gerät zurück und lässt sich am Tisch nieder. Ich setze mich neben sie. Sie zuckt leicht zusammen, als sich unsere Knie berühren, doch sie zieht ihr Bein nicht weg. Ich muss mich zwingen, den Blick von ihr abzuwenden und auf den Bildschirm zu richten. Hope ruft das entsprechende Programm auf und schon erscheint das Bild eines Fachwerkhauses. Es zeigt den Eingang zu ihrem Laden, wie ich vermute. Eine dunkle Holztür mit Schnitzereien, daneben ein riesiges Glasfenster, in dem kunstvoll Leckereien ausgestellt sind. Im oberen Teil des Fensters steht in verschnörkelten Lettern der Name *Ray of Hope*.

„Lichtblick", lese ich laut. „Ein passender Name."

Da ist es wieder, das schüchterne Lächeln, das mir nicht mehr aus dem Kopf geht.

„Danke. Darauf hat mich Granny gebracht. Sie sagt immer: Nach einem schlimmen Tag nach Hause zu kommen und zu wissen, dass meine Pralinen dort auf sie warten, sei ihr Lichtblick."

„Dann kommst du öfter vorbei und bringst ihr welche? Wieso habe ich dich dann noch nie vorher hier gesehen?"

Das Lächeln verschwindet.

„Leider war ich schon viel zu lange nicht mehr hier. Ich schicke sie ihr immer." Sie wirft mir einen Blick zu, so als ob sie nur auf Vorwürfe von mir warten würde. Als ich stumm bleibe, fährt sie fort: „Am Anfang war es eine ziemliche Sauerei, aber mittlerweile bin ich Profi darin, die Pralinen fachgerecht zu verpacken, damit sie frisch bleiben und die Schokolade nicht verläuft."

„Das heißt, ich kann auch Pralinen bei dir bestellen?"

„Nein, nein, ich habe ein reines Ladengeschäft. Die Leute lieben es, bei mir herumzustöbern und sich die Sachen frisch auszusuchen." Dann nimmt ihre Stimme wieder diese tiefe Traurigkeit an, als sie sagt: „Zumindest bis vor Kurzem noch."

Ich kann nicht anders, als sie in die Arme zu nehmen. Ihr scheint es genauso zu gehen, denn sie schlingt ihre Arme um mich, als ob ich ihr Rettungsanker bin, der sie vor dem Ertrinken bewahrt.

„Du kriegst das hin. Und wenn dir die Last zu viel wird, bin ich da."

Ich streichele ihr sanft über den Kopf, während sie leise schnieft. Durch das Hemd spüre ich die Tränen auf meiner Haut. Ich zwinge sie, den Kopf zu heben und mich anzusehen. Eine Strähne ist ihr ins Gesicht gefallen, die ich zärtlich hinter ihr Ohr stecke. Dann wische ich mit dem Daumen die Tränen weg. Hope schließt ihre Augen und schmiegt sich wie eine Katze an meine Hand.

Ich kann nicht mehr kämpfen, ist alles, woran ich denke, als ich mich ihrem Gesicht nähere. Ich möchte jede einzelne ihrer Sommersprossen mit meinen Küssen bedecken und sie nie mehr loslassen. Mein Daumen wandert zu ihrem Mundwinkel und streicht zärtlich darüber.

Mein Herz droht meine Brust zu sprengen, als sie ihre Augen öffnet.

Soll ich es wirklich wagen?

Hope nimmt mir die Entscheidung ab, indem sie mir ein Stück entgegenkommt. Die letzten Zentimeter überwinden wir gemeinsam, bis sich unsere Lippen treffen.

Sie schmeckt nach Wein und Schokolade. Eine verteufelt gute Mischung, nach der ich süchtig werden könnte. Ich ziehe sie vom Stuhl auf meinen Schoß und vertiefe den Kuss noch mehr, spüre ihre Brust gegen meinen Oberkörper drücken.

Ich will sie! Sie will mich! Das sagt mir ihr lustvolles Stöhnen deutlich. Doch kurz darauf ist sie die Stärkere von uns und löst sich von mir.

„Vielleicht sollten wir das nicht ...“

Mein Herz setzt aus, doch ich versuche, mir nichts anmerken zu lassen.

„Ja, ja, das geht vielleicht ein wenig zu schnell.“

Entgegen meinen Worten scheinen meine Finger ein Eigenleben entwickelt zu haben. Sie wandern nämlich wie von selbst ihren Rücken hinunter, beziehungsweise ihren Oberschenkel hinauf. Hope scheint das allerdings nicht zu stören. Ihre Finger krallen sich in mein Haar und sie zwingt mich, sie wieder zu küssen, nur um sich wieder viel zu früh von mir zu lösen.

Oh, himmlische, süße Hope, wie quälst du mich ...

„Ich meinte eigentlich, dass wir das nicht unbedingt in Grannys Küche tun sollten.“

„Oh.“

Daran habe ich nicht mehr gedacht. Strenggenommen kann ich an nichts denken als daran, sie auszufüllen.

„Und Zuschauer machen mich ziemlich nervös", fährt sie fort, woraufhin ich sie fragend anblicke.

Zur Antwort bellt Balu, der es sich zu unseren Füßen gemütlich gemacht hat.

„Oh", sage ich erneut, woraufhin Hope in Gelächter ausbricht und von meinem Schoß steigt.

Ich dagegen kann definitiv noch nicht aufstehen!

„Verstößt es eigentlich gegen irgendein Gesetz, mit seinem Boss zu knutschen?", fragt sie und geht vor mir in die Hocke, um Balu zu streicheln.

Ich brauche ein paar Atemstöße, um meine Gedanken zu ordnen. Dann schaffe ich es endlich, aufzustehen.

„Wenn, dann muss ich dir leider kündigen, weil ich definitiv nicht damit aufhören werde, dich zu küssen."

Ich schiebe ihr Haar zur Seite und bedecke ihren Nacken mit meinen Lippen, was sie wohlig schnurren lässt. Dann steht sie ebenfalls auf und sieht mich ernst an.

„Ich bin aber kein One-Night-Stand, Nate. Ebenso wenig werde ich die zweite Wahl sein. Nur Sex funktioniert für mich nicht."

Verwundert darüber, wie sie auf diesen Gedanken kommt, runzle ich die Stirn. Dann fällt mir wieder ein, wie mein Wohnzimmer heute Morgen auf sie gewirkt haben muss.

„Außer dir, Beth und einer Putzfrau hat noch keine Frau mein Haus betreten. Das schwöre ich feierlich", versichere ich ihr und hebe eine Hand zum Schwur.

Hope kneift die Augen zusammen.

„Dann hast du mich verarscht? Warum?"

„Ich mag es, wenn du eifersüchtig bist."

Sie verpasst mir einen Klaps auf den Oberarm.

„Tu das nie wieder! Wenn das hier funktionieren soll, gilt ab jetzt nur noch die Wahrheit."

Die Wahrheit ... Ich schlucke schwer. Kann ich ihr die Wahrheit über meine Vergangenheit sagen? Würde sie mich verstehen?

„Okay", antworte ich, klinge aber nicht gerade sehr überzeugt.

Misstrauisch verschränkt sie die Arme vor der Brust.

„Gut, dann möchte ich gerne wissen, was sich in diesem Zimmer verbirgt."

„Welchem Zimmer?", frage ich unschuldig.

„Nate! Das Zimmer, das jedes Mal verschlossen ist, wenn ich es putzen möchte."

Ihre Stimme ist eine einzige Drohung.

Ich atme hörbar aus und sage: „Hope, bitte lass mir dafür noch Zeit. Ich werde es dir irgendwann erklären. Aber nicht jetzt. Ich bin ziemlich müde. Gute Nacht."

Ich sage das nicht, um sie zu verletzen, aber ich bin gerade viel zu aufgewühlt und muss mir erst über einiges klarwerden.

Ich will Hope! Mit jeder Faser meines Körpers begehre ich sie. Aber ist es mehr als nur das? Kann ich überhaupt für jemand anderen als Suzie Liebe empfinden? Wenn ja, heißt das, dass ich Suzie nie geliebt habe?

„Nate, warte!" Hopes kleine Hand schließt sich um meine und hält mich so zurück. „Ich wollte dir nicht zu nahe treten. Sehen wir uns morgen?"

Die Hoffnung in ihrem Gesicht gleicht einer Liebeserklärung.

„Natürlich", sage ich und verabschiede mich mit einem langen Kuss von ihr.

Hope

Ich konnte die Nacht wieder kaum schlafen, doch diesmal macht es mir nichts aus. Meine Gedanken kreisen auch jetzt beim Frühstück nur um Nate. Granny lächelt mich wissend an.

„Hattet ihr gestern noch eine schöne Zeit?" Ich grinse nur dümmlich zurück. „Nate passt gut zu dir. Ich freue mich sehr für euch."

Ich schiebe mir einen Löffel Schokomüsli in den Mund, um endlich mit dem dämlichen Gegrinse aufzuhören. Doch es hilft nicht viel.

„Ich muss mich fertig machen für die Arbeit", sage ich und verlasse den Tisch.

Ich möchte wirklich, wirklich nicht mit Granny über mein Liebesleben reden.

Die Zeit im Bad zögere ich hinaus, bis ich höre, wie Granny das Haus verlässt, um wie jeden Freitag seit fünfundzwanzig Jahren ihre Freundin auf einen Tee zu besuchen und den neuesten Dorfklatsch auszutauschen.

Erleichtert stehe ich nun vor meinem Schrank und versuche eine Kleidung zu finden, die irgendwo zwischen „ich will dich" und „ich bin nicht leicht zu haben" liegt. Immerhin gehe ich gleich zum Putzen hinüber zu Nate. Das Flirten und Küssen müssen wir wohl auf meine Freizeit verlegen.

Ob er überhaupt da sein wird?, schießt es mir durch den Kopf.

Ich muss ihn unbedingt fragen, warum er mir am Anfang so sehr aus dem Weg gegangen ist, wenn er mich doch gar nicht so schlecht findet. Vielleicht hängt das mit diesem dämlichen Zimmer zusammen. Warum macht er daraus nur so ein Geheimnis? Er wirkt zumindest nicht wie ein Auftragskiller, also was kann schon so schlimm sein, dass er es vor mir und dem Rest der Welt verstecken muss?

Nach einigem Hin und Her entscheide ich mich für einen bequemen Pullover im Navy Style und meine Lieblingsjeans. Diese Kombi überlebt sogar den kritischen Blick in den Spiegel, weshalb ich mich kurz darauf auf den Weg zu meinem Arbeitgeber Schrägstrich neuen Freund mache. Die ganze Strecke zu ihm hinüber muss ich mich dazu zwingen nicht albern zu hüpfen, wie es Rotkäppchen auf dem Weg zum bösen Wolf getan hätte. Als ich schon die Scheune sehen kann, sinkt meine Laune etwas, denn Nates Truck ist nicht da.

Also gut, dann kann ich mich ja ohne Ablenkung auf meine Arbeit konzentrieren. Ich schließe die Haustür auf und bleibe wie angewurzelt stehen.

Es ist total aufgeräumt!

Ich gehe zur Spüle und fahre mit einem Finger das Becken entlang. Es ist noch feucht. Heißt das etwa, Nate hat ... abgewaschen? Das muss ich erst einmal verdauen und lasse mich auf einen der Küchenstühle sinken. An den wenigen Tagen, die ich schon bei ihm putze, habe ich jeden Morgen einen Saustall vorgefunden, obwohl ich am Abend davor alles aufgeräumt hatte. Irgendwie schafft Nate es über Nacht, das Haus aussehen zu lassen, als ob eine Bombe voller Klamotten, Geschirr und Essensreste explodiert wäre. Heute ist davon nichts zu merken. Okay ... Dann mache ich mich wohl mal direkt daran, das Bad zu reinigen. Bewaffnet mit Putzlappen und Eimer steige ich kopfschüttelnd die Treppe empor, weil ich es noch immer nicht so ganz glauben kann.

„Hope?", höre ich es rufen, während ich mit dem Oberkörper in der Dusche hänge und die Fliesen abschrubbe.

Ich streiche mir eine Strähne aus der Stirn und antworte mit einem: „Ja?"

Schwere Schritte poltern die Treppe hinauf, kurz darauf steckt Nate seinen Kopf zur Badezimmertür herein.

„Guten Morgen."

Dieses Grinsen, seine verwuschelten Haare und der Dreitagebart verursachen ein Ziehen in meinem Schritt.

Gib mir Kraft!, schicke ich ein stummes Gebet gen Himmel. Ich bin zwar nicht gläubig, kann aber alle Unterstützung brauchen, um diesem Mann zu widerstehen.

Ich.

Muss.

Erst.

Arbeiten!

„Guten Morgen", gebe ich zurück.

Ich breche meinen Vorsatz direkt, als ich mich nur zu gerne von ihm küssen lasse. Ich muss nach Reinigungsmittel stinken und habe Gummihandschuhe an. All das scheint ihm egal zu sein, denn er schlingt einen Arm um meine Taille und zieht mich zu sich, als ob es das Normalste der Welt wäre.

„Ich hab dich heute Nacht vermisst", sagt er und verschließt meinen Mund wieder mit einem Kuss, bevor ich antworten kann.

Er bittet nicht um Einlass mit seiner Zunge, sondern fordert ihn regelrecht.

Scheiß auf die Arbeit!, schreit meine Libido entzückt. Mein Gehirn gähnt und hängt resigniert ein „Out of Order"-Schild auf.

Ich schaffe es gerade noch, meine Gummihandschuhe auszuziehen, vergrabe mich dann in seinem dichten, schwarzen Haar und dränge meine Mitte an ihn. Er passt sich meinen Bewegungen an und stöhnt dabei in meinen Mund. Dann küsst er sich an meinem Hals entlang hinunter zu meinem Schlüsselbein. Mit einer Hand stützt er meinen Rücken, die andere umfasst meinen Hintern.

„Balu liegt in seinem Körbchen", raunt er mir ins Ohr. „Ich habe eine extralange Runde mit ihm gedreht, also dürfte er uns nicht stören."

Nate knabbert an meinem Ohrläppchen und ich drohe zu zerspringen vor Lust.

„Was, wenn mein Chef uns erwischt?", necke ich ihn, kann dabei aber ein Stöhnen nicht unterdrücken.

„Dann lege ich ein gutes Wort für dich ein."

„Er kann aber manchmal ganz schön besitzergreifend sein."

„Das kann ich auch", knurrt Nate und hebt mich hoch.

Ich schlinge meine Beine um seine Hüfte und lasse mich von ihm hinüber zur Anrichte mit den Handtüchern darin tragen, auf der er mich absetzt. Zärtlich streicht er mir die Haare aus dem Gesicht und lässt seine Daumen über meine Wangenknochen gleiten.

„Hab ich dir schon mal gesagt, wie hübsch du bist?"

Ich tue, als ob ich überlege.

„Nein, ich glaube nicht."

Langsam beugt er sich zu mir hinunter, lässt dabei mein Gesicht nicht los, und küsst mich langsam und so gefühlvoll, dass es in meinem Bauch flattert. Wie lange bin ich schon nicht mehr so geküsst worden?

Viel zu lange!, schreit meine Libido und köpft euphorisch eine Flasche Schampus. Gleich darauf protestiert sie, weil Nate meine Lippen freigibt.

„Du bist unfassbar hübsch. Deine Nase ...", die er daraufhin küsst, „ ... deine Wangen ...", Kuss, „... deine Ohrläppchen ...", Kuss, „ ... dein Hals", viele Küsse bis hinunter zu meinem Schlüsselbein folgen und lassen mich aufkeuchen. „Ich kann mich einfach nicht sattsehen an dir."

Er fährt mit den Händen meine Schultern hinab, dann an meinen Seiten bis hinunter zu meiner Hüfte, umfasst den Rand meines Pullovers mit beiden Händen, hebt ihn ein Stück und sieht mich dann fragend an.

Ja, um Gottes willen, Ja!, will ich schreien, beschränke mich aber auf ein Nicken.

Nate scheint genau zu wissen, wann er fragen sollte und wann er sich einfach das nehmen kann, was er begehrt. Und was ich so verdammt begehre.

Ich hebe die Arme, damit er mir das lästige Ding über den Kopf ziehen kann. Sein Blick ruht auf meinem Gesicht und wandert dann langsam zu meinen Brüsten.

„Wow", entfährt es ihm, was mich mit Stolz erfüllt, da ihm offensichtlich gefällt, was er sieht.

Seine Hände hinterlassen eine wohlige Wärme, wo sie meine Haut berühren. Trotz seiner harten Arbeit sind sie nicht rau, sondern fühlen sich weich an und sehen sehr gepflegt aus.

Er kann unmöglich schon lange den Holzhandel betreiben, schießt es mir durch den Kopf.

Doch weiter kann ich nicht denken, denn ich brenne nun meinerseits darauf, ihn endlich zu spüren. Meine Finger gleiten wie ferngesteuert unter sein schwarzes Shirt, um es ihm notfalls herunterzureißen. Mit einer fließenden Bewegung hält Nate sie fest und sieht mir fest in die Augen.

„Hope, ich muss dir erst noch etwas sagen."

„Jetzt?", entfährt es mir mit viel zu hoher Stimme.

„Ich hatte einen ... Unfall", fährt er fort, wobei mir das Stocken nicht entgeht. „Es sind ein paar Narben davon übriggeblieben."

„Was ...", setze ich an, doch er unterbricht mich. „Gib mir noch Zeit. Bitte."

Das letzte Wort hat er fast flehentlich ausgesprochen. Ich bin unfassbar neugierig, doch ein Blick in die Augen dieses großen, muskelbepackten Mannes, die mich nun so verletzlich ansehen, reicht, um meine Gier nach Antworten zurückzustellen.

„Okay", sage ich und meine es tatsächlich so.

Irgendetwas ist ihm passiert, das ihn offenbar fast zerstört hat. Und ich werde ihm die Zeit geben, die er braucht, um es zu verarbeiten. Ich lasse sein Shirt los und küsse ihn.

„Ich habe nicht gesagt, dass du aufhören sollst", brummt er zwischen zwei Küssen.

Ich grinse und mache mich sehr gerne wieder an die Arbeit. Kurz darauf steht er mit entblößtem Oberkörper zwischen meinen gespreizten Beinen.

Ich ringe nach Luft.

Mein Blick gleitet von seinen durchtrainierten Oberarmen an seiner breiten Brust entlang, über seine angespannten Bauchmuskeln hinab zu dem V, in dessen Mitte ein leichter Flaum gleich einer Leuchtspur in seiner Jeans verschwindet. Gierig sauge ich jedes Detail auf, um es für immer in meinem Gedächtnis zu speichern. Dieser Mann ist Sex auf zwei Beinen.

„Sag doch was.“

Sein unsicherer Tonfall lässt mich auflachen, nur um kurz darauf meine Arme um seinen Hals zu schlingen.

„Ich kann nicht glauben, dass es dich wirklich gibt. Wenn das ein Traum ist, möchte ich bitte nie wieder aufwachen.“

„Da sind wir schon zu zweit.“

Meine Hände fahren über seinen Rücken und dabei spüre ich mehrere Unebenheiten unter meinen Fingerspitzen. Jedes Mal, wenn ich darüberstreiche, hält Nate die Luft an. Ich hebe mein Gesicht, das ich an seine Brust gedrückt hat, und schaue ihm fest in die Augen.

„Darf ich sie sehen?“

Es kostet ihn sichtlich Überwindung, ja, er scheint richtiggehend mit sich zu kämpfen. Dann nickt er und dreht sich um, damit ich seinen Rücken betrachten kann.

Mehrere kleine Narben verteilen sich von der linken Schulter hinab zu seinen Lenden. Es sieht aus, als ob ihn ein Schwarm Vögel angegriffen und auf ihn eingehackt hätte. Mal mit kleinen Schnäbeln wie von einem Spatz, mal mit großen, die Krähen gehören könnten. Aber das kann nicht die Lösung sein, denn er hat sicher nicht die Hauptrolle in einem Film von Alfred Hitchcock gespielt. Oder doch? Vielleicht ist er ja Stuntman? Das würde seine Sicherheit auf dem eisigen Untergrund, seine Schnelligkeit und Stärke erklären.

Fasziniert streiche ich über jede einzelne der noch ge-
röteten, aber verheilten Wunden. Lange kann es noch
nicht her sein, was auch immer passiert ist. Nate lässt
mich eine Zeitlang gewähren, dreht sich jedoch irgendwann in einer schnellen Bewegung um und hält meine
Hände fest, um mich so gierig zu küssen, dass mir die
Luft wegbleibt.

Wow!

Genauso abrupt lässt er mich wieder los.

„Bitte entschuldige, ich weiß nicht ...“

Er fährt sich durch die Haare und weicht von mir zurück, bis er vor der Duschkabine am anderen Ende des
Raums stehen bleibt.

Ich springe von dem Sideboard herunter und schlinge
meine Arme um seine Mitte. Es scheint, als ob er gegen
sich selbst kämpft, und ich will ihm die Entscheidung
erleichtern. Mit kleinen, sanften Küssen arbeite ich mich
hinunter, bis ich an seinem Hosenbund angelange und
eine Hand an den obersten Knopf lege. Dort verharre ich
und sehe ihn nun fragend an.

„Nein“, sagt er so bestimmt, dass mich die Enttäuschung erstarren lässt.

Habe ich mich verhört?

Er zieht mich zu sich hoch und sagt mit einem Grinsen: „Gleichzeitig, okay?“

Ich bin so erleichtert, dass ich nur dümmlich zurück-
grinse. Er tut es mir gleich und setzt seine Hand an den
obersten Knopf meiner Jeans. Dabei schafft er es irgendwie, dass sein Zeigefinger über meinen Bauch
streicht. Automatisch ziehe ich ihn ein, was Nate dazu
veranlasst die Stirn zu runzeln.

„Hör auf!", befiehlt er und ich gehorche.

In perfekter Synchronität öffnen wir die Knöpfe des jeweils Anderen, lassen unsere Hände in die Hose hinein und zum Hintern weiterwandern und streifen die lästigen Jeans ab. Ich kicke sie von den Füßen und Nate tut es mir gleich, während wir einander an den Hüften festhalten. Dann grinst er mich an und in seinen Augen kann ich die Erregung sehen.

Mit dem Kommentar „Ich bin obenrum schon nackt. Das ist unfair." wandert eine Hand hinauf und öffnet gekonnt den Verschluss meines BHs.

Ich lasse die Träger meine Arme hinabgleiten und schäme mich keine Sekunde, während er mich und meine Brüste mit Blicken verschlingt. Ich fühle mich so begehrt wie nie zuvor. Nate gibt mir das Gefühl, dass nur ich diese Lust in ihm auslösen kann. Ob es tatsächlich so ist, spielt für mich keine Rolle. Gerade jetzt fühlt es sich auf jeden Fall so an, und das ist alles, was zählt.

Seine Lippen senken sich und saugen verlangend an meiner Brustwarze. Ich stöhne, werfe meinen Kopf nach hinten und kralle mich in seinen Haaren fest. Dann hört das Saugen auf und seine Zunge flattert nun um sie herum, bevor sie sich ihren Weg nach unten bahnt.

Ich spüre Nates Finger an meinem Höschen. Kurz darauf liegt es in der gleichen Ecke wie die Jeans. Ich kann nicht anders, ich muss ihn einfach ansehen, während sein Mund meine intimste Stelle liebkost, saugt und leckt.

Es braucht nicht lange, bis ich meinen Höhepunkt erreiche und mit einem Aufschrei zusammensacke. Meine Knie sind weich wie Butter. Mit letzter Kraft lasse ich mich gegen die Wand der Duschkabine sinken. Nate arbeitet sich küssend wieder hoch zu meinem Mund. Als er endlich dort angelangt, bin ich wieder bereit für ihn.

„Du glaubst doch nicht, dass es das schon gewesen ist?", fragt er und sieht mich herausfordernd an.

„Gott, ich hoffe doch nicht."

„Gut." Er legt seine Hände links und rechts von meinem Kopf an die Kunststoffwände und raunt in mein Ohr: „Ich habe noch so viel mit dir vor."

Er öffnet die Kabinentür und dirigiert mich unter Küssen hinein, bis er sie wieder hinter uns schließt. Dann greift er mit einer geschmeidigen Bewegung mit einer Hand die meinen, hebt sie über meinen Kopf und hält sie dort fest an die Wand gedrückt. Mit seiner anderen wandert er langsam hinab. Er grinst zufrieden, als er spürt, wie feucht ich schon wieder bin. Ich winde mich vor Verlangen, doch er ist unerbittlich. Kurz bevor ich wieder einmal so weit bin, zieht er die Hand zurück und drängt sich stattdessen an mich, sodass ich seine Männlichkeit an meiner Mitte spüre, was mich schier in den Wahnsinn treibt. Ich will ihn endlich ganz spüren!

„Nate, bitte!", flehe ich ihn mit zittriger Stimme an.

„Was denn?", gurrt er, während er in Seelenruhe sanfte, hauchzarte Küsse meinen Hals entlangjagt.

„Fick mich endlich", bettel ich um Erlösung.

Ich spüre, wie sich sein Mund an meinem Hals zu einem Lächeln verzieht. Dann sieht er mich schließlich an, mit einer Glut in den Augen, die mir verrät, wie viel Überwindung es ihn ebenfalls kostet, zu warten.

„Na endlich. Ich dachte schon, du sagst es nie."

Er lässt überraschend meine Hände los, ergreift meinen Hintern, um mich hochzuheben, und dringt mit einem harten Stoß in mich ein. Ich schreie auf und kralle mich an ihm fest, während er sich schneller bewegt. Er ist so wild und ungestüm wie an dem Tag, als ich zu ihm ins Auto stieg. Mit immer härteren Stößen treibt er mich dem Abgrund entgegen, bis ich falle. Oder besser gesagt fliege. Kurz darauf ist auch er so weit.

Schwer atmend setzt er mich ab, zieht sich aus mir zurück und lehnt seinen Kopf an meine Schulter.

„Sorry", nuschelt er.

Er klingt so benebelt, wie ich mich fühle.

„Wieso?"

Ich streichele die Narben an seinem Rücken. Nate hebt den Kopf und grinst dieses Lausbubengrinsen, an das ich mich gewöhnen könnte.

„Eigentlich wollte ich zumindest noch das Wasser anstellen, bevor ich über dich herfalle."

Bilder fluten meinen Kopf, die sehr stark an den Film *Die blaue Lagune* erinnern und mich gleich wieder feucht werden lassen.

„Also, ich könnte jetzt auf jeden Fall noch eine Dusche vertragen."

Nate hebt überrascht eine Braue.

„Ich kann aber nicht garantieren, dass es nur beim Duschen bleibt, wenn ich dich überall einseifen darf."

Zur Antwort stelle ich das Wasser an.

„Es wäre mir ein Vergnügen."

Noch nie habe ich es so genossen, eingeseift zu werden, wie an diesem verschneiten Morgen kurz vor Weihnachten.

10

Hope

Ich fühle mich wie auf Wolken schwebend, als ich gegen Nachmittag die Tür zu Nates Haus hinter mir ins Schloss fallen lasse. Dabei kann ich mir mein dümmliches, verliebtes Grinsen nicht verkneifen und lasse die letzten Stunden noch einmal Revue passieren.

Nach unserer gemeinsamen, ausgiebigen Dusche, bei der wir natürlich nicht die Finger voneinander lassen konnten, haben wir es uns mit einer Tasse heißem Kaffee in seinem Wohnzimmer gemütlich gemacht. Auch hier konnten wir nur schwer einen Sicherheitsabstand einhalten. Eng an ihn gekuschelt und mit unzähligen Küssen habe ich den Morgen und den Mittag verbracht.

Wegen mir hätte es den ganzen Tag so weitergehen können, doch Nate musste noch eine zugesagte Ladung Holz ausliefern. Was jetzt alleine der Grund ist, dass ich wieder rüber zu Granny gehe. Dabei kann ich es kaum erwarten, bis wir uns heute Abend wiedersehen.

Schwungvoll öffne ich die Haustüre, rufe eine Begrüßung in den Raum und warte auf eine Antwort. Doch das Haus liegt in völliger Stille da. Ich spähe zur Garderobe und sehe, dass Grannys Jacke nicht hängt. Was bedeutet, dass sie noch bei ihrer Freundin ist und ich somit sturmfreie Bude habe.

Kurz überlege ich, den Fernseher einzuschalten, entscheide mich aber dagegen. Viel lieber will ich mein Glück mit jemandem teilen, und wer wäre hierfür geeigneter als mein bester Freund. Ich schnappe mir mein Handy, wähle seine Nummer und lasse mich in die weichen Kissen auf der Couch sinken. Nach dem vierten Freizeichen geht er ran.

„Hey Kleine, wie schön, von dir zu hören. Wie geht es dir denn?"

„Wunderbar. Mein Tag war bis jetzt ganz großartig."

„Und wer ist der Auslöser dafür?", will er wissen.

„Wer sagt denn, dass es ein Mann ist?", grinse ich und stell mir Nate vor.

Wie er nackt, mit seinem Astralkörper vor mir steht. Wie er mich mit seinen grünen Augen begierig ansieht.

„Ich habe nicht gesagt, dass es ein Mann ist", höre ich ihn sagen. Dabei entgeht mir sein Lachen am anderen Ende der Leitung nicht.

„Oh, stimmt. Aber es ist tatsächlich ein Mann. Nate."

„Ist das nicht Lord Holzklotz?", fragt Eddie belustigt.

„Das war mal. Nate ist alles andere als ein Holzklotz", verteidige ich ihn und höre mich selbst seufzen.

„Himmel, dich hat es ja voll erwischt."

„Hm … ja. Er ist toll. Sein Aussehen, sein Charakter, auch wenn er sich manchmal etwas geheimnisvoll verhält, aber…"

„Was genau meinst du mit geheimnisvoll?", unterbricht er mich alarmiert.

Ich weiß, dass mein bester Freund sich immer gleich wahnsinnig viele Gedanken um mich macht. Auf der einen Seite weiß ich, dass er es nur gut meint, und doch geht mir sein Großer-Bruder-Gehabe manchmal gegen den Strich.

„Kein Grund zur Sorge", beruhige ich ihn.

„Was genau meinst du mit geheimnisvoll?", wiederholt er mit Nachdruck und ich kann mir einen lauten Seufzer nicht verkneifen.

„Da ist nichts. Nur dass er nicht gerne über seine Vergangenheit reden will."

„*Nur* nennst du das? Hope, ich kenne dich. Ich weiß, wie oft du schon an die falschen Typen geraten bist. Und jemand, der nicht über seine Vergangenheit reden will, ist definitiv der Falsche."

„Danke aber auch." Beleidigt schiebe ich meine Unterlippe nach vorne. „Bis eben war ich noch richtig gut drauf und jetzt lässt dein Gerede meine Laune sofort wieder sinken."

„Ich will doch nur, dass es dir gutgeht."

„Schon klar."

Noch immer klinge ich leicht angepisst, was nicht nur meinem besten Freund zu verdanken ist. Denn seine Worte lassen mich selbst ein wenig zweifeln. Vielleicht war es ein Fehler mit Nate zu schlafen. Vielleicht hätte ich mich erst besser über Nate erkundigen sollen. Aber wie kann das, was ich empfinde, wenn ich an ihn denke, ein Fehler sein? Wie kann es ein Fehler sein, in seinen Armen zu liegen und glücklich zu sein.

Nein!

„Er hat ja nicht gesagt, dass er nie darüber reden will. Nur jetzt noch nicht."

Am anderen Ende der Leitung herrscht kurz Pause, ich sehe meinen besten Freund vor mir. Wie er sich durch sein streichholzkurzes Haar fährt und dabei überlegt, wie er mir die rosarote Brille möglichst schonend ausziehen kann.

„Hope, tu mir bitte nur den Gefallen und verlieb dich nicht zu schnell in diesen Mann. Du weißt doch, was passieren kann."

Diese Aussage kann nur von einem Mann kommen. Wie bitte soll ich mich denn verlieben? Immer nur häppchenweise oder was? Nein. Vielleicht ist es ein Problem von mir, dass ich, wenn ich mich verliebe, es dann immer mit Haut und Haar tue, aber ich kann einfach nicht anders. Dieses Gefühl, das ich bei Nate empfinde, lässt sich nicht unterdrücken. Dafür ist es schon zu spät.

„Mach dir keine Sorgen um mich. Erzähl mir lieber, was es bei dir Neues gibt", lenke ich von dem Thema ab.

Eddi murmelt irgendetwas in seinen nicht vorhandenen Bart und ich meine zu hören: „Da reden wir aber noch einmal drüber."

Ausgiebig berichtet er mir von dem Konzertbesuch, und dass er mal wieder eine neue Freundin hat. Mittlerweile kann ich schon gar nicht mehr zählen, wie viele es in der Zeit, in der wir uns nun kennen, gewesen sind. Ich weiß nur, dass seine längste Beziehung ein Jahr dauerte.

Warum all seine Beziehungen in die Brüche gehen, ist mir ein Rätsel. Eddi ist gutmütig, kein Draufgänger, hat ein regelmäßiges Einkommen und sein Aussehen ist auch nicht zu verachten. Allerdings will es mit der Liebe einfach nicht klappen.

Wie bei mir. Bis jetzt. Denn in Nate sehe ich endlich einen Mann, mit dem ich mir eine Zukunft vorstellen könnte. Wo wir schon wieder beim Thema sind. Ich sollte es vielleicht wirklich etwas langsamer angehen und uns nicht jetzt schon vor dem Traualtar stehen sehen. Ja, dieses Mal sollte ich mich wirklich bremsen. Ich will Nate mit meiner Verliebtheit nicht in die Flucht schlagen, so wie es bei seinen Vorgängern immer der Fall war.

Als ich drei Stunden später erneut an mein Handy gehe und dabei Nates Nummer sehe, ist das Gespräch mit Eddi zwar noch nicht vergessen, aber weit in den Hintergrund gerückt.

„Hallo Boss. Gibt es eine Beschwerde wegen meiner Arbeit?", begrüße ich ihn.

Mein Herzschlag beschleunigt sich augenblicklich, als ich seine tiefe, warme Stimme vernehme, die mir zuflüstert: „Oh ja. Dein Boss möchte, dass du augenblicklich deinen süßen, kleinen Hintern zu ihm schwingst."

„Das hört sich ganz nach einem Befehl an", wispere ich in den Hörer.

„Genau richtig erkannt. Du hast zehn Minuten Zeit. Ansonsten hole ich dich höchstpersönlich."

„Ich bin gleich bei dir."

Als ich kurz darauf an seiner Haustüre stehe und klingeln will, wird diese schon aufgerissen und Nate zerrt mich ins Innere.

„Hoppla."

Überrascht lasse ich mich in seine Arme ziehen und heiße seinen Mund willkommen, der sich gierig auf meinen presst. Ich muss mich auf Zehenspitzen stellen, um meine Hände in seinen Nacken legen zu können, und drücke mich fest an ihn. Wie eine Ertrinkende klammere ich mich an ihn, will ihn nicht wieder loslassen, und doch fordert meine Lunge durch diesen Überraschungsangriff ein wenig Sauerstoff.

„Ich bekomme kaum noch Luft", wispere ich an seinen Lippen und schiebe ihn ein wenig von mir.

„Tut mir leid."

Nate greift nach meiner Hand und zieht mich ins Wohnzimmer, wo er sich auf die Couch fallen lässt und seine Hände mich rittlings auf seinen Schoß schieben.

„Da hat mich wohl jemand vermisst", lache ich und spüre seine Finger, die sanft über die nackte Stelle zwischen meinem Pullover und dem Jeansbund streicheln.

„Die ganze Zeit konnte ich nur an dich denken", murmelt er und beginnt, mit seinen Lippen an meinem Hals unterhalb des Ohres zu küssen.

„Hm", seufze ich genussvoll. „Soll das etwa ein Vorwurf sein?"

„Natürlich. Du warst viel zu lange weg."

Während er das sagt, fängt er an, mit seinen Zähnen ganz vorsichtig an meiner Haut zu knabbern.

„Es waren doch nur drei Stunden."

„Drei viel zu lange Stunden", knurrt er und seine Hände greifen meinen Po, um mich besser auf seine Mitte zu platzieren. „Spürst du, wie sehr ich dich vermisst habe?"

Schwer atmend nicke ich.

„Ganz deutlich. Aber vielleicht sollten wir dir eine Pause gönnen, schließlich bist du auch nicht mehr der Jüngste."

„Ich werde dir gleich zeigen, wie jung ich bin", brummt er und beginnt, den Saum meines Sweatshirts nach oben zu schieben, bis er es schließlich ganz in den Fingern hat und im hohen Bogen durch das Wohnzimmer schleudert.

Seine Lippen an meinem Hals, seine Hände auf meinem Rücken, die nun den Verschluss meines BHs öffnen, machen mich ganz kirre. Ich begehre diesen Mann so sehr, dass es schon beinahe schmerzt, und ich weiß, dass ich ihm schon jetzt hoffnungslos verfallen bin. Nate löst ein Verlangen in mir aus wie noch keiner vor ihm. Ungeduldig rutsche ich auf seinem Schoß hin und her, was ihn die Luft noch viel tiefer einsaugen lässt.

„Himmel, Hope, du machst mich ganz wahnsinnig mit deinem Körper."

„Und du mich", wispere ich und zerre ihm das Shirt über den Kopf.

Dass sich dabei ein Knopf löst, stört keinen von uns.

„Wo ist Balu?", will ich schwer atmend wissen und beginne damit, seinen Gürtel durch die Schnalle zu schieben.

„Oben, in seinem Körbchen."

„Wunderbar."

Und ehe ich mich versehe, hat er auch schon meine Jeans halb hinuntergezogen. Leicht hebe ich meinen Po an und helfe ihm, sie mir ganz auszuziehen, bis sie neben seiner eigenen auf dem Boden landet. Mit all den anderen, lästigen Kleidungsstücken.

Nate

Nur das schwache Licht des Kaminfeuers erhellt den Raum, und doch sehe ich Hopes Umrisse ganz deutlich. Ihre wunderbar perfekten Brüste, ihren warmen weichen Körper. Alles an ihr treibt mich beinahe in den Wahnsinn, und als sie jetzt ganz nackt erneut auf meinem

Schoß Platz nimmt, habe ich die größte Mühe damit, nicht wie ein Tier über sie herzufallen. Begierig sauge ich jeden Zentimeter ihres Körpers in mir auf, so lange, bis ich es nicht mehr aushalte, sie nur anzusehen. Ich will sie spüren, ganz.

Als ob Hope meine stille Bitte verstanden hätte, spreizt sie ihre Beine und setzt sich vorsichtig auf meinen Schwanz. Ich wage es kaum zu atmen, muss mich beherrschen, Hope die Führung zu überlassen.

Immer weiter rutscht sie mit ihrer feuchten Öffnung hinab, sodass er schließlich ganz in ihr ist.

„Gott, du fühlst dich so verdammt gut an", kann ich nicht an mich halten ihr zu sagen.

Langsam lasse ich meine Hüften kreisen, ziehe mich leicht zurück, um dann wieder zuzustoßen.

„Dito", flüstert sie und in ihren Augen kann ich das lustvolle Funkeln erkennen.

Meine Bewegungen werden schneller, genau wie Hopes Atem, und gemeinsam bewegen wir uns auf einer Welle der puren Ekstase. Beinahe gleichzeitig erreichen wir unseren Höhepunkt. Ein nicht enden wollendes Gefühl der völligen Zufriedenheit breitet sich in mir aus, und als ich sie paar Minuten später in meinen Armen liegen sehe, wie sie glücklich die Augen geschlossen hat und ein wohliges Lächeln auf ihrem Gesicht liegt, weiß ich, dass diese Frau es schaffen könnte, mich zu heilen.

Und doch ist da diese Alarmglocke in meinem Kopf, die laut schrillt und mir zu verstehen gibt, dass meine Vergangenheit noch immer zwischen uns steht. Hope hat keine Ahnung von dem, was ich durchmachen musste, und ich hoffe und bete zum Himmel, dass mir noch ein paar Stunden, ein paar Tage so wie jetzt mit diesem unbeschreiblichen, puren Glück bleiben.

Noch bin ich nicht bereit, ihr davon zu erzählen. Noch herrscht in meinem Inneren ein kleines Chaos, das erst in Ruhe sortiert werden muss. Aber nicht heute, nicht jetzt.

In diesem Moment möchte ich einfach nur glücklich sein. Möchte einfach nur das genießen, was diese kleine rothaarige Schönheit in mir auslöst.

Ich bette ihren Kopf auf meine Brust, an der Stelle, an der mein Herz wie verrückt klopft, und wickle mir eine ihrer Haarsträhnen um den Zeigefinger. Ihre Hände streichen sanft über meinen nackten Bauch, und als sie irgendwann, gefühlte Stunden später, sagt, ihr Fuß sei eingeschlafen, erheben wir uns.

„Hast du Hunger?", frage ich sie und reiche ihr ihre Unterwäsche.

„Wie verrückt."

Als sie nach ihrem Shirt greift, halte ich sie auf.

„Mir gefällt es viel besser, wenn du so durch mein Haus läufst."

„Das glaube ich dir sofort."

Sie grinst und lässt das Shirt auf den Boden fallen.

„Braves Mädchen."

„Das Gleiche gilt aber für dich auch", lacht sie und nimmt mir meine Jeans ab.

„Wie du wünschst. Komm", ich greife nach ihrer Hand und ziehe sie hinter mir her in die Küche.

„Dann wollen wir mal gucken, was du so im Kühlschrank hast", sagt sie und öffnet ihn.

„Als ob du das nicht genau wüsstest! So sauber wie jetzt hat der Kühlschrank bisher noch nie ausgesehen", lache ich und schlinge meine Arme von hinten um ihren traumhaften Körper.

„Da hast du auch wieder recht. Hm, was hältst du von einem Hackbraten? Ich kann mich daran erinnern, dass ich welchen im Kühlfach gesehen habe."

„Um ehrlich zu sein, ist es mir ganz egal. Solange du hierbleibst und kochst. Denn ich bin dafür leider völlig ungeeignet."

„Warum wundert mich das nicht?" Mit dem Kopf deutet sie in Richtung Vorratsraum, wo sich meine Ravioli und diverses anderes Dosenzeugs befinden. „Hat dir schon mal jemand gesagt, dass du eine Frau brauchst?", neckt sie mich, und doch höre ich ihren kleinen fragenden Unterton heraus, der wissen will, wie es mit uns weitergeht.

„Ich bin auf dem besten Weg, mir eine zuzulegen", sage ich halb im Spaß und spüre doch den Funken Wahrheit darin.

„Na dann ist ja gut."

Sie nickt und macht sich an die Arbeit.

Immer wieder versuche ich, ihr beim Kochen zur Hand zu gehen, doch das Zwiebelschneiden dauert länger als erwartet. Genauso, wie die Kartoffeln zu schälen. Als wir dann knapp eine Stunde später zusammen an meinem Esstisch sitzen und uns Hopes Mahl schmecken lassen, bin ich nicht nur völlig entspannt, sondern auch glücklich. Ja, glücklich.

„Was machst du eigentlich morgen Abend?", fragt Hope und nimmt einen Schluck von dem Rotwein.

„Morgen ist Heiligabend", erinnere ich sie.

„Ich weiß. Deshalb frag ich dich ja."

„Nichts", lüge ich.

Denn noch vor ein paar Tagen, bevor Hope in mein Leben gestolpert ist, wusste ich genau, wie ich diesen Abend und die zwei darauffolgenden verbringen würde. Nämlich mit einer oder mehreren Flaschen besten Cognacs. Dabei wollte ich mir alte Filme ansehen, vielleicht sogar eines der Fotoalben von Suzie und mir. Doch jetzt, mit Hope ist plötzlich alles anders.

Diese Frau schaffte es, dass ich zum ersten Mal seit Monaten nicht nur dunkle, grauen Wolken sehe, sondern auch einen Lichtstrahl, der sich hindurchkämpfte und immer stärker zu werden scheint.

„Dann komm zu Granny und mir. Granny zaubert den besten gefüllten Truthahn, den du dir vorstellen kannst und …"

„Du musst mich nicht mit Essen ködern." Ich greife nach ihrer Hand. „Denn nicht deswegen will ich kommen. Sondern, um bei dir sein zu dürfen."

Auf ihrem Gesicht erscheint ein Lächeln, welches mein Herz augenblicklich schneller schlagen lässt und den Knoten in meinem Magen noch verstärkt. Was auch immer Hope mit mir anstellt, es ist genau richtig. Sie ist genau richtig.

11

Hope

Eingehend betrachte ich den von mir geschmückten Weihnachtsbaum. Die weinroten und goldenen Glaskugeln, die Strohsterne und die weißen Lichter lassen den Raum in einem beruhigenden Licht erstrahlen. Dazu noch das Kaminfeuer, das knisternd vor sich hinflackert, und der Duft von Grannys gefülltem Truthahn runden meine Vorfreude ab.

In weniger als einer halben Stunde kommt Nate. Ich bin zugleich wahnsinnig aufgeregt ihn zu sehen, aber auch voller Vorfreude, dass er den Abend mit uns verbringen will. Dabei versuche ich, mein verliebtes Grinsen ein wenig zu unterdrücken, was mir mehr schlecht als recht gelingt. Seine gestrige Zusage hat meine Bedenken über Bord geworfen, denn sein Kommen bedeutet doch, dass es ihm ernst mit mir ist. Warum sollte er sonst diesen besonderen Anlass mit mir verbringen?

Ich trete einen Schritt zur Seite, mustere noch einmal kritisch meine Baumdekoration, bevor ich mich mit einem zufriedenen Nicken ins Badezimmer begebe, um mein schwarzes Stretch-Minikleid anzuziehen. Dieser Abend soll besonders werden. Es ist unser erstes Weihnachtsfest, und das soll sowohl für ihn als auch für mich unvergesslich werden.

Nachdem ich ein wenig Make-up und Lipgloss aufgelegt und meine Wimpern frisch getuscht habe, gehe ich wieder in die Küche, um Granny zu helfen.

„Du siehst hübsch aus", sagt sie mit einem Seitenblick auf mein enges Kleid und mein Haar, das ich zu einem Zopf zur Seite geflochten habe.

„Es ist ja auch heilige Nacht", erwidere ich und nasche von dem Plumpudding.

„Das auch, aber ich denke, du hast dich nicht nur deswegen so in Schale geworfen."

Ich deute mit meinem Daumen und Zeigefinger einen kleinen Abstand an und sage verschmitzt: „Auch ein wenig für Nate."

„Das war mir klar", grinst sie und drückt mir eine Schüssel mit Kartoffeln in die Hand.

Beinahe zeitgleich klingelt es am Eingang und ich bin mir sicher, dass ich noch nie so schnell wie jetzt an der Haustüre gewesen bin.

Da steht er, mein Nate. Mit einem Lächeln auf den Lippen, was die Schmetterlinge in meinem Bauch beinahe Salto fliegen lässt.

„Hey", bringe ich mühevoll hervor und trete zur Seite, damit er reinkommen kann.

Auf meiner Höhe hält er an, beugt sich zu mir hinab und streift ganz leicht mit seinen Lippen die empfindliche Stelle hinter meinem Ohr. „Ich habe dich vermisst."

„Und ich dich", wispere ich mit geschlossenen Lidern und koste den kurzen Augenblick der Vertrautheit aus.

„Du siehst unheimlich sexy in diesem Stück Stoff aus, und wenn deine Granny nicht hier wäre, hätte ich ihn dir schon längst über deinen süßen Po geschoben."

„Wo sind deine Manieren, Nate?", flüstere ich und spüre, wie er für einen kurzen Moment seinen Finger an meinem Oberschenkel hochwandern lässt.

„Die sind wohl zusammen mit deinem Auto in der Hecke gelandet."

„Hm, sieht mir ganz danach aus."

Entrüstet seufze ich, als er seinen Finger von meinem Oberschenkel wegnimmt. Aber das ist nicht das Einzige, was diesen Augenblick stört. Es ist auch Balus nasse, kalte Schnauze, die sich jetzt gegen mein Knie drückt.

„Hey Süßer."

Ich beuge mich hinab, um ihn ebenfalls zu begrüßen. Nach einer kurzen Streicheleinheit gehen wir zusammen ins Esszimmer, wo Granny bereits den Tisch fertig gedeckt hat und nun auf uns wartet.

„Nate, wie schön, dass du gekommen bist", begrüßt sie ihn mit einem Lächeln, das mehr zu wissen scheint.

Aus dem Augenwinkel sehe ich, wie mein großer, viel zu gutaussehender Freund verlegen den Blick senkt.

„Ich freue mich, hier sein zu dürfen."

„Ich glaube, Hope hätte es nicht ausgehalten, dich alleine in deinem Haus zu wissen. Ohne vernünftiges Essen und nette Gesellschaft."

Statt einer Antwort nickt Nate und nimmt auf seinem Stammstuhl Platz. Das Essen verläuft wie das letzte auch. Locker, fröhlich und ohne das Gefühl, dass irgendjemand sich unwohl fühlt.

„Und Nate, wie sieht's aus?", sagt Granny gerade, während ich ein Stück des köstlich zarten Fleisches mit der Gabel aufspieße und in meinem Mund zergehen lasse. Göttlich! „Übernachtest du heute hier?"

Ich verschlucke mich so heftig, dass ich das Gefühl habe zu ersticken. Granny grinst, während Nate mir besorgt auf den Rücken haut.

„Granny!", sage ich entrüstet, als ich wieder halbwegs Luft bekomme.

Wieso muss sie mich nur immer in solch peinliche Situationen bringen?

„Was denn?" Schon ist sie wieder die Unschuld in Person. „Man wird ja wohl noch mal fragen dürfen. Immerhin habe ich ein Geschenk für Nate, und wenn er morgen früh nicht da ist, um es gemeinsam mit uns aufzumachen, wäre es doch sehr schade."

„Also, das kann ich dir natürlich nicht antun, Beth", sagt Nate und sieht dann mich an. „Ich habe nämlich auch Geschenke für euch."

Mir wird ein klein wenig übel, weil ich nämlich keinen Gedanken an ein Geschenk für Nate verschwendet habe. Ganz abgesehen davon, dass ich kein Geld für ein Geschenk habe. Ich bin eine schlechte Freundin!

Nate ergreift meine Hand.

„Hey, Kleine. Keine Sorge, du musst mir nichts schenken." Mein schlechtes Gewissen steht mir offenbar ins Gesicht geschrieben. „Du hast schon so wahnsinnig viel für mich getan."

„Ja, und du bezahlst mich dafür. Genauso, wie du mein Auto hast reparieren lassen. Und ich schaffe es nicht einmal, dir ein Weihnachtsgeschenk zu kaufen."

Ich bin sauer, und zwar so richtig. Sauer auf mich, weil ich mein Leben nicht auf die Reihe bekomme und so einen tollen Mann wie Nate nicht verdiene. Aber es ist Weihnachten, das Fest der Liebe, also reiße ich mich zusammen, um es den anderen nicht zu versauen.

„Entschuldigt bitte. Ich wollte meinen Frust nicht an euch auslassen. Lasst uns lieber anstoßen."

Ich hebe feierlich das Glas mit Eierpunsch und die beiden tun es mir gleich.

„Auf das Fest der Liebe", sage ich und sehe Nate tief in die Augen.

In ihnen erkenne ich ganz kurz etwas, das schon einige Male vorher hindurchgehuscht ist. Ganz leicht nur und für so manchen kaum zu erahnen. Das erste Mal habe ich es im Auto gesehen, als ich die Kassette berührte. Das Grün verliert für Sekunden seinen Glanz, wird trüb, bevor es mit dem nächsten Blinzeln wieder strahlt, als ob nichts gewesen wäre.

Was liegt dir auf der Seele, Nate?

„Cheers", prostet er mir zu.

„Auf euch, meine Lieben. Mögen wir noch ganz viele Weihnachtstage zusammen verbringen. Vielleicht auch mit Enkelkindern ..."

„Gran!", rufe ich scharf aus.

Sie lacht und Nate fällt in ihr Lachen ein. Ich wäre gerne sauer auf Granny, bin aber viel zu glücklich, ihn nun wieder so fröhlich zu sehen. Und nicht nur deswegen steigt meine Laune.

Er hat nicht gesagt, dass er das nicht auch will.

Schon höre ich im Hinterkopf wieder die Hochzeitsglocken läuten.

Einige Eierpunschgläser später verabschiedet sich Granny ins Bett und lässt uns allein zurück am Tisch. Mir ist ganz warm vom Alkohol und Nate scheint es genauso zu gehen. Er schwankt leicht, als er mir hilft den Tisch abzuräumen. Grannys Eierpunsch hat es aber auch wirklich in sich.

„Beth ist echt witzig", sagt er und stellt die Teller neben der Spüle ab.

„Das sagst du nur, weil du nicht derjenige bist, den sie blamiert."

Ich lasse Wasser über die Teller laufen und sortiere sie danach in die Spülmaschine ein. Ich hoffe sehr, dass der Goldrand den Waschgang aushält, aber ich fühle mich gerade einfach nicht in der Lage, alles mit der Hand zu spülen. Nate schlingt seine Arme um mich, sein Mund bedeckt meinen Nacken mit Küssen.

„Also, ich finde deine Babybilder total goldig."

„Oh Gott!", sage ich und schlage mir beschämt die Hände vors Gesicht. „Wann hat sie dir die gezeigt?"

„Als du vorhin auf Toilette warst."

„Da war ich doch nur ein paar Minuten weg."

„Das reicht, um zu wissen, dass du gerne Prinzessin gespielt hast. So richtig mit Krone und Ballkleid und dem ganzen Glitzerkram."

„Ich bringe sie um!"

Nate lacht und dreht mich zu sich um. Wie von selbst schlingen sich meine Hände um seinen Nacken, während sich sein Mund auf meinen presst.

„Mmmm ... Du schmeckst nach Weihnachten. Das wird ab jetzt meine liebste Zeit des Jahres sein."

Er drängt sich an mich, nagelt mich fest, indem er die Hände seitlich von mir auf der Arbeitsplatte positioniert.

„Granny bringt mich um, wenn die Essensreste eintrocknen", versuche ich, mich dem Griff zu entwinden.

Doch lasse ich mich viel zu gerne und viel zu einfach wieder von ihm einfangen. Sein Blick gleitet von mir hinüber zum Tisch.

„Vorschlag – wir gehen nach oben und ich verspreche dir, wir sind rechtzeitig wieder zurück, bevor alles eintrocknet."

„Versprich nichts, was du nicht halten kannst", necke ich ihn, während ich mich an ihm reibe.

Ich grinse, als die Reaktion auf meine Nähe in seiner Hose prompt erfolgt.

„Gott, Hope", knurrt er und knabbert an meinem Hals. „Ich will dich!" Dann nimmt er mein Gesicht in seine schönen, weichen Hände. „Bitte."

Ohne ein weiteres Wort zu verlieren, ergreife ich seine Hand und führe ihn hinter mir die Treppe hinauf. Ich werde Sex haben.

In Grannys Haus.

In meinem alten Kinderzimmer.

An Weihnachten.

Herrje.

Ein Poltern weckt mich auf. Ich muss mich kurz orientieren und will dafür aufstehen, doch etwas liegt schwer auf meiner Brust und hindert mich daran. Ich taste mich entlang und muss auf der Stelle grinsen. Nate liegt neben mir. Wir hatten gerade Sex. Unfassbar hammermäßigen Sex, der von Mal zu Mal besser wird.

In Grannys Haus.

An Weihnachten.

Fuck! Der Tisch ist noch nicht abgeräumt, weil wir beide direkt eingeschlafen sind. Dämlicher Eierpunsch!

Es poltert noch einmal. Sind das etwa Einbrecher? Wer macht denn so was? Es ist Heiligabend, verdammt noch mal!

Ich überlege, Nate zu wecken und zusammen mit ihm und einem Baseballschläger die Diebe zu vertreiben, da fällt mir etwas ein. Balu ist unten. Mit den Resten unseres Festmahls. *Oh, Oh ...*

Diesen Dieb schaffe ich auch alleine. Dank des Eierpunsches schläft Nate tief und fest und bekommt nicht mit, wie ich mich aus seiner Umarmung löse. Ein kurzer Kuss, ein langer Blick, ein glücklicher Seufzer und dann schleiche ich die Treppe hinunter.

An deren Ende erwartet mich ein freudig mit dem Schwanz wedelnder Balu, der dabei genüsslich auf etwas herumkaut. Ich vermute, es sind die Reste der Truthahnbrust. Ich nehme ihm seine Beute ab, stelle sicher, dass sich kein Knochen mehr darin befindet, der splittern könnte. Dann gebe ich ihm den Braten wieder zurück und wünsche frohe Weihnachten.

Seufzend lasse ich meinen Blick über das zwischenzeitlich entstandene Chaos auf dem Tisch schweifen. Es hilft ja alles nichts. Versprochen ist versprochen. Also beginne ich so leise wie möglich Ordnung zu schaffen. Dabei fällt mein Augenmerk Blick auf die im Wohnzimmer aufgehängten Strümpfe. Und endlich habe ich eine Idee, was ich Nate zu Weihnachten schenken kann.

Nate

„Guten Morgen, Schlafmütze."

Soeben hat Hope noch friedlich geschlummert, aber sobald sie meine Stimme hört, lächelt sie, ohne die Augen zu öffnen. Sie ist wunderschön.

„Aufstehen. Zeit für Geschenke."

Ich streiche ihr eine Strähne aus der Stirn und küsse dann die Stelle. Sie reckt sich wohlig wie eine Katze und schlägt ein Auge auf.

„Wie spät ist es denn?"

„Acht Uhr. Beth ist schon unten. Ich habe sie poltern hören und wollte ihr helfen, weil mir siedend heiß eingefallen ist, dass ich mein Versprechen nicht gehalten habe. Aber irgendwie muss der Weihnachtsmann mit seinen Weihnachtselfen heute Nacht die Arbeit gemacht haben. Du weißt nicht zufällig etwas darüber?"

Sie grinst, was mir Antwort genug ist.

„Ehrlich, Hope, du hättest mich wecken sollen. Ich hätte dir gerne geholfen", werde ich wieder ernst.

Ich möchte nicht, dass sie glaubt, sie wäre nur eine Putze für mich. Sie ist so viel mehr als das.

„Schon okay", sagt sie und rappelt sich hoch. „Dein Hund hat mich geweckt, weil ihm der Braten ebenso gut geschmeckt hat wie uns."

„Oh, verdammt. Daran habe ich nicht gedacht. Sorry."

Ich könnte mich selbst ohrfeigen! Weil ich nicht die Finger von ihr lassen konnte, hat sie nun alleine den Dreck von mir und Balu wegmachen müssen.

„Ich mach's wieder gut."

„Das hoffe ich doch! Granny besteht darauf, später die Weihnachtsansprache der Queen zu sehen, und du, mein Lieber, wirst zur Strafe mit dabei sein."

Mein Herz pumpt wie wild und meine Narben schmerzen.

Nein, Hope, bitte nicht. Verlange alles, was du willst, aber nicht diese eine Sache.

Mein stummes Flehen nimmt sie natürlich nicht wahr.

Wie könnte sie auch, wenn ich meinen Mund sagen höre: „Na klar. Kein Problem."

Es ist nur eine Fernsehübertragung. Es kann nichts passieren, versuche ich mich zu beruhigen.

„Na komm, es ist Zeit für die Geschenke."

Mit viel zu überdrehter Stimme ziehe ich sie hoch aus dem Bett. Sie wirft sich einen Bademantel über.

„Schade, dass wir nicht bei mir zu Hause sind", sage ich bedauernd, als sie ihren wundervollen Körper verhüllt. Sie lacht und gibt mir einen Kuss.

Ich verdiene dich nicht, Hope.

Ich bin viel zu glücklich mit ihr und das macht mir Angst. Ich will sie nicht auch noch verlieren.

Im Wohnzimmer begrüßen uns Beth und Balu. Der Tisch ist bereits für das Frühstück gedeckt und der Bauch meines Hundes wölbt sich verdächtig.

Ich sehe zu Hope, die unschuldig mit den Schultern zuckt und sagt: „Es ist Weihnachten."

Sie hat recht. Wie könnte ich meinem besten Freund an so einem Tag einen Braten verwehren.

„Ich gehe gleich mit dir raus, Kumpel", meine ich und tätschle ihm den Kopf. „Aber erst die Geschenke für die Menschen."

Ich fühle mich wieder wie ein kleiner Junge, als ich die Socke mit meinem Namen vom Kaminsims nehme. Beth und Hope haben ebenfalls diesen Glanz in den Augen, den man nur an Weihnachten hat. Im Hintergrund höre ich *Driving Home for Christmas* im Radio. Ja, auch ich fühle mich endlich zu Hause angekommen und nicht mehr wie auf einer ewigen Flucht vor mir selbst.

Dank Hope.

Ich lasse meine Socke sinken und beobachte sie, wie sie mein Geschenk hervorzieht, es sorgsam begutachtet und Vermutungen anstellt, bevor sie die Schachtel öffnet. Mit Tränen in den Augen sieht sie mich an.

„Jedes Mal, wenn ich so lange im Wald unterwegs war, um vor meinen Gefühlen für dich davonzulaufen, habe ich daran gearbeitet. Irgendwie wusste ich, dass ich es dir eines Tages schenken würde. Ich dachte allerdings nicht, dass der Tag so schnell kommen würde."

„Was ist es denn?", fragt Beth und späht hinüber zu ihrer Enkelin, die gegen die Tränen ankämpft.

„Das heißt, du hast doch an mich gedacht? Ich glaubte, du kannst mich nicht ausstehen, und habe vor Wut fast deine Fliesen kaputtgeschrubbt."

Jetzt lacht sie. Ich lege meine Geschenksocke weg, um ihre Hände zu greifen.

„Seitdem ich dich am Straßenrand aufgelesen habe, habe ich jede einzelne Sekunde an dich gedacht."

Wir versinken in einem langen Kuss und es ist uns egal, ob Beth uns dabei zusieht. Ihr entfährt ein kleines „Aww", als sie mein Geschenk für Hope näher begutachtet. Es hat mich wahnsinnig viel Zeit und einige Schnittwunden gekostet. Sie dreht den Anhänger, den ich für Hope geschnitzt habe, in den Händen.

„Wo hast du so was gelernt?", will sie wissen.

„Bei den Pfadfindern", lüge ich.

Beth hält den Anhänger neben Balu und vergleicht die beiden miteinander.

„Du hast echt Talent. Man erkennt ihn sofort."

„Danke. Ich wollte, dass Hope etwas dabeihat, was sie an uns erinnert, wenn ...", ich stocke kurz, weil mir der

Gedanke zuwider ist, von ihr getrennt zu sein, „sie in London ist. Damit sie ganz schnell den Weg zu uns zurückfindet."

Zu mir zurückfindet, denke ich im Stillen.

Hope fällt mir um den Hals und schluchzt: „Ich will gar nicht gehen."

„Ich weiß", antworte ich und streichle über ihren Rücken. „Aber ich weiß auch, dass du deinen Traum leben musst. Und ich will nicht der Grund sein, warum er scheitert. Wir bekommen das schon hin."

Sie schnieft an meiner Brust. „Sicher?"

„Ganz sicher!" Meine Überzeugung scheint sie anzustecken. Sie löst sich von mir und nickt. Mit dem Daumen wische ich ihre Tränen weg. „Ich hasse es, wenn du weinst. Schon alleine deswegen lassen wir uns zusammen etwas einfallen."

Endlich grinst sie wieder so frech, wie ich sie kenne.

„Jetzt bist du dran. Mach mein Geschenk auf", fordert sie mich auf.

Ich greife meinen Geschenkestrumpf und ziehe als Erstes eine Packung Dosenravioli heraus. Die zwei verfallen in Gelächter.

„Ha, ha, witzig", grummle ich, muss aber mitlachen.

„Entschuldige bitte, aber ich konnte einfach nicht widerstehen", sagt Beth.

Hope hat recht. Sie ist nicht so witzig, wenn sie sich über mich lustig macht.

„Jetzt meins."

Hope greift in den Strumpf und zieht eine Schachtel hervor, die die Größe einer Konservendose hat. Misstrauisch hebe ich eine Braue.

„Nicht was du denkst", versichert sie mir, was ich glaube, weil Hope mich nie anlügen würde.

Sie gibt mir die Schachtel und wartet, dass ich sie öffne. Gerade sieht sie mich so an, wie Balu es macht, wenn er darauf wartet, dass ich endlich den Ball werfe, damit er hinterherflitzen kann, um ihn mir wieder zurückzubringen. Ich nehme mir vor, sie auf keinen Fall zu enttäuschen. Egal, was für ein furchtbares Geschenk sie für mich improvisiert hat, ich werde mich darüber freuen. Allein die Tatsache, dass sie sich überhaupt Gedanken darüber gemacht hat, ist es wert.

Ich ziehe die rote Schleife auf und hebe den Deckel der Schachtel. Sobald ich das getan habe, füllt sich meine Nase mit den fabelhaftesten Gerüchen. Schokolade, Kokos, Kirsche, Vanille und etwas Eierpunsch. Verblüfft sehe ich Hope in die wundervoll blauen Augen.

„Wann hast du die denn gemacht?"

Ich brauche nicht einmal nachzufragen, ob sie sie kreiert hat. Ich weiß es einfach, weil sie so liebevoll gestaltet sind, dass alles an ihnen nach Hope schreit. Alles, was sie tut, tut sie mit Hingabe und Leidenschaft. Sie kann das nicht aufgeben. Sie *darf* das nicht aufgeben. Dann kommt mir die Erleuchtung.

„Du hast die ernsthaft heute Nacht gemacht? Wann hast du denn geschlafen?"

„Ungefähr fünfzehn Minuten, bevor du mich geweckt hast", sagt sie und sieht dabei kein bisschen müde, genervt oder vorwurfsvoll aus.

Sie ist perfekt.

„Probier sie", fordert sie mich auf und klingt, wenn überhaupt möglich, noch aufgeregter. Und nervöser.

Du brauchst nicht nervös zu sein, Hope. Ich werde sie lieben. Ebenso wie ich dich liebe.

Jede einzelne Pore will die Sätze herausschreien, doch ich habe Angst, sie damit zu überfordern.

Meine Hand schwebt über der Schachtel, aber ich kann mich nicht entscheiden. Sie sehen alle so wundervoll aus und ich will keins dieser kleinen Kunstwerke zerstören.

„Welche soll ich zuerst nehmen?", frage ich Hope, damit sie mir die Entscheidung abnimmt.

Beth antwortet für sie: „Ich liebe die mit Kokos. Sie sind ein Traum."

Ich sehe Hope fragend an. Sie nickt zustimmend. Dann lächelt sie.

„Ich kann mich auch nie entscheiden."

Vorsichtig umfasse ich mit zwei Fingern die Praline und schiebe sie mir in den Mund. Ganz langsam lasse ich sie auf der Zunge zergehen, schließe meine Augen und genieße einfach nur. Vor Hope hätte ich gesagt, sie sind besser als Sex. Aber jetzt würde ich sagen, sie rangieren ganz knapp unter Sex mit Hope.

„Und?", höre ich Hope sagen.

Doch ich will meine Augen noch nicht öffnen. Will noch ein bisschen länger genießen.

„Er hat diesen Gesichtsausdruck", raunt Beth ihrer Enkelin zu. „Gib ihm noch einen Moment."

Ich muss grinsen, denn ich weiß genau, was sie meint. Langsam verflüchtigt sich das Aroma und ich bin bereit wieder ins Hier und Jetzt zurückzukehren.

„Du hast recht", sage ich, ziehe Hope zu mir und küsse sie. „Sie sind wirklich ein Lichtblick. Genau wie du.

Versprich mir, ab sofort an jedem Weihnachten Pralinen für mich zu machen."

Hope strahlt über das ganze Gesicht. Ich freue mich, dass meine Meinung ihr so viel bedeutet, weil es umgekehrt genauso ist. Beth steht auf und verschwindet aufgeregt in der Küche.

„Nate, du musst unbedingt noch die probieren, die sie mir zu meinem Geburtstag gemacht hat", höre ich sie entfernt sagen, bin aber noch immer viel zu beschäftigt damit, Hope zu küssen.

Meine *Freundin* zu küssen.

„Oh, na da habt ihr euch ja richtig hingesetzt."

Widerwillig löse ich mich von Hope und sehe ihre Granny verwirrt an. Beth steht mit einer cremefarbenen Schachtel in der Tür und zeigt auf eine Stelle über uns. Hope und ich sehen nach oben und grinsen. Wir sitzen genau unter einem Mistelzweig. Beths Gesicht nach zu urteilen, hängt dieser nicht zufällig da.

„Das ist perfekt. Ich bleibe für immer hier sitzen, esse Pralinen und küsse dich."

„Ich mag deine Schokoküsse unterm Mistelzweig."

Hope sieht genauso glücklich aus, wie ich mich gerade fühle. Kann es wirklich sein, dass ich wieder ein Leben habe?

12

Hope

Granny hält ihm die Schachtel unter die Nase, um ihm eine weitere Praline anzubieten. Es freut mich, dass sie sie so sehr mag, aber ihr Geburtstag ist schon über drei Wochen her. Und ich war nicht da, weil ich mal wieder zu beschäftigt mit Pleitegehen war.

„Sind die überhaupt noch gut, Granny?", frage ich sie und schnuppere misstrauisch an ihnen.

Zumindest von außen sehen sie noch so aus. Die Schokolade ist noch immer schön dunkel und hat keine Schlieren oder sich bereits weiß verfärbt.

„Oh, mein Schatz, weißt du denn nicht, wie gut sich deine Waren in diesen Schachteln halten?"

Nein, das weiß ich wirklich nicht, weil Granny die einzige Person ist, der ich meine Kreationen schicke.

„Sie sehen auf jeden Fall genauso perfekt aus wie meine." Nate grinst und greift sich eine aus der ihm angebotenen Packung „Oh mein Gott, und sie schmecken mindestens noch genauso gut! Wie schaffst du das nur? Hast du ein Zaubermittel, das du in die Schachteln packst?"

Ich könnte Nate stundenlang zusehen, wie er die Pralinen genießt. Genau dieser zufriedene Gesichtsausdruck ist es, weswegen ich all die Strapazen auf mich nehme. Das ist mein Weg, Menschen glücklich zu machen.

„Ich habe mit Eddi lange herumgetüftelt, bis wir das perfekte Verpackungsmaterial gefunden haben. Und die

Tatsache, dass ich nur erlesene Zutaten verwende, trägt auch einiges dazu bei."

„Wer ist Eddi?"

Nate hat das Kauen eingestellt und sieht mich ernst an. Ich küsse ihn schnell, weil er gar keinen Grund hat, eifersüchtig zu sein. Doch ich fühle mich geschmeichelt.

„Er ist ein sehr guter Freund und hilft mir im Laden. Nur weil er sich bereit erklärt hat, auf ihn aufzupassen, kann ich Weihnachten bei Granny verbringen."

Bei meiner Erklärung entspannt er sich zusehends. Dann tritt so etwas wie Schuld in seinen Blick.

„Es tut mir leid, was ich dir am Anfang alles an den Kopf geworfen habe. Ich habe nicht gewusst, wie schwer du es hast."

„Mach dir darüber keine Gedanken. Ich war am Anfang auch nicht gerade nett zu dir."

„Hier, Hope, probier doch mal, wie köstlich die sind."

Granny hält mir jetzt die Schachtel hin und ich nehme widerstrebend eine, rieche daran und schiebe sie mir in den Mund. Als sich der vertraute Geschmack ausbreitet und meine Sinne flutet, muss ich ihr recht geben. Sie haben wirklich kein bisschen von ihrem Aroma verloren. Optisch sind mir ein, zwei kleine Mängel aufgefallen, aber nichts Gravierendes. Nate kann nicht widerstehen und greift noch einmal in die Schachtel.

„Es ist eine Schande, dass wir das Zeug nicht in die ganze Welt versenden können. Jeder sollte das probieren können", meint er mit vollem Mund und hört dann abrupt auf zu kauen.

„Das ist es!"

„Das ist was?"

Granny und ich sehen ihm hinterher, wie er sich Balus Leine schnappt, die Tür öffnet und sich mit den Worten „Bin so in zwei Stunden wieder da." verabschiedet.

Eine Weile starre ich noch die Haustür an, aus der er gerade mit seinem Hund verschwunden ist, und frage dann meine Granny: „Habe ich was verpasst?"

Sie ist mir keine große Hilfe, denn zur Antwort zuckt sie mit den Schultern und verdrückt eine weitere Praline.

Es ist bereits Zeit für das Mittagessen und Nate ist noch immer nicht zurück. Ich sitze wie eine Liebeskranke in der Küche und sehe aus dem Fenster hinüber zu seinem Grundstück. In der Ferne auf der Anhöhe kann ich sein Haus erkennen. Alles ist noch immer schneebedeckt und weit und breit nichts von ihm zu entdecken. Mein Handy liegt neben mir und schweigt. Meine Hände wärme ich an einer heißen Tasse Schokolade.

„Da kommt er", ruft Granny, die am Wohnzimmerfenster Position bezogen hat.

Kaum hat sie das gesagt, sehe ich seinen Truck auf unseren Hof fahren. In Schallgeschwindigkeit verlasse ich die Küche und drapiere mich mit einem Buch auf der Couch, so als ob ich schon den ganzen Tag hier gesessen hätte und nicht kurz vorm Durchdrehen war, weil Nate einfach so verschwunden ist.

Als es klopft, rufe ich laut: „Gran? Kannst du bitte aufmachen?"

Sie steht direkt neben der Tür, die Hand bereits auf der Klinke, und schnauft. Ihr Blick sagt: *Ich bin eindeutig zu alt für das Theater*. Aber ich bin ihre einzige Enkelin und somit die einzige Chance auf Urenkel, also spielt sie mit. Sie wartet noch eine halbe Minute und öffnet dann.

„Nate", lacht sie. „Wir haben gar nicht mehr mit dir gerechnet."

„Sorry, Beth."

Er gibt ihr einen Kuss auf die Wange, was sie erröten lässt. Ich muss grinsen, obwohl ich das gar nicht will.

Ich hoffe, der Holzklotz hat eine gute Ausrede für sein Verschwinden. Balu begrüßt mich so stürmisch wie eh und je, doch sein Herrchen gibt mir nur einen Kuss auf die Stirn. Ich werfe ihm einen bösen Blick zu, doch er nimmt ihn gar nicht wahr. Er lässt sich mir gegenüber nieder und klappt den Laptop auf, den er unter dem Arm mitgebracht hat.

„Schau mal, Schatz. Ich habe einen Freund in London besucht und wir haben was für dich gemacht."

Ich hänge noch immer bei dem Wort *Schatz* fest, bei dem mein Herz einen Salto rückwärts vollführt hat, und habe Mühe den Rest des Satzes einzuordnen, also frage ich: „Was?"

Er wiederholt geduldig noch einmal, was mich aber kein Stück weiterbringt. Stattdessen übernimmt Granny das Fragen.

„Moment. Du bist nach London gefahren?"

„Ja. Er musste einfach eine von deinen Pralinen probieren. Die konnte ich ihm ja schlecht durchs Telefon schicken."

„Wer? ... Wie? ... Noch mal langsam von vorne bitte."

Er hat mich Schatz genannt ...

So viel ist mittlerweile angekommen. Jetzt muss ich nur noch den Rest verstehen.

„Also ... Ich habe einen Kumpel angerufen, der mir noch was schuldet ...“

„Sag mal, wie viele von der Sorte hast du denn?“, unterbreche ich ihn, woraufhin er mich strafend ansieht.

„Soll ich nun erzählen, wo ich war, oder nicht?“

Beschwichtigend hebe ich die Hände und greife dann nach meiner Tasse mit Schokolade. Ich brauche irgendetwas, hinter dem ich meine Neugier verstecken kann, also nehme ich einen Schluck.

„Wie gesagt“, fährt er fort, „bin ich zu meinem Kumpel nach London gefahren. Ich wollte es ihm am Telefon erklären, aber das konnte ich nicht. Er musste sie probieren, um zu verstehen, was ich brauchte. Natürlich war er derselben Meinung, dass es eine Schande ist, sie nur in London zu verkaufen. Und so haben wir das hier für dich kreiert.“

Er dreht den Laptop so um, dass ich nun den Bildschirm sehe.

„Wow“, sagt Granny. „Ich verstehe ja nicht viel von dem modernen Zeug, aber das sieht gut aus.“ Dann beugt sie sich zu mir rüber und fragt an meinem Ohr: „Was ist das?“

Ich brauche ein bisschen, bis ich mich gefangen habe.

„Das ist ein Onlineversand, Granny.“

„*Dein* Onlineversand, Schatz“, korrigiert mich Nate.

Da ist es schon wieder. Ich weiß nicht, welches seiner Worte mich mehr strahlen lässt. *Dein* oder *Onlineversand* oder *Schatz*.

Fakt ist, dass es das schönste Weihnachten ist, was ich bisher in meinem Leben hatte. Weil ich nun Nate an meiner Seite habe. Nate, der mir Kosenamen gibt und der, verdammt noch mal, eine Lösung für mein Problem gefunden hat. Einfach so, an einem Vormittag.

„Wir hatten leider nicht so viel Zeit und mussten mit den Bildern improvisieren. Dein Logo hat er nachgebaut, aber falls du noch die Originaldatei hast, können wir die natürlich verwenden."

Mit jedem Wort ist Nate unsicherer geworden, weil er mein Schweigen falsch versteht.

„Ich liebe dich!", sage ich.

Es ist mir egal, ob es noch zu früh dafür ist, denn es ist so und es muss ausgesprochen werden.

Er verweilt in einer Art Schockstarre und ich glaube schon, den größten Fehler meines Lebens gemacht zu haben. Endlose Sekunden verharren wir so voreinander, bis er aufsteht, sich über den Tisch beugt und mich lange und zärtlich küsst.

„Ich liebe dich auch."

Es ist das erste Mal, dass jemand diese Worte zu mir sagt. Abgesehen von Gran und meinen Eltern natürlich. Diese Erkenntnis durchströmt mich, flutet meinen Geist.

Nate lässt sich nicht von meiner Art zu lieben in die Flucht schlagen.

Er ist perfekt.

Nate

Sie liebt mich.

Ich kann es noch immer nicht glauben. Es kostete mich alle Willensstärke sie bei ihrem Geständnis nicht direkt auszuziehen und mich ihr hinzugeben. Einzig die Anwesenheit von Beth hat mich zurückgehalten.

Nun sitzen wir hier, in Beths Küche und brüten über unserer Zukunft. Auch das kann ich noch nicht glauben.

Unsere Zukunft.

Wenn alles gut läuft, muss Hope nicht mehr zurück nach London. Sie kann meine Küche haben, um darin ihre Pralinen herzustellen, die wir dann in die Welt versenden. Ich nutze sie ja sowieso nicht. Dosenravioli kann ich mir auch bei Beth warmmachen.

Sie wird bei mir einziehen, wir werden heiraten und einen Haufen Kinder bekommen, die uns regelmäßig in den Wahnsinn treiben. Wenn wir alt und grau sind, sitzen wir beide auf unserer Veranda in unseren Schaukelstühlen. Nein, wir sitzen zusammen auf einer dieser Hollywood-Schaukeln, weil ich sie da viel besser im Arm halten kann.

„Kinder, es geht los", ruft Beth aus dem Wohnzimmer. Ich sehe Hope fragend an.

„Die Weihnachtsansprache der Queen", antwortet sie. „Na komm schon. Du hast es versprochen."

Sie zieht mich hoch und führt mich aus der Küche hinüber ins Wohnzimmer. Ich würde mich am liebsten am Türrahmen festkrallen.

„Hope, ich ..."

„Jetzt nicht kneifen, mein Lieber. Ich weiß, es gibt Besseres, aber das ist Gran heilig. Also tu ich ihr den Gefallen und du tust ihn für mich. Jetzt schau doch nicht so, es wird schon keiner erschossen."

Ich zucke zusammen und bleibe in der Türschwelle stehen. In mir tobt es, doch nach außen ziehe ich die Wand hoch, so, wie es mir beigebracht wurde.

„Nate?"

Ich nehme Hopes Stimme nur entfernt wahr. Hope, die bald bei mir einziehen wird, obwohl Suzie noch bei mir wohnt.

Ich muss sie vorher loswerden.

Meine Hand gleitet zu meiner Hosentasche, in der der Schlüssel zu dem Zimmer steckt. Ich trage ihn neuerdings immer bei mir. Zu groß ist die Angst, dass Hope ihn beim Putzen findet und die Tür öffnet. Die Büchse der Pandora öffnet ...

Ich sollte es ihr sagen. Sollte ihr offenbaren, was mit mir nicht stimmt. Sie würde es verstehen. Oder?

„Nate, du machst mir Angst", dringt ihre Stimme zu mir durch.

Ihre Finger haben sich fest um mein Handgelenk geschlungen, ihre Augen sind groß und weit wie der Ozean. Ich kann es ihr nicht sagen.

„Gut, dann lass es uns mal hinter uns bringen."

Ich stehe das durch. Um ihretwillen. Das Pokerface habe ich perfektioniert. Muss ich ja auch in meinem Job. Keine Gefühlsregung dringt nach draußen. Besser gesagt, das, was sie von mir an Gefühlen erwartet, dringt nach draußen. Alles Andere ist fest verriegelt und dreifach gesichert vor dem Zugriff Unbefugter.

Während meine ehemalige Arbeitgeberin auf dem Bildschirm erscheint und ihre Ansprache hält, passe ich mich den beiden an. Ich beschwere mich über die Steuern, sage „recht so" oder „das stimmt nicht", wenn es die Stelle der Rede erfordert, oder finde Politiker im Allgemeinen einen Haufen heuchlerischer Betrüger. Das ist nebenbei der einzige Teil, der echt ist. Denn das sind Politiker wirklich, wie ich aus Erfahrung weiß.

Die Rede dauert ungefähr zwanzig Minuten. Die ganze Zeit kralle ich mich an der Lehne der Couch fest, und doch kann ich die Bilder von damals nicht ignorieren.

Der ohrenbetäubende Knall, das Blut, das an meinen Händen hinabsickert und meine Haut in ein dunkelrotes Meer verfärbt. Die unbeschreiblichen Schmerzen auf meinem Körper. Alles ist in diesem Moment so real. Nur Hopes Körper, der sich an mich schmiegt, ihr Kopf auf meiner Brust, erinnert mich daran, dass ein Jahr vergangen ist. Dass ich jetzt nicht neben der Queen stehe.

Nein, ich bin hier, in Sicherheit. Beth ist voll auf den Fernseher fokussiert. Niemand bemerkt, wie es in mir aussieht. Das ist gut so.

Mein Training zahlt sich aus, und doch weiß ich, dass ich noch immer mit meinen inneren Dämonen kämpfe. Dass ich keineswegs so stark bin, wie es nach außen scheint oder wie ich mir selber wünschte zu sein.

Ich zähle die Sekunden, warte, bis endlich die Nationalhymne erklingt, dann endlich ist es vorbei. Dabei spüre ich, wie der Druck auf meiner Brust beinahe übermächtig wird. Wie mir dieser Schmerz tief in mir die Luft zum Atmen raubt. Die Luft in Beths Wohnzimmer ist unangenehm heiß. Wenn ich nicht augenblicklich ins Freie komme, habe ich das Gefühl zu ersticken.

Vorsichtig und doch bestimmt schiebe ich Hope von mir und stehe auf. Dabei entgeht mir nicht, wie mich die zwei Frauen fragend ansehen, und selbst wenn ich wollen würde, könnte ich in diesem Moment nichts sagen.

Ich schlucke das aufsteigende Gefühl der Übelkeit hinunter, deute mit dem Daumen zur Tür und höre mich sagen: „Ich muss kurz rüber …"

Und noch bevor eine der beiden nach dem Grund für mein plötzliches Aufbrechen fragen kann, bin ich schon fast draußen.

Ich höre noch, wie Beth zu Hope sagt: „Ich glaube, dein Nate ist kein Fan der Queen."

Ich denke mir, *wenn ihr wüsstet*, lasse die Haustür hinter mir und Balu zufallen und schlage den Weg ein, den ich immer und immer wieder schon gegangen bin, um vor meiner Vergangenheit zu fliehen. Der einzige Weg, der meine Seele etwas heilen konnte. Zumindest bevor Hope in mein Leben gestolpert ist.

Es ist der erdige, leicht modrige Geruch, der sich mit Tannennadeln vereint und mich mit jedem Schritt wieder ruhiger werden lässt. Tief atme ich ein und aus, sehe zu meinem treuen Freund, der dicht an meiner Seite bleibt und nicht wie sonst einfach losprescht, um seine Schnauze in den Humus oder ins Gestrüpp zu drücken.

„Na lauf schon", fordere ich ihn auf und bilde mir ein, dass er mir mit seinen braunen Augen sagen will: „Bist du sicher?"

Ich nicke ihm zu und sehe ihm hinterher, wie er zu einem Baum springt und an der Rinde schnüffelt. Sosehr ich auch versuche, nicht daran zu denken, steigen doch immer wieder die Bilder in meinem Kopf hoch, die mich letztes Jahr, ein paar Tage nach Weihnachten, begleitet haben. Alles läuft wie bei einem Kurzfilm an mir vorbei.

Ich höre die Rufe, die Schreie, ein paar Schüsse und nicht zuletzt sehe ich sie. Die Frau, die ich mit aller Macht beschützen will.

Ich greife nach dem Stöckchen, das Balu mir bringt, und schleudere es, so weit ich kann, tief in den Wald. So, wie ich es gerne mit meinen Erinnerungen und meinen nun zweifelnden Gefühlen machen möchte. Dabei frage ich mich, wie mein Leben heute aussehen würde, wäre der Tag letztes Jahr anders gelaufen.

Dann würde ich jetzt nicht durch den Wald irren und gegen das Chaos in meinem Kopf kämpfen. Ich würde mich nicht mit Bildern und Gedanken quälen, die mehr schmerzen als jede noch so große Narbe auf meinem Körper.

Nein, ich wäre in London, bei ihr. Ohne Balu, mein Grundstück und nicht zuletzt ohne Hope. Ohne meine kleine, süße Hope. Ohne ihr Lachen je gehört zu haben, ohne in ihre blaue Augen gesehen oder ihren wunderbaren Körper je berührt zu haben.

Unvorstellbar.

Ich liebe diese Frau, ich brauche sie, und doch spüre ich diesen Schmerz in meiner Brust, der nichts mehr mit meiner Atemnot zu tun hat. Nein, diese Empfindung ist mächtiger und kaum in Worte zu fassen. Es ist dieses beißende, nagende Gefühl in mir, das mir sagt, Suzie zu betrügen. Und verdammt noch mal, es stimmt.

Schwanzwedelnd und hüpfend kommt Balu mit seinem Stöckchen zurück und legt es mir direkt vor die Füße. Ohne groß darauf zu achten, gehe ich weiter, ganz in Gedanken versunken, und höre, wie mein Freund kurz bellt und mir gleich darauf wieder den Ast mitten in meinen Weg legt.

„Ist ja gut."

Ich hebe ihn auf, will ihn schon wegwerfen, als mir genau in diesem Moment ein Songtext von einem Lied einfällt, welches Suzie so liebt. Mitten in der Bewegung halte ich inne, rufe mir den Text aus meinen Erinnerungen hervor und wage kaum zu atmen. Er ist die Antwort auf alles.

Je länger ich an den Liedtext denke, umso klarer wird mir, was ich tun muss. Für einen kurzen Moment schließe ich die Augen, spüre, wie mein Herzschlag sich bei dem Gedanken daran, was mich erwartet, beschleunigt. Wie der Druck in meiner Brust zunimmt. So, als ob eine kalte Faust danach greift und kräftig zudrückt.

Irgendwo tief in mir weiß ich, dass die Zeit gekommen ist. Ich muss es tun. Ich bin es sowohl Hope als auch Suzie schuldig. Ich kann nicht zwei Frauen lieben. Es ist falsch.

13

Hope

Wie betäubt starre ich aus dem Fenster, sehe die Dunkelheit hereinbrechen und höre den Wind, der an den Fensterläden rüttelt. Wo ist er? Noch immer brennt in seinem Haus kein Licht, und das, obwohl er seit mindestens zwei Stunden weg ist. Was ist nur los mit ihm?

Habe ich mir sein seltsames Verhalten, seinen angespannten Körper, seinen Herzschlag, der viel zu schnell in seiner Brust geklungen hat, tatsächlich nicht nur eingebildet? Bis zu dieser dämlichen Ansprache der Queen war doch noch alles gut. Nate klang glücklich, voller Euphorie. Jetzt glänzt er mit einem filmreifen Abgang und mit Abwesenheit. Was zum Henker ist los mit ihm?

Zum gefühlt hundertsten Mal blicke ich auf das Display meines Handys, in der Hoffnung, endlich ein kurzes Lebenszeichen von ihm zu empfangen. Nichts! Nada! Selbst auf meine Kurznachrichten hat er nicht reagiert.

Granny, die meine Sorge um Nate teilt, sagt: „Vielleicht solltest du ihn anrufen!"

„Ich weiß nicht recht. Vielleicht braucht er einfach ein wenig Zeit für sich!", versuche ich, sie zu überzeugen.

Ich bemerke selbst, wie unglaubwürdig ich mich anhöre. Sie runzelt die Stirn und ihr Blick spricht eine eindeutige Sprache.

Ihr „Du bist doch schon ganz krank vor Sorge. Ruf ihn einfach an und hör auf, wie ein Wachhund aus dem Fenster zu starren." hätte sie sich sparen können.

„Du hast ja recht", stimme ich ihr zu, löse meinen Blick von seinem Haus und stehe auf.

Sollte Nate wirklich rangehen, dann möchte ich mit ihm alleine sprechen. Ich gehe hinüber zu Grannys Küche, von der ich ebenfalls einen Blick auf Nates Haus habe. Gott, ich komm mir schon vor wie eine Stalkerin.

Angespannt wähle ich seine Nummer, höre nach kurzer Zeit das Freizeichen. Es tutet ein paarmal und dann, als ich schon enttäuscht auflegen möchte, merke ich, wie er mein Telefonat einfach wegdrückt.

Just im selben Moment sehe ich, wie das Licht in seinem Haus angeht. Benommen stehe ich da, schaue hinüber und will nicht so recht kapieren, was das eben sollte. Vielleicht holt er nur etwas aus seinem Haus, bevor er wieder rüberkommt, denke ich. Doch als ich beobachte, wie das Licht im Haus ausgeht und stattdessen das in seiner Garage an, weiß ich, dass irgendetwas nicht stimmt. So ganz und gar nicht stimmt.

Ohne zu zögern, eile ich aus der Küche, schlüpfe in meine Boots, und noch bevor ich meine Jacke anhabe, höre ich, wie eine Autotür zuschlägt und dann der Motor seines Trucks angelassen wird.

„Was zum Teufel …", fluche ich und kriege nur noch mit, wie er es nicht eilig genug hat, abzuhauen.

Der Schnee spritzt von seinen Reifen und alles erinnert mich an eine Fluchtszene aus einem Agentenfilm.

Ich kann und will nicht so recht glauben, was sich gerade vor meinen Augen abspielt. Immer wieder sage ich mir, dass Nate mich nicht einfach so verlassen würde. Ohne ein einziges Wort. Ohne eine Entschuldigung. Ich bilde mir ein, Eddi zu hören, wie er mich warnt.

Nein, Nate ist anders!, will ich schreien, und doch kann ich das aufsteigende Gefühl der Angst, des Zweifels nicht ignorieren.

Ich starre auf die Haustüre, auf die Lichter seines Trucks, die nun um die Ecke biegen und aus meinem Sichtfeld verschwinden. Es ist die Angst, die an mir nagt und mir sagt, ich sollte mich am besten in meinem Zimmer verkriechen und warten, bis Nate gedenkt mich aufzuklären. Kurz lasse ich den Gedanken zu, sehe mich schon in meinem Bett liegen, mit der Decke über dem Kopf, und meine Lieblings-CD hören.

„Nein!", befehle ich mir laut.

Ich werde nicht dasitzen und auf einen Mann warten, der vor mir flieht, und bevor ich recht kapiere, was ich tue, habe ich schon Nates Haustürschlüssel in der Hand und rufe Granny zu: „Bin bei Nate."

Ich werde der Sache selbst auf den Grund gehen und ich weiß auch schon genau, wie ich das anstellen werde. Denn ich bin mir mittlerweile absolut sicher, dass sein Verhalten irgendetwas mit seiner ominösen Vergangenheit zu tun hat.

Draußen ist es bitterkalt und eilig ziehe ich den Reißverschluss meiner Jacke stückchenweise nach oben, der, wie kann es auch anders sein, mal wieder klemmt. Meine Hände lasse ich in meine Jackentaschen zu meinem Handy gleiten und beschleunige meinen Gang. Mit jedem Schritt, der mich näher zu Nates Haus bringt, wächst auch meine Entschlossenheit herauszufinden, was ihn dazu veranlasst, sich so seltsam aufzuführen.

Was ist nur los mit ihm? Ich kann und will einfach nicht glauben, dass die letzten Stunden eine Lüge waren.

Dafür hat sich alles so echt, so perfekt angefühlt. Er hat mir seine Liebe gestanden, so etwas macht ein Mann doch nicht einfach so. Oder etwa doch?

Ich bin verwirrt, mit der Situation völlig überfordert und klammere mich an diesen kleinen Funken Hoffnung, der mir sagt, dass alles gut werden wird. Dass seine Vergangenheit die Situation, sein Benehmen erklären wird. Die letzten hundert Meter zu seinem Haus lege ich in einem Sprint hin. Mit dem Schlüssel in der Hand stehe ich vor der verschlossenen Tür und fechte einen Kampf mit mir aus. Denn meine innere Stimme sagt mir, dass ich weder befugt bin, in sein Haus zu treten, noch mich durch seine persönlichen Sachen zu wühlen. Und doch kann ich nicht anders.

„Vielleicht findest du ja gar nichts", flüstere ich mir zu, drehe den Schlüssel um und schlüpfe ins Innere.

Die Tür lasse ich hinter mir ins Schloss fallen und marschiere zielsicher die Treppe hoch, um in Nates Schlafzimmer nach einer Antwort und dem Schlüssel für die ominöse Tür zu suchen. Der Schlüssel muss irgendwo hier sein, denn im untersten Stock hätte ich ihn bei meinen Putzaktionen schon längst finden müssen.

Kurz überlege ich, das Licht auszulassen, sollte Nate plötzlich wieder auftauchen. Aber wenn dem so wäre, könnte ich ihn wenigstens direkt fragen, was los ist. Ich knipse den Schalter der Nachttischlampe an und sehe mich im Zimmer um.

Die Bettlaken sind noch zerwühlt und augenblicklich durchzuckt mich ein Schmerz in meiner Brust, als sich die Bilder der vergangenen Nacht vor meinem inneren Auge auftun. Ich sehe Nate, wie er nackt, leicht verschwitzt neben mir liegt. Seine Augen, die mich liebevoll anschauen, und seine Hände, die sanft und doch begierig über meinen Körper streicheln. Sein Duft hängt im Raum wie ein Nebel und am liebsten würde ich meine Nase in sein Kopfkissen vergraben.

Schnell verdränge ich diese Erinnerungen und konzentriere mich auf mein Vorhaben. Sehe zu dem großen Eichenholzschrank. Vielleicht hatte Nate ja hier etwas versteckt. Ich öffne die Türen und fasse hinein. Suche nach etwas, was sich nicht nach Stoff anfühlt. Doch mit einem Seufzer muss ich feststellen, dass nur das darin ist, was auch in einen Schrank gehört.

Stirnrunzelnd blicke ich mich weiter in dem hohen Raum um. Beim Nachtkästchen weiß ich bereits, dass bis auf Kondome, Schmerztabletten und Taschentücher nichts darin ist.

„Vielleicht hättest du lieber mehr CSI anschauen sollen. Dann wüsstest du, wo man zu suchen hat", denke ich mir und gehe in die Hocke, um unter das große Doppelbett zu gucken.

Vielleicht ist mir beim Saugen ja eine kleine Kiste oder so entgangen. Doch auch hier findet sich nichts. Ich lösche das Licht und gehe in den nächsten Raum. Sehe mich sowohl in seinem Bade- wie auch den zwei Gästezimmern um, die allerdings komplett leer sind. Nichts!

Er muss doch irgendwo etwas aus seiner Vergangenheit haben. Ein Fotoalbum, ein Ordner mit alten Rechnungen, irgendetwas. Eilig stürme ich die Treppen wieder hinunter, gehe in sein Wohnzimmer, wühle mich durch die zwei Sideboards, in denen aber auch nichts Nennenswertes zu finden ist.

Mit einem lauten Fluchen betrete ich den Flur, blicke den Gang entlang, Küche, Gästetoilette, Abstellraum und dann ganz am Ende die ominöse Tür.

Doch wie um alles in der Welt soll ich sie nur aufbekommen? Vielleicht mit einem Brecheisen?, frage ich mich und überlege für einen Moment, in Nates Scheune zu rennen und dort nach dem Werkzeug zu suchen.

Allerdings würde diese Aktion Spuren hinterlassen und so lasse ich den Gedanken wieder fallen.

Vielleicht hat er den Schlüssel zu der ominösen Tür ja auf dem Türrahmen deponiert? Die wenigen Schritte lassen ein Unbehagen in mir aufsteigen, welches mir sagt, dass hinter diesem Holz alles ist, um meine Fragen zu beantworten. Aus einem Impuls heraus greife ich nicht nach oben zum Türrahmen, sondern berühre die kalte Klinke. Vorsichtig und beinahe in Zeitlupe drücke ich sie hinunter und springe mit einem Satz erschrocken zurück, als die Türe dieses Mal tatsächlich nachgibt.

Damit habe ich wirklich nicht gerechnet und spüre, wie mein Herzschlag sich beschleunigt. Wie das Adrenalin durch meinen Körper jagt und meine Hände leicht zu zittern beginnen. Ich weiß, Nate würde nicht wollen, dass ich diesen Raum betrete, und doch kann ich nicht anders. Ich muss es tun. Ich muss wissen, warum Nate nicht über seine Vergangenheit spricht, und erst recht muss ich wissen, was er hinter dieser Türe versteckt.

Ein modriger Duft steigt mir in die Nase, was sicher nicht nur an Nates spärlichem Lüften liegt, sondern auch an den unzähligen Kisten, die sich gestapelt in dem doch überraschend großen Raum befinden. Ich taste mich an der Wand entlang, um nach einem Lichtschalter zu suchen. Vergeblich. Eine Deckenlampe lässt zwar vermuten, dass es hier Licht geben muss, doch ich sehe auch, dass keine Glühbirnen eingedreht sind. Dann muss es eben so gehen.

Nur das Licht aus dem Flur erhellt den Raum ein wenig, was ihn nur noch gespenstischer wirken lässt. Es sind zu viele Pappkartons, die ich durchsuchen müsste, und da ich die Zeit dazu nicht habe, muss ich systematisch vorgehen. Langsam lasse ich meinen Blick über jede einzelne Schachtel gleiten, suche nach irgendetwas, was auffällig wirkt. Alle Kisten sind fein säuberlich übereinandergestapelt und sehen absolut identisch aus.

Nein, nicht ganz.

Ein großer Karton steht alleine am Ende des Raumes. Er ist mir nicht gleich aufgefallen, weil das Licht kaum bis zu ihm reicht. Links und rechts davon stehen Kerzenständer, an denen sich das geschmolzene Wachs entlangschlängelt und fast bis zum Boden reicht. Die Tapete an der Wand dahinter sieht auch anders aus. Einzelheiten zu erkennen ist jedoch unmöglich in dieser Dunkelheit.

Ich überlege, aus der Schublade in der Küche Streichhölzer zu holen und die Kerzenstumpen zu entzünden, doch da fällt mir ein, dass ich ja etwas viel Besseres habe.

Ein Hoch auf die moderne Technik!, denke ich, als das Licht meines Handys langsam über Karton, Kerzen und dann die Wand hinauf wandert.

Keine Sekunde später wünsche ich mir, dass ich diesen Raum niemals betreten hätte. Gänsehaut kriecht meinen Rücken hinauf und lässt mich zittern.

Was hast du getan, Nate?

Nate

Mit verschleiertem Blick starre ich auf die Straße, biege zu dem Weg ein, den ich wohl selbst im Schlaf noch finden würde. Mir ist übel. Schlecht vor Angst, was dort auf mich wartet. Nicht nur die Ungewissheit nagt an mir, die meine Hände das Lenkrad noch fester umgreifen lässt, nein, da ist auch noch ein anderes Gefühl. Ein Gefühl, das noch stärker ist und droht, mein Vorhaben abzubrechen.

Nein, ich bin stark!, spreche ich mir selbst Mut zu, parke meinen Truck auf einem der vielen freien Parkplätze und sehe zu Balu, der auf der Rückbank sitzt und mich fragend anguckt.

„Es dauert nicht lang, Kumpel. Versprochen. Aber ich muss das tun. Ich bin es ihr schuldig."

Er springt auf, will mit dem Schwanz wedeln, dass ich ihm die Tür öffne.

„Nein!", wehre ich ab. „Diesen Weg muss ich alleine gehen!"

Als Zeichen, dass er versteht, lässt er sich wieder nieder, legt seinen Kopf auf die Vorderfüße und sieht mich mit traurigem Blick an. Genauso, wie ich mich fühle.

Ich steige aus meinem Wagen, schließe die Tür und blicke zu dem gusseisernen runden Tor. Mein Herz schlägt unkontrolliert schnell und meine Füße drohen unter dem Gewicht, was auf mir lastet, einzuknicken. Mit zittrigen Schritten gehe ich durch das Tor, den Weg entlang, der nur von dem Mondlicht und den flackernden Kerzen erhellt wird. Diese Ruhe ist schon beinahe gespenstisch. Nichts ist zu hören, nur der Wind, der leise durch die alten, hohen Bäume und deren Äste fährt. Es ist so, als ob man eine andere Welt betritt. Eine Welt, in der es kein Gelächter, keine Freude gibt, sondern nur das beklemmende Gefühl, früher oder später ein Teil davon zu werden. Ob man nun will oder nicht.

Suzie wollte es nicht. Zumindest nicht so, nicht so schnell. Ich spüre, wie der Druck in meinem Hals mit jedem Schritt zu ihr zunimmt. Dabei sehe ich sie in meinen Erinnerungen. Wie sie lacht, wie sie ihr langes dunkelbraunes Haar zurückstreicht und mir einen ihrer verführerischen Blicke zuwirft. Ich sehe, wie wir uns zum ersten Mal geküsst haben, dabei waren wir fast noch Kinder. Bilde mir ein, ihre Hände auf mir zu spüren, ihre Stimme, die mir ins Ohr flüstert und sagt: „Ich liebe dich, für immer!"

Der Druck in meiner Kehle wird stärker und ich bemerke, wie sich eine Träne in mein Auge schleicht, als ich an dem Ort ankomme, an dem ich Stunden verbrachte. Stunden, in denen ich nach dem Warum gefragt habe. Wie ich sie innerlich angeschrien habe, warum sie mich alleine zurückgelassen hat. Warum sie einfach von einer Sekunde auf die nächste aus meinem Leben verschwunden ist. Ohne einen Kuss, ohne ein Lebewohl.

Nichts hat sich verändert. Alles sieht wie früher aus. Alleine die Schneedecke, die nun dort liegt, ist anders als bei meinem letzten Besuch.

Meine Füße bohren sich in den Schnee. Ich sehe zu dem großen, ovalen Stein, zu der Kerze und den frischen Blumen, die dort stehen. Blumen, die ihre Eltern ihr bringen. Blumen, die ich ihr hätte bringen sollen. Jeden verdammten Tag. Doch stattdessen habe ich sie alleine hier zurückgelassen. Bin geflüchtet vor dem Schmerz, vor all den Erinnerungen und dem Wissen, nie wieder das zu empfinden, was sie mir geschenkt hat.

„Hey Suzie", flüstere ich leise und hoffe, der Wind trägt meine Worte zu ihr. „Es tut mir leid. Ich hätte dich schon viel früher besuchen sollen, aber es, … ich konnte einfach nicht mehr. Als du gegangen bist, ist auch ein Teil von mir gegangen. Verschwunden, gestorben. Ich konnte nicht mehr jeden Tag in unserer Wohnung sein, deine Sachen sehen, deinen Duft einatmen mit dem Wissen, du kommst nicht mehr zurück. Ich, … ich brauchte einen Ort, an dem ich mich ablenken konnte. An dem ich nicht Tag für Tag, Stunde um Stunde an das erinnert wurde, was mir entrissen wurde. An dich erinnert wurde. Und doch kann ich dich nicht vergessen. Will es auch gar nicht, denn du gehörst zu mir."

Es fällt mir unglaublich schwer weiterzusprechen. Nicht nur, weil meine Augen sich immer mehr mit Tränen füllen, sondern auch, weil ich nicht weiß, wie ich es ihr sagen soll. Wie kann ich ihr sagen, dass ich mich in eine andere Frau verliebt habe, wo ich ihr doch die ewige Treue geschworen hatte. Und ich weiß, dass ich mir diese Frage nicht stellen darf, und trotzdem hat sie sich in meinen Kopf gebrannt. Unauslöschlich, wie die Narben auf meiner Haut.

Was wäre, wenn Suzie nicht hier, unter einer dicken Schicht Schnee und Erde liegen würde? Was, wenn sie noch immer hier wäre? Nicht nur in meinen Träumen, Erinnerungen, sondern lebendig? Was wäre mit Hope?

Ich weiß es nicht, das weiß niemand. Doch eins weiß ich. Suzie hätte nie gewollt, dass ich nicht weiterlebe.

Sie hätte nie gewollt, dass ich in der Vergangenheit verweile. Nein, sie war immer positiv, sie glaubte, dass alles eine Bestimmung hat, und vielleicht ist es ja meine Bestimmung, nun Hope zu lieben.

Der Schmerz in meiner Brust, der mich bis eben kaum noch atmen ließ, ebbt ein klein wenig ab.

„Suzie, ich habe mich verliebt. In eine andere Frau. Ihr Name ist Hope."

Der Gedanke an diese kleine, quirlige rothaarige Frau, die mir endlich wieder das Gefühl gibt, lebendig zu sein zwingt mich zu einem Lächeln.

„Hope ist so anders als du. Sie ist chaotisch, unbeholfen und treibt mich manchmal fast in den Wahnsinn. Sie muss immer das letzte Wort haben und …"

Ich schlucke schwer, wische mir eine Träne aus dem Gesicht und spüre, dass ich bereit bin. Bereit für die Zukunft. Bereit für einen Neuanfang und dass ich endlich die Kraft habe, Suzie gehen zu lassen.

„Suzie, ich werde dich nicht vergessen. Du wirst immer ein Teil meines Lebens sein, und doch ist der Moment gekommen, an dem ich dich gehen lassen muss."

Kurz schließe ich die Augen, erinnere mich an ein Gespräch, das wir geführt haben und wie ich sie immer belächelt habe. Aber vielleicht hatte Suzie recht und das Leben geht dort oben weiter. Je länger ich darüber nachdenke, umso sicherer bin ich mir.

Und so flüstere ich ihr zu: „Bis zu dem Tag, an dem wir uns wiedersehen werden. Dort oben. Bis dahin pass auf dich auf, ja? Ich liebe dich!"

14

Ich reibe meine müden Augen und Balu gähnt herzhaft auf dem Beifahrersitz.

„Gleich sind wir wieder zu Hause", sage ich und tätschle seinen Kopf, während ich den Truck meine Auffahrt hinaufsteuere. „War ein verdammt verrückter, langer Tag, was, Kumpel?"

Als ob er mich verstanden hätte, bellt Balu einmal.

Das Chaos in meinem Kopf und in meinem Herzen ist auf dem besten Wege sich zu lichten, sodass meiner Zukunft mit Hope nichts mehr im Wege steht. Auch wenn ich wahrscheinlich einige Wogen glätten muss, weil ich einfach abgehauen bin. Ich greife die Tüte, die ich im Fußraum deponiert habe, und werfe einen kurzen Blick hinein, bevor ich aussteige.

„Bald wird sie alles verstehen", sage ich zu mir.

Balu schleicht neben mir her. Er freut sich mindestens genauso auf sein Körbchen wie ich auf mein Bett. Kurz bevor ich die Haustür öffne, hebt er plötzlich den Kopf und springt dann aufgeregt an der Tür hoch.

„Was hast du denn?"

Sein Verhalten macht mich misstrauisch. Meine Hand wandert wie von selbst an meine Hüfte, greift jedoch ins Leere. Ich fluche leise und öffne möglichst geräuschlos die Tür. Diebe sind meistens nicht bewaffnet und ich bin bestens im Nahkampf ausgebildet, weshalb ich mir keine allzu großen Sorgen um mich mache. Um Balu dagegen schon. Bevor ich ihn abhalten kann, rennt er freudig mit dem Schwanz wedelnd den Gang entlang.

Irgendetwas stimmt definitiv nicht.

Nicht nur Balus Verhalten lässt mich stutzig werden, sondern auch, dass im Flur Licht brennt. Mit einem ganz unguten Gefühl in der Magengegend schließe ich die Haustür hinter mir und gehe ein paar Schritte durch den langen Flur. Das Herz droht mir in der Brust zu platzen.

Die Tür steht offen. Jemand ist in *dem* Zimmer.

Ohne hineingesehen zu haben, weiß ich, wer es ist. Kurz überlege ich wegzulaufen. Ich weiß, dass das das Ende sein wird, will es aber nicht wahrhaben. Ich kratze all meinen verbliebenen Mut zusammen und gehe die zwei Schritte durch die Tür hinein ins Zimmer. Die Tüte in meiner Hand wird plötzlich schwer wie Blei.

Das wird sie mir nie verzeihen.

Das weiß ich nur zu genau. Ich kann es mir ja selbst nicht verzeihen. Und der Blick, den sie mir nun zuwirft, bestätigt mich darin.

„Was hast du getan, Nate?", will sie wissen.

Es ist ihr gutes Recht das zu fragen. Und es ist mein gutes Recht zu schweigen.

Hope sitzt mit gekreuzten Beinen auf dem Boden. Um sie herum sind Polaroids, Bilder, Zeitungsausschnitte und Zettel verteilt. In ihrem Schoß ruht der Schuhkarton mit meiner Waffe darin.

Ihre Augen sind voller Tränen, als sie fragt: „Wieso, Nate?"

Wenn ich das nur wüsste, Hope.

Ich lasse den Kopf sinken und gebe mich all den Erinnerungen hin, die meinen Geist fluten wollen. Suzie und ich beim Spielen im Sandkasten, unsere Einschulung, Schulabschlussfeier, Studentenpartys, unser erster gemeinsamer Arbeitstag, der Tag, an dem ich ihr nach all den Jahren endlich meine Liebe gestand, ... und unser letzter gemeinsamer Tag. Jede einzelne Station unseres Lebens, festgehalten für die Ewigkeit

„Ich dachte, ich hätte es unter Kontrolle", murmele ich und kann mich nicht von den Bildern losreißen.

„Was hast du unter Kontrolle?", fragt Hope. Ich mache wieder von meinem Recht zu schweigen Gebrauch. „Bitte, rede mit mir."

Ich schüttele langsam den Kopf, drehe mich um und will fliehen. So wie immer.

Hinter mir höre ich Schritte. Ihre kleine Hand legt sich auf meinen Oberarm.

„Nate. Wieso hast du eine Waffe im Haus? Und wer ist diese Frau?"

Ich muss gegen den Drang kämpfen, ihre Hand wegzuschlagen. Vor wenigen Minuten wollte ich ihr alles sagen. Auf meine Art. Dafür ist es jetzt zu spät. Und dass sie mir hinterherspioniert, macht es nicht besser.

„Sie ist tot und ich lebe. Das ist alles, was ich dazu zu sagen habe."

Hope zwingt mich, sie anzusehen.

„Oh nein, mein Lieber, du wirst jetzt nicht wieder zu Lord Holzklotz. Ich weiß nicht, wer sie ist, aber ihr Geist ist lebendig und zerstört gerade unsere Beziehung, weil du dich weigerst, mit mir zu reden. Erzähl mir, was passiert ist."

Ich sauge ihren flehenden Blick auf. Wie gerne würde ich ihrer Bitte nachkommen. Wie gerne würde ich mich fallen lassen und nur im Hier und Jetzt leben. Mit ihr zusammen. Doch ihr Vertrauensbruch nagt an mir, macht es mir unmöglich, mit ihr über Suzie und das, was vorgefallen ist, zu reden.

„Es tut mir leid."

Ich schüttele ihre Hand ab und renne die Treppe hinunter. Alle Müdigkeit ist von mir abgefallen. An ihre Stelle ist eine tiefe Traurigkeit getreten. Ich wollte wirklich eine Zukunft mit Hope.

„Nate!"

Mitten in der Bewegung verharre ich, die Haustür ist bereits geöffnet und Balu schlüpft an mir vorbei hinaus. Ich drehe meinen Kopf so, dass ich sie im Türrahmen stehen sehen kann. Sie ist so wunderschön.

„Wenn du jetzt gehst, sehen wir uns nie wieder."

Eine Träne rollt ihre Wange hinab, als sie das sagt. Tief in mir schreit eine Stimme, dass ich zu ihr gehen soll. Sie in die Arme schließen, ihre Bedenken, Ängste und Sorgen wegwischen soll. Sagen, dass alles gut wird und wie sehr ich sie liebe.

Stattdessen schließe ich die Tür hinter mir und schlage den Kragen meiner Jacke hoch. Es hat wieder angefangen zu schneien. Ich hasse Weihnachten.

Hope

Meine Finger gleiten immer wieder über den Orden, den ich ganz unten im Karton gefunden habe. Seitdem Nate weg ist, bemühe ich mich, meine Gedanken zu sortieren und das Ganze zu verstehen.

Wie konnte es so weit kommen?

171

Ich wische mir die Tränen weg, die mittlerweile nur noch vereinzelt über meine Wange rollen.

„Okay", spreche ich mir selbst Mut zu, „fassen wir mal die Fakten zusammen."

Ich hole meinen Block hervor, den ich wie immer einstecken habe, und notiere mir, was ich anhand der Erinnerungsstücke bisher rausbekommen habe.

Nate hatte eine Sandkastenliebe namens Suzie. Sie haben sich megasüße Zettelchen geschrieben. Sie ist tot. Er hat sie offensichtlich sehr geliebt.

Mich dagegen hat er angelogen. Und nicht nur, als er gesagt hat, dass er mich liebt.

Er hat eine Waffe.

Allein der letzte Punkt ist Grund genug für mich, unsere noch so junge Beziehung zu beenden. War ja klar, dass es zu schön ist, um wahr zu sein. Ich rapple mich hoch und lege alle Beweisstücke wieder fein säuberlich zurück in die große Kiste. Meine letzte Tat als seine Putzfrau. Vorher schieße ich noch ein Foto von allem, was er so sorgsam vor mir versteckt hat. Das kann ich mir immer dann ansehen, wenn ich diesen Mistkerl vermissen sollte.

Auf dem Weg zurück zu Granny stelle ich mir ununterbrochen die Frage, was ich jetzt tun soll. Je mehr ich darüber nachdenke, bleibt mir nur eine Option.

„Bin wieder da", rufe ich.

Gran springt für ihr Alter erstaunlich behände aus dem Ohrensessel, in dem sie bis eben gesessen hat. Im Fernsehen rennt eine Frau gerade um ihr Leben.

„Und? Was hast du herausgefunden?"

„Ich bin das Trostpflaster für einen Auftragskiller."

Grannys Augen weiten sich, als ich das ironisch sage. Ich deute ihr an, dass sie sich bitte wieder setzen soll, weil ich Angst habe, dass sie mir sonst umkippt.

„War ein Scherz, Granny. Also, der Teil mit dem Auftragskiller. Hoffe ich ...“

„Kind, ich verstehe dich nicht.“

„Soll ich lauter sprechen?“

Sie wirft mir einen vernichtenden Blick zu, unter dem ich zusammenzucke. Herrje, ich muss mich wirklich zusammenreißen. Meinen Zorn an Gran auszulassen ist auch keine Lösung.

„Entschuldige bitte.“

Sofort wird ihr Blick weicher.

„So kenne ich dich gar nicht. Fang einfach in Ruhe von vorne an zu erzählen.“

Und das tue ich. Kurz überlege ich, den Teil mit der Waffe auszulassen, weil ich nicht will, dass Granny Angst vor ihrem Nachbarn bekommt. Aber dann erzähle ich es ihr doch, weil sie gerade als seine Nachbarin ein Recht darauf hat, es zu wissen.

„Aber ... Er ist doch so ein netter Kerl.“

Granny kann es ebenso wenig glauben wie ich, doch die Beweise sprechen gegen ihn.

„Das dachte ich auch. Doch so, wie es aussieht, habe ich einen neuen Rekord aufgestellt für die kürzeste Beziehung aller Zeiten.“

„Könnt ihr nicht noch einmal miteinander reden?“

Traurig schüttele ich den Kopf.

„Ich wollte reden, er wollte es nicht. Daraufhin habe ich ihm gesagt, dass er sich zum Teufel scheren kann, wenn er mich einfach so stehen lässt. Das zeigt doch mehr als deutlich, dass er nie wirkliches Interesse an mir hatte. Wieso falle ich immer auf die Arschlöcher rein?"

Gegen meinen Willen muss ich jetzt doch wieder weinen. Granny nimmt mich in den Arm und streicht mir tröstend über den Rücken. Die Frau im Fernsehen schreit um ihr Leben. Innerlich tue ich es ihr gleich. Doch nach außen muss ich stark sein und meine Zukunft wieder alleine in die Hand nehmen. Genau wie in all den Jahren zuvor auch.

„Ich fahre morgen früh wieder zurück nach London."

Gran nickt nur, als ob sie meinen Entschluss schon geahnt hätte.

Die Nacht war kurz. So kurz, dass selbst Grannys berühmter Wach-Macher-Tee mir nicht wirklich dabei hilft, meine Lider offen zu halten. Aus dem Spiegel im Flur starrt mich ein Zombie an. Meine Augen sind vom vielen Weinen total geschwollen und gerötet.

Seufzend schlüpfe ich in meine Jacke und nehme meinen Autoschlüssel von Gran entgegen. Nate war die ganze Nacht nicht zu Hause und ist es noch immer nicht. Das weiß ich, weil ich jede wache Sekunde an meinem Fenster gesessen und zu seinem Grundstück hinübergestarrt habe. Wenigstens konnte ich so mein Auto aus seiner Scheune herausfahren, ohne ihm zu begegnen. Das steht jetzt frisch repariert in Grannys Einfahrt und wartet auf mich.

„Komm mich bald wieder besuchen, okay?"

Ich schlucke schwer, weil ich nicht schon wieder heulen will. Die Zeit bei Granny war das Beste, was mir dieses Jahr passiert ist. Ich glaube auch nicht, dass sich in den nächsten Tagen bis Silvester daran etwas ändern wird.

„Ich verspreche es. Sobald ich meine Angelegenheiten geregelt habe. Du weißt, dass du jederzeit bei mir willkommen bist!"

Gestern Abend haben wir noch lange über meine Zukunft geredet. Und auch darüber, dass ich besorgt bin wegen ihr. Sie wird nicht jünger, und dass Nate ihr jetzt noch groß hilft, wage ich zu bezweifeln. Nicht zu reden davon, dass er, verdammt noch mal, eine Waffe zu Hause herumliegen hat!

Ich schließe Granny zum Abschied noch einmal fest in die Arme.

„Pass auf dich auf", flüstere ich ihr ins Ohr.

„Du auch, meine Kleine. Hab dich lieb."

Sie gibt mir einen Kuss auf die Stirn und scheucht mich dann in Richtung Auto.

Als ich den Weg nach London antrete, tue ich es mit einem mulmigen Gefühl.

15

Drei Tage hat mich nun schon der Alltag wieder. Drei Tage, in denen ich nicht viel mehr tue, als neue Ideen für Pralinen auszuprobieren. Jedes Mal, wenn ich den Laptop aufklappe, um mich mit meinem Online-Shop zu befassen, werde ich wütend und schlage ihn gleich darauf wieder zu. Das ist endlich mal eine Sache, die ich nicht aufschreiben muss. Ich werde nie vergessen, auf Nate wütend zu sein!

„Hope? Bist du da?"

Ein Grinsen schleicht sich auf mein Gesicht. Es tut so verdammt gut, seine Stimme zu hören.

„Hier hinten."

Schwere Schritte eilen durch den Laden, bevor Eddi seinen Kopf zur Tür hineinsteckt.

„Ach, hier steckst du. Soll ich dir helfen?"

Er kommt zu mir hinüber und gibt mir einen Kuss auf die Wange.

„Nein, danke. Das ist nur meine Art von Therapie. Kauft ja sowieso niemand."

Vorsichtig drapiere ich die frisch hergestellte Praline auf der Platte, damit die Schokolade trocknen kann. Sie ist ein kleines Kunstwerk, aber sie erfüllt mich nicht mehr mit so viel Stolz wie früher.

„Wie weit bist du mit dem Shop?", fragt mein bester Freund und schiebt sich genüsslich eine Praline in den Mund, die er vorher vom Tisch geklaut hat.

Ich will ihm böse sein, aber meine ganze negative Energie ist für Nate draufgegangen, sodass für ihn nur ein müder Blick übrig bleibt.

„Ich glaube, ich schmeiß einfach alles hin."

Eddi hustet und erstickt fast an der Schokolade in seinem Mund.

„Das kannst du doch nicht machen", fährt er mich an, als er wieder Luft bekommt. „Du hast so hart dafür gearbeitet und du bist einfach zu gut, um damit aufzuhören."

„Tja, nur außer dich, Granny und ... Nate, scheint das niemanden zu interessieren."

Mir fällt es noch immer schwer, seinen Namen laut auszusprechen. Es ist, als ob jemand einen Dolch durch mein Herz rammt, wenn ich es tue. Das bleibt Eddi natürlich nicht verborgen.

Seine Stimme wird ganz weich, als er sagt: „Noch immer kein Lebenszeichen von ihm?"

Ich schüttele den Kopf und mache mich an die nächste Praline. An dem Tag, als ich nach London zurückfuhr, hat Eddi mir mit einer erstaunlichen Ruhe zugehört. Nicht ein einziges Mal kam ein „Ich hab's dir ja gleich gesagt". Stattdessen hat er ihn verflucht und sich mit mir betrunken. Nun nimmt er mir die Pralinenzange ab und zwingt mich so dazu, mich voll auf ihn zu fokussieren.

„Süße, du weißt, dass ich kein Fan von ihm bin. Aber so geht das nicht weiter. Wenn du nicht herausfindest, was mit dieser Suzie passiert ist, wird dich das auffressen. Du musst damit abschließen."

Wieder schüttele ich den Kopf, diesmal energischer.

„Vergiss es. Du hast nicht gesehen, was ich gesehen habe, Eddi. Er ist es, der erst mal damit abschließen

177

muss, nicht ich. Wenn er mich wirklich liebt, wie er behauptet hat, würde er sich wenigstens Mühe geben."

„Richtig, ich habe es nicht gesehen, aber es kann doch nicht so schlimm gewesen sein, dass es dich so sehr aus der Bahn wirft."

Das kann auch nur ein Mann sagen!

Ich lache freudlos, ziehe mein Handy aus der Hosentasche, rufe die Bilder auf und halte sie Eddi unter die Nase.

„Schau", fordere ich ihn auf. „Sieh dir an, was ich gesehen habe, und sag mir, dass es nicht beängstigend ist."

Neugierig nimmt er mir das Handy aus der Hand und scrollt durch die Bilder. Mit jedem neuen Bild werden seine Augen größer. Plötzlich hält er inne und runzelt die Stirn.

„Was ist?", will ich wissen.

Eddi antwortet nicht. Stattdessen vergrößert er mit einer Handbewegung das Bild, welches ihn so fesselt.

„Das glaub ich ja nicht!", sagt er so leise, dass ich Mühe habe ihn zu verstehen.

„Was ist denn?", frage ich erneut und will ihm das Handy aus der Hand nehmen. Er zieht es weg und fängt an, etwas einzutippen. „Eddi, du machst mir Angst. Jetzt sag schon, was los ist!"

Nach endlosen Augenblicken dreht er das Display wieder zu mir um. Es zeigt nun eine Internetseite. Darauf abgebildet ein weißes, mit goldenen Rändern eingefasstes Malteserkreuz, das an einem blauen Band hängt. In dem Kreuz ist ein ovales Medaillon zu sehen, das die Initialen VRI auf rotem Hintergrund zeigt. Darüber schwebt eine Krone.

Die Abbildung entspricht exakt dem Orden, den ich bei Nate gefunden habe.

„Victoria. Regina. Imperatrix", lese ich die Erklärung der Initialen laut vor.

Als ich ihre Bedeutung begreife, schlage ich mir eine Hand vor den Mund.

Eddi sieht genauso schockiert aus, wie ich es bin, doch findet er als Erster seine Sprache wieder.

„Kannst du mir erklären, wieso dein Auftragskiller Ex-Freund ein Lieutenant des Victorian Order ist?"

Nate

„Jetzt bleib endlich stehen!"

Die Stimme lässt mich zusammenzucken. Sie ist genauso scharf wie die meines Ausbilders bei der Armee. Fast hätte ich salutiert. Stattdessen drehe ich mich zu Beth um, die mit den Händen in die Hüften gestemmt den Eingang zu meinem Haus blockiert.

Drei Tage lang ist es mir gelungen, ihr aus dem Weg zu gehen, indem ich mich vor ihr in den Wäldern versteckt habe. Ich hatte eigentlich darauf gebaut, dass sie heute ins Dorf fährt, um ihre Einkäufe für Silvester zu machen, doch da habe ich mich wohl verkalkuliert. Als ich um die Ecke meines Hauses gebogen bin und sie dort habe stehen sehen, wollte ich mich heimlich wieder davonschleichen, doch Balu musste ja auf sie zurennen.

Verräter.

So, wie Beth jetzt vor mir steht und mich angriffslustig anfunkelt, erinnert sie mich sehr an Hope. Der Gedanke an sie tut noch immer wahnsinnig weh. Dann

179

denke ich an ihren Vertrauensbruch und schon geht es mir ein wenig besser.

„Du erklärst mir sofort, was los ist. Ich warne dich: Ich habe weder Angst vor dir noch vor deiner Waffe."

Sie reicht mir kaum bis zum Kinn und doch habe ich extremen Respekt vor ihr.

„Beth, das ist eine Sache zwischen Hope und mir", sage ich und dränge mich an ihr vorbei, um meine Haustür aufzuschließen.

Beth folgt mir hinein. „Nein, ist es nicht. Ich frage nicht für sie. Ich frage, weil ich wissen will, wieso mein Nachbar glaubt, eine Waffe im Haus haben zu müssen. Bin ich in Gefahr?"

Ich durchsuche den Küchenschrank nach Futter für meinen Hund und bin erleichtert, als ich tatsächlich noch eine Dose finde. Ich muss wirklich mal wieder dringend einkaufen ...

„Keine Panik. Die Knarre ist nur ein Erinnerungsstück. Ich habe nicht mal mehr Munition dafür."

Beth lässt sich auf einen Küchenstuhl sinken. Das macht meine Hoffnung zunichte, dass sie mich bald wieder in Ruhe lässt. Im Gegenteil. Sie sieht ziemlich schockiert und dazu neugierig aus. Ich drehe ihr den Rücken zu und öffne das Dosenfutter. Balu springt freudig an mir hoch. Er scheint seine gute Laune nie zu verlieren.

„Erinnerungen, die mit einer Waffe zu tun haben, können nicht schön sein. Wieso tust du dir das an und hebst so etwas auf?"

Ich lasse Dose und Dosenöffner aus den Fingern gleiten, weil ich mich auf der Arbeitsplatte abstützen muss. Meine Knöchel treten weiß hervor.

„Ich will nicht darüber reden. Wieso versteht das denn keiner?"

„Weil ich schon fast achtzig Jahre auf dieser Erde wandle und eines dabei gelernt habe. Geheimnisse fressen einen auf. Sie zu teilen, erleichtert die Seele."

Mein Blick wandert hinüber zu der weißen Plastiktüte, in der noch immer das Geschenk für Hope eingepackt ist. Ich greife sie und knalle sie Beth auf den Küchentisch. Sie zuckt nicht einmal mit der Wimper.

„Ich wollte, dass alles anders wird mit Hope. Doch deine Enkelin hat stattdessen mein Vertrauen missbraucht. An dem Abend wollte ich ihr alles erzählen, weil ich dachte, dass sie die Erste wäre, die mich versteht. Ich wollte den Rest meines Lebens mit ihr verbringen. Doch jetzt hat sie die Wahrheit nicht mehr verdient."

Ich muss meine Stimme zügeln, damit ich Beth nicht anschreie. Nicht sie ist es, auf die ich sauer bin.

„Was ist da drin?"

Sie nickt mit dem Kopf in Richtung Tüte, lässt mich dabei aber nicht aus den Augen. Während ich antworte, mache ich mich daran, endlich meinen Hund zu füttern. Nachdem ich ihm den Napf hingestellt habe, lasse ich mich gegenüber von Beth nieder. Sie wird sowieso nicht gehen, also kann ich es mir auch gemütlich machen.

„Neues Werkzeug für ihre Pralinen. Kannst es ihr gerne schicken, ich kann damit nichts mehr anfangen."

Beth wirft einen neugierigen Blick in die Tüte. Nacheinander zieht sie Pralinengabeln, -zangen, Schablonen und Abtropfgitter heraus.

„Sie liebt dich, Nate. Das ist dir klar, oder?"

Ich starre auf die Sachen, die sie auf dem Tisch ausbreitet.

„Tut sie nicht."

Mehr habe ich dazu nicht zu sagen. Mit dem Finger zeichne ich das Muster der Tischdecke nach. Seit wann habe ich überhaupt Tischdecken? *Hope!* Ruckartig ziehe ich die Hand zurück, als ob ich mich verbrannt hätte.

„Zur Liebe gehört Vertrauen. Bedingungsloses Vertrauen."

„Hast du ihr denn vertraut? Bist du deswegen, ohne ein Wort zu sagen, aus meinem Haus gestürmt?"

Ich hole hörbar Luft, weiß jedoch nicht, was ich darauf erwidern soll. Dann fällt mir ein weiteres Argument ein, um meinen Standpunkt zu verdeutlichen.

„Ich brauchte nur ein wenig Zeit, um mir über einiges klar zu werden. Danach wollte ich ihr alles sagen, auch ohne dass sie einen auf Miss Marple macht und mein Haus durchwühlt."

„Nun, Geduld war noch nie ihre Stärke. Dafür hat sie andere Qualitäten und das weißt du genau."

Bilder von schwitzenden Körpern in zerwühlten Betten erscheinen vor meinem inneren Auge, jedoch bin ich mir ziemlich sicher, dass Beth dies nicht gemeint hat. Sicherheitshalber nicke ich einfach nur.

„Gib ihr eine Chance sich zu beweisen, Nate. Was auch immer es ist, das dich so sehr quält, sie ist es wert, dass du deine Geheimnisse mit ihr teilst."

Langsam erhebt sie sich aus dem Stuhl, wirft mir einen Blick zu, der meine Lippen sich noch fester zusammenpressen lässt. Wenn das überhaupt möglich ist.

„Aber Hope hat in meinen Sachen geschnüffelt!"

Die Rechtfertigung für mein Verhalten klingt lahm, nicht mehr so überzeugend wie noch vor paar Minuten.

„Himmel, Nate, sie wollte Antworten. Antworten, die du ihr nicht geben wolltest", stellt Beth das Verhalten ihrer Enkelin richtig.

„Aber …"

Gott, selbst in meinen Ohren höre ich mich an wie ein kleines trotziges Kind.

„Ja, es war ein Fehler", unterbricht Beth mich. „Sie hätte nicht in deinen Sachen rumschnüffeln dürfen. Aber du hast auch Fehler gemacht. Ihr beide!"

Und dann geht sie. Lässt mich mit meinem Gefühlschaos aus Wut, Angst, Verletzung und weiß der Geier was noch alles zurück.

Verflucht, sosehr ich mich auch bemühe, meine Emotionen unter Kontrolle zu bekommen, muss ich feststellen, dass es mir nicht gelingt. Meine Faust donnert auf den Tisch, so fest, dass die benutzten Gläser gefährlich wanken. Benommen, aber nicht wegen des schwachen Schmerzes in meiner Hand, sondern wegen der Tatsache, die mir gerade von Sekunde zu Sekunde klarer wird, lass ich mich auf den Stuhl neben mir sinken.

Obwohl es mir schwerfällt zuzugeben, Beth hat recht. Ich habe einen riesengroßen Fehler gemacht. An jenem Abend, als Hope mit den Fotos in den Händen auf dem Fußboden saß, hätte ich ihr alles erzählen sollen. Ich hätte mich nicht in mein Schneckenhaus verkriechen dürfen und das Einzige tun sollen, was ich besser beherrsche als alles Andere. Davonzulaufen.

Erneut will ich meine Faust auf den Tisch knallen lassen, doch ich kann gerade noch an mich halten es nicht zu tun. Weder der Tisch noch sonst irgendjemand kann etwas für mein dämliches Verhalten. Das ist ganz allein meine Schuld. Verzweifelt fahre ich mir durch mein Haar, das längst schon wieder einen neuen Schnitt vertragen könnte. Sie wollte mit mir sprechen. Hope hätte mir verziehen, wenn ich ihr an jenem Abend alles erzählt hätte. Ich spüre, wie erneut alles über mir droht zusammenzubrechen und nackte Panik die Oberhand gewinnt.

Was, wenn Hope nun nicht mehr mit mir sprechen will? Was, wenn ich meine kleine süße Hope mit meinem Verhalten für immer verloren habe?

Hope ist mein Lichtblick, sie hat es geschafft, mich aus meinem tiefen Loch der Traurigkeit herauszuzerren. Ihr Lächeln, ihre Augen und nicht zuletzt ihre verrückte Art haben mich verzaubert. Diese Gefühle, die sie in mir geweckt hat, will ich wieder spüren. Keine Verzweiflung, keine Vorwürfe und keinen Selbsthass mehr. Ich brauche sie in meinem Leben. Ich will sie und ich bin bereit, alles dafür zu tun, dass sie zu mir zurückkommt.

Doch wie ich das anstellen soll, ist mir noch nicht bewusst. Ich brauche einen Plan, einen verdammt guten!

16

Hope

Mit angezogenen Knien sitze ich auf meiner Couch und starre aus dem Fenster. Sehe zu, wie die Schneeflocken herumtanzen, und versuche, nicht an ihn zu denken. Was mir zunehmend schwerer fällt. Nicht einmal meine Lieblingsfernsehsendung schafft es, dass ich nicht an ihn denke. Eddi, der mich vor gut einer Stunde hier in meiner Wohnung abgesetzt hat, war mir auch keine große Hilfe beim Thema, Nate zu vergessen. Nein, eher das Gegenteil war der Fall. Mit seinen Recherchen über diesen seltsamen Orden und seine Theorien hat er es geschafft, dass ich mich am liebsten augenblicklich an meinen PC setzen möchte, um herauszubekommen, was Nate mit alldem zu tun hat.

„Und dann?", frage ich mich.

Dann weiß ich zwar mehr über seine Vergangenheit, doch bringt auch das ihn mir nicht zurück. Nate hat sich gegen mich entschieden. Er will mich nicht in seinem Leben haben und ich muss lernen, das zu akzeptieren.

Gerade als ich nach meiner Tasse mit dampfendem Tee greifen will, klingelt mein Handy. Automatisch beschleunigt sich mein Herzschlag in der Hoffnung, dass er es sich doch anders überlegt hat. Doch diese wird sogleich wieder zerstört.

„Hey Granny", begrüße ich sie und gebe mir Mühe, nicht enttäuscht zu klingen.

„Hallo Liebes. Was treibst du?", will sie wissen.

Die Frage, wie es mir geht, erspart sie mir lieber. Zum Glück!

„Ich sehe fern. Eddi und ich haben uns bis vorhin an neue Pralinenkreationen herangewagt."

Dass nur ein Teil davon stimmt, braucht sie ja nicht zu wissen. Nein, ich möchte, dass sie sich keine Sorgen um mich macht. Dass sie das Gefühl hat, dass ich klarkomme. Irgendwie zumindest. Ich erhebe mich mit dem Handy in der Hand und gehe zu meiner kleinen Kommode, auf der ich die Post der letzten Tage abgelegt habe. Werbung, Werbung und nicht zuletzt zwei Rechnungen. Mir wird bei dem Blick auf den blauen Briefumschlag ganz übel. Mit zittrigen Händen reiße ich ihn auf, hole das Papier heraus und falte es auf.

„Und, war etwas dabei, was du in den Verkauf bringen willst?"

„Ja", lüge ich, denn in Gedanken habe ich diese Idee erst einmal beiseitegeschoben.

Zu sehr erinnert es mich an Nate. Ich kann mir die Miete für meine Confiserie definitiv nicht mehr leisten. Das hat mir nicht nur ein Blick auf meinen aktuellen Kontostand gezeigt, sondern auch der Brief, den ich gerade in den Händen halte und durchlese.

„Hope, du bist so still, ist es wegen Nate?", will Granny alarmiert wissen.

„Nein … ich …."

Benommen durch die Zeilen, die ich gerade zu lesen bekam, stottere ich in den Hörer. Meine Füße zittern und zwingen mich, Platz zu nehmen. Mein Magen, der seit heute Morgen nichts mehr zu essen bekommen hat, rebelliert.

„Hope, was ist los? Soll ich kommen? Ich nehme mir ein Taxi und …"

„Nein!", wehre ich schnell ab. Unter keinen Umständen möchte ich, dass meine Granny so spät abends ihr Haus verlässt, um meinen Scherbenhaufen von Leben wieder zusammenzusetzen. „Es ist alles in Ordnung."

„Ich kann hören, dass du lügst. Wenn es wegen Nate ist, dann …"

„Verschon mich mit diesem Namen. Ich will nichts davon hören", ermahne ich sie und bin über meine eigene Schroffheit entsetzt. Schnell spreche ich weiter: „Es ist nicht wegen Nate. Zumindest nicht nur. Ich muss wohl meinen Laden dichtmachen."

„Aber du hast doch einen Aufschub vom Gesundheitsamt bekommen und …", Granny klingt verwirrt.

„Schon, aber mein Vermieter hat mir gekündigt", platzt es aus mir heraus und ich spüre, wie mir das Aussprechen der Tatsache, dass meine Confiserie tatsächlich geschlossen wird, Tränen in die Augen treibt.

„Aber das kann er doch nicht einfach so tun."

„Er kann. Ich bin über vier Monatsmieten im Rückstand und er hat mir bereits zwei Mahnungen geschickt."

„Oh Hope!"

„Und da platzt der Traum wie eine Seifenblase", kann ich mir nicht verkneifen zu sagen und wische mir mit den Händen die Tränen weg, die immer schneller aus meinen Augen treten.

Granny schweigt, denn sie weiß, dass es im Moment keinen Sinn macht nach einer Lösung zu suchen. Im Moment möchte ich nur im Selbstmitleid versinken und die ganze Welt um mich herum ausblenden. Ich will mich unter der Decke verkriechen und einfach nur laut weinen. So lange, bis keine Tränen mehr da sind. Was vermutlich nicht lange sein wird, denn in den letzten Tagen habe ich mich regelmäßig in den Schlaf geweint.

„Soll ich wirklich nicht kommen?", will sie nach ein paar Minuten des Schweigens wissen.

„Das ist echt lieb von dir, aber nein. Was soll es bringen? Ich werde morgen anfangen meine Sachen zusammenzupacken und dann, … dann. Keine Ahnung was dann. Vielleicht nimmt Eddi mich bei sich auf."

Was ich allerdings bezweifle, da er selbst in einer Wohngemeinschaft lebt, in der nicht wirklich Platz für noch eine Person ist. Zusätzlich habe ich keine Ahnung, wie ich diese Miete nachzahlen soll.

„Und wenn du noch einmal mit dem Vermieter sprichst und ihm von der Idee mit dem Onlineversand erzählst?", meint sie.

Es rührt mich zutiefst, wie sehr sie versucht, mich wieder aufzubauen, und doch weiß ich, dass all ihre Mühe vergebens ist. So, wie ich Mr. Smith kenne, hat er bestimmt bereits eine Anzeige geschaltet, um einen Nachmieter zu finden.

„Ich kann es ja mal probieren", versuche ich sie mit der Möglichkeit abzuwimmeln, dass mein ach so verständnisvoller Vermieter mir noch einmal eine Chance gibt. Im Moment möchte ich einfach nur alleine sein. „Granny, sei mir nicht böse, aber ich muss jetzt ins Bett. Ich bin unheimlich müde."

„Natürlich."

Eine Packung Vanilleeis und eine Flasche Wein später schlafe ich endlich ein.

Penetrantes Klingeln reißt mich am nächsten Morgen aus meinen Albträumen von mich auffressenden Geldscheinen und Vermietern, bei denen ich mit Pralinen meine Schulden bezahlen muss. Um mich herum ist es stockdunkel. Das Atmen fällt mir schwer und irgendwie scheint die Welt auf den Kopf gestellt zu sein.

Ich schließe die Augen und versuche mich erst einmal zu sortieren. Dann öffne ich sie wieder und stelle fest, dass ich unter einem Berg von Decken mit dem Kopf am Fußende in meinem Bett liege. Stimmt ja. Ich hatte die Heizung so weit wie möglich heruntergedreht, um Kosten zu sparen. Vielleicht sollte ich sie jetzt auf fünf stellen, da ich mir diese Wohnung sowieso nicht mehr leisten kann. Was machen ein paar Pfund mehr bei einem Berg von Schulden?

Das Klingeln hört einfach nicht auf.

„Herrgott, ich komme ja schon!"

Unter Ächzen und Stöhnen befreie ich mich aus Mount Deck-Erest und schlurfe gähnend zur Haustür.

„Ja?", frage ich die Gegensprechanlage.

„Mach auf, ich habe wichtige Neuigkeiten."

Eddis gute Laune dröhnt in meinem Kopf.

„Geh weg. Mir ist schlecht."

„Ich hab einen Zweitschlüssel ..."

„Oh, ... stimmt ja. Elender Erpresser", murmle ich und drücke den Summer.

Dann öffne ich die Wohnungstür und lasse mich auf die Couch fallen, um mir die Schläfen zu massieren. Eins von den Gläsern Wein gestern war wohl schlecht.

Ich höre Eddis Schritte auf der Treppe, und wie er die Tür öffnet und hinter sich schließt. Die ganze Zeit halte

189

ich die Augen geschlossen, nur um sie abrupt aufzureißen, als mein – ab sofort amtlich ehemals – bester Freund, direkt an meinem Ohr in eine Tröte bläst.

Kurz sehe ich Sterne und muss gegen die Übelkeit ankämpfen. Leider habe ich keine Kraft, um ihn zu erwürgen, sonst hätte ich es jetzt getan.

„Ich habe so viele gute Neuigkeiten, dass ich gar nicht weiß, wo ich anfangen soll", ruft er aufgeregt und trötet erneut.

Wie gerne würde ich ihm das Ding in den Rachen stopfen. Stattdessen hebe ich einen Finger und stehe auf.

„Sekunde", bringe ich gerade noch so hervor, bevor ich ins Bad stürze und mich geräuschvoll übergebe.

„Alles okay?"

Mein – doch wieder – bester Freund ist mir gefolgt, hält die Haare aus meinem Gesicht und streicht über meinen Rücken. Man kann absolut behaupten, dass ich ihn in diesem Moment sehr lieb habe, weshalb ich beschließe, ihn noch ein bisschen am Leben zu lassen.

„Leider nicht", sage ich und lasse meinen Kopf gegen die Porzellanschüssel sinken. „Ich habe meinen Laden endgültig verloren. Gestern kam der Brief vom Vermieter mit der Kündigung."

„Fuck."

„Ja, Fuck."

Da sitzen wir in trauter Zweisamkeit und genießen die Aussicht auf meine rosaroten Badezimmerkacheln. Eddi legt einen Arm um mich und ich schmiege mich dankbar an ihn. Er ist so ein lieber Kerl. Ich würde mir wirklich für ihn wünschen, dass er endlich die Richtige findet. Vielleicht sind das ja die großartigen Neuigkeiten, die er angekündigt hat. Gute Nachrichten kann ich jetzt wirklich gebrauchen.

„Also, was wolltest du mir unbedingt sagen?"

„Sicher, dass du es hören willst? Es hat mit demjenigen zu tun, über den wir nicht mehr sprechen wollten."

Ich löse mich aus seiner Umarmung und setze mich halbwegs aufrecht hin, den Rücken an die Badewanne gelehnt.

„Klar, schieß los. Ich glaube nicht, dass mein Tag noch schlimmer werden kann, also was soll's."

Jetzt kehrt das aufgeregte Leuchten in sein Gesicht zurück. Fast befürchte ich, dass er diese schreckliche Tröte wieder auspackt.

„Diesen Orden, den du bei Nate gefunden hast, bekommen nur Menschen, die der königlichen Familie persönlich gedient haben. Meistens Mitglieder des königlichen Haushalts und Hofstaats. Aber auch Familienmitglieder, Angehörige der Streitkräfte und Diplomaten." Eddi hebt die Hand und zählt dann ab: „Erstens: Da ich ihn noch nie im Fernsehen oder auf dem Titel der *Sun* gesehen habe, ist er wohl kein Mitglied der königlichen Familie. Zweitens: Sehr diplomatisch hat er sich ja wohl nicht verhalten. Drittens: Er ist deiner Beschreibung nach – vielen Dank für die Detailgenauigkeit übrigens – viel zu gut trainiert für einen Haushofmeister."

Ich grinse debil, als ich an Nates Muskeln denke.

„Hör auf zu sabbern", lacht Eddi, bevor er fortfährt. „Wenn man nach dem Ausschlussprinzip vorgeht, bleibt nur eine Erklärung übrig. Nate hat in der Armee gedient. Die Verwundung, von der du mir erzählt hast, könnte deiner Beschreibung nach von Schrot stammen. Aller-

dings benutzt man laut Thea in der Armee keine Schrot-
munition ...“

„Moment ... “, unterbreche ich ihn verwirrt. „Wer ist
Thea?“

Irre ich mich oder läuft er bei meiner Frage etwa rot
an? Da scheine ich wohl einen Nerv getroffen zu haben
und kann mir das wissende Grinsen nicht verkneifen.

„Jaaa, also, das ist auch eine der guten Neuigkeiten.“

Eddi fährt sich verlegen durchs Haar. Eine Geste, die
ich vorher noch nie bei ihm gesehen habe und die mich
neugierig macht.

„Erzähl!“, fordere ich ihn auf und richte mich gespannt auf, um ihm zuzuhören.

„Einer meiner Mitbewohner vermietet unsere Couch
an Touristen. Und Thea ist die, die sie aktuell gemietet
hat.“ Sobald er ihren Namen erwähnt, strahlt er richtiggehend. Es sieht so aus, als ob es ihn schwer erwischt
hat. „Sie ist echt nett.“

„Sie scheint mir ein bisschen mehr als nur echt nett zu
sein“, ziehe ich ihn auf.

Jetzt ist es an ihm debil zu grinsen, was mir Antwort
genug ist.

„Eigentlich wollte ich dir nichts von ihr erzählen, weil
du ja selbst gerade nicht so glücklich bist.“

„Du brauchst dich doch für nichts zu rechtfertigen,
Eddi. Wenn du glücklich bist, bin ich es auch.“

Bei meiner ehrlichen Freude wirkt er erleichtert. Dann
räuspert er sich und kommt zurück zum Thema.

„Auf jeden Fall ist sie in der Armee und kennt sich so
ein bisschen aus. Ich habe ihr natürlich nicht genau erzählt, warum ich das wissen will. Aber sie meinte, dass

dieser Orden in den letzten zwanzig Jahren nur an drei Soldaten verliehen worden sei. Einer davon war in ihrer Einheit, die anderen kennt sie leider nicht."

Enttäuscht falle ich in mich zusammen.

„Wäre ja auch zu schön gewesen."

„Langsam, langsam ..." Eddi hebt die Hände und lässt mich ein wenig zappeln, bis ich vor Spannung fast platze. „Thea kennt einen IT-Crack, der laut ihrer eigenen Aussage *alles* über *jeden* herausfinden kann. Er steht wohl total drauf, Datenbanken zu hacken, und auf den Kick, den er dabei verspürt. Ist so was wie sein Hobby. Sei also weiterhin lieb zu mir, sonst lasse ich ihn deine dunkelsten Geheimnisse ausgraben."

Eddi wackelt mit den Augenbrauen und bringt mich so trotz meiner rasenden Kopfschmerzen zum Lachen.

„Keine Sorge. Er wird nichts finden, was du nicht sowieso schon weißt."

Ich knuffe ihm in die Seite und werde langsam ungeduldig, weil er sich jede Information aus der Nase ziehen lässt. Er hebt seine Hand vor mein Gesicht und spreizt Daumen, Zeige- und Mittelfinger ab.

„Dieser Freund von Thea wird genau drei Dinge für uns tun." Er klappt den Daumen ein. „Und zwei davon werden dir", jetzt deutet er mit dem Zeigefinger auf mich, „wieder ein wenig Geld in die Kasse spielen."

Nate

Vier Tage sind bereits vergangen, ohne dass mir etwas Brauchbares eingefallen ist, wie ich Hope wieder zurückbekomme. In jeder wachen Sekunde habe ich darüber nachgedacht. Vor lauter Grübeln hätte ich mir sogar fast in den Fuß gehackt. Ich hatte die Axt schon erhoben, als Balu mich wild bellend darauf aufmerksam machte, dass mein Fuß noch immer auf dem Baumstamm und somit im Weg stand.

Beth kann ich nicht fragen, da sie mir sehr auffallend aus dem Weg geht. Wenn ich sie doch einmal zu Gesicht bekam, grüßte sie kurz angebunden und verschwand wieder im Haus oder raste wahlweise mit ihrem Auto vom Hof, um ja kein Wort mit mir wechseln zu müssen. Dabei entgingen mir jedoch nicht die dunklen Ringe unter ihren Augen und die Sorgenfalten, die sich tief in ihre Stirn eingegraben hatten.

Ich werde das Gefühl nicht los, dass das etwas mit Hope und ihren Geldsorgen zu tun hat. Wie gerne hätte ich ihre Schulden übernommen, aber das hätte sie nicht gewollt. Also muss ich ihr anderweitig helfen. Nur wie?

Eigentlich habe ich mich an den Computer gesetzt, um ein paar Rechnungen zu schreiben, doch der Mauszeiger gleitet wie von selbst auf das Symbol für den Web-Browser. Ein kurzer Klick, schon öffnet sich die große Welt des Internets auf meinem kleinen Monitor.

Neugierig tippe ich die Adresse von Hopes Online-Shop ein. Doch anstelle der bekannten Aufmachung erscheint ein Schriftzug:

Seite vorübergehend nicht erreichbar. Bitte versuchen Sie es später noch einmal.

Meine Hand schnellt zu meinem Handy und wählt eine Nummer.

„Ich bin's", sage ich in den Hörer, als mein Kumpel sich meldet. „Hast du ihre Seite vom Netz genommen?"

„Nö. Warum?"

„Na, weil sie offline ist, du Depp."

„Ist gut. Bleib dran, ich check das." Finger klappern über die Tastatur. „Sieht aus, als ob sie den Provider wechselt. Oh, was ist denn das?" Ich höre Leder quietschen und dann ein raues Lachen. „Von der IP-Adresse wurde eine Suchanfrage gestartet. Du glaubst nicht, wonach gesucht wurde. Ich verfolge die Anfrage ... Oh Mann! Wenn das die Kleine war, hat sie's echt drauf."

Die Bewunderung kann ich nicht ganz nachvollziehen. Mir wird schwindlig und ich muss mich an der Tischkante festhalten.

„Hat sie die Akte gefunden?", ist die einzige Frage, die mich interessiert.

Das darf nicht sein! Ich dachte, ich hätte noch mehr Zeit, um ihr alles persönlich zu erklären. Wenn sie nur meine Akte liest, wird sie den Zusammenhang nicht verstehen und mich hassen für das, was passiert ist. Mindestens so sehr wie ich mich selbst verabscheue.

Hope war das mit der Suchanfrage nicht selbst, dafür kennt sie sich zu wenig aus. Wer ihr geholfen hat, ist mir egal. Ich hoffe nur, dass ich es ihr erklären kann, bevor dieser Jemand sie mit Informationen versorgt. Ein mulmiges Gefühl steigt in mir empor und ich weiß, dass Hope kurz davor steht, alles über mich zu erfahren. Alles, was ich versucht habe vor ihr geheim zu halten. Jedes kleine, schmutzige Detail aus meiner Vergangenheit.

„Noch nicht. Hab sie zu gut verschlüsselt", sagt die raue Stimme mit unverhohlenem Stolz.

Nichts Anderes habe ich von ihm erwartet. Genauso klang er damals, als er sich in den Server seiner Regierung gehackt hat, um meiner Einheit einen sicheren Rückzug aus der unter Feindbeschuss stehenden Stadt zu ermöglichen. Mit dieser Tat hat er zwar sein Land verraten, lebt dafür aber nun dank meiner Hilfe in Sicherheit unter dem Schutz der britischen Krone.

„Aber wer auch immer sich da reinhackt, wird nicht mehr lange brauchen. Wahrscheinlich fühlt er sich herausgefordert.“

„Fuck!“, tobe ich und werfe den Tacker gegen die Wand. „Ich muss zu ihr. Kannst du mir ihre Adresse mailen?“

Ich habe den Satz noch nicht beendet, als ein leises Ping verkündet, dass eine neue Mail eingegangen ist.

„Erledigt.“

„Danke.“

Ohne etwas zu erwidern, legt er auf. Als ich die Adresse in die Suchmaschine meines Handys tippe, erscheint eine Mitteilung am unteren Rand. Es dauert eine Weile, bis ich verstehe, dass sie von der speziellen App meines Kumpels stammt, die automatisch alle Eingaben auf Einträge im World Wide Web durchsucht. Was ich sehe, lässt mich lächeln.

Endlich habe ich eine Idee, wie Hope mich freiwillig in ihre Wohnung lässt.

17

Hope

Es tut gut, endlich mal wieder Lebensmittel zu kaufen. Auch wenn sie nicht für mich sind. Also, nicht nur. Mit zwei vollen Tüten und Handy zwischen Ohr und Schulter eingeklemmt, mühe ich mich ab, die Tür meiner Wohnung aufzuschließen.

„Soll ich dich später abholen?", fragt Eddi gerade.

„Brauchst du nicht. Ich muss ja auf die Tussi warten und ihr den Schlüssel geben. Wäre ja doof, wenn sie mich in der Silvesternacht aus dem Bett klingeln müsste."

„Ich bin froh, dass du dich für sie entschieden hast. Der Typ, der sich noch auf deine Anzeige für die freie Couch beworben hat, war mir nicht so ganz geheuer."

„Ging mir genauso", lache ich. „Von freiheitsliebenden Naturburschen habe ich erst mal die Nase voll!"

Im Hintergrund raschelt es und plötzlich meldet sich eine Frauenstimme: „Hallo Hope. Ich bin Thea. Eddi hat mir schon so viel von dir erzählt und ich freue mich wahnsinnig, dich persönlich kennenzulernen. Aber warum ich ihm das Handy weggenommen habe, hat einen anderen Grund."

Wieder höre ich es rascheln und Eddi unterdrückt fluchen. Anscheinend hat er den Kampf gewonnen, denn ich höre ihn sagen: „Also gut, ich wollte damit bis zwölf Uhr warten, damit du auch schön angeheitert bist, um das zu ertragen." Er holt tief Luft. „Der IT-Crack hat sich gemeldet. Hab dir eine Mail geschickt. Leg dir schon mal einen Schnaps parat, wenn du sie liest." Ich höre Thea im Hintergrund etwas rufen, worauf Eddi ihr antwortet, dass er gleich komme. „Muss Schluss machen. Wir sehen uns nachher zur Party."

Er legt auf und lässt mich sprachlos zurück. Nach ein paar Atemzügen lasse ich die Tüten einfach fallen, schmeiße das Handy auf die Couch und stürze zu meinem Laptop. Als ich ihn aufklappe, springt mir das neue Layout meiner Seite entgegen. Der Freund von Thea hat ganze Arbeit geleistet. Nichts daran erinnert mich mehr an Nate. Sehr gut!

Mit einem Klick springt dann auch schon mein Emailpostfach auf. Sofort sticht mir die besagte Mail ins Auge und ich spüre, wie sich mein Herzschlag beschleunigt, als ich den Betreff lese. Personalakte Nate Bancroft steht da. Unschlüssig darüber, ob ich diese Mail wirklich öffnen soll, fahre ich mit meiner Maus kleine Kreise über den Bildschirm. Auf der einen Seite fühlt es sich falsch an, in Nates Vergangenheit herumzuwühlen, aber auf der anderen Seite könnte es mir endlich Klarheit verschaffen und ich kann mit dem Thema Nate endgültig abschließen. Zumindest will ich das hoffen. Nate hat mich mehr verletzt als alle anderen Männer vor ihm. Ich habe ihn wirklich geliebt, und auch wenn ich es mir nicht eingestehen will, tue ich es immer noch. Gut, es sind ja auch erst ein paar Tage vergangen und doch hoffe ich, dass dieser bescheuerte Spruch, dass die Zeit alle Wunden heilt, auch möglichst bald auf meine Wunden zutreffen mag. Ich will ihn vergessen, unsere kurze, aber doch intensive Zeit.

Meine Neugierde wird von Sekunde zu Sekunde immer stärker. Ich muss wissen, was Nate angestellt hat. Wer der Mann ist, dem ich dumme, naive Kuh mein Herz geschenkt habe.

Das Klicken meiner Maus klingt unheimlich laut in dem ansonsten so ruhigen Raum. Gefühlt dauert es eine kleine Ewigkeit, bis ich dann das zu lesen bekomme, was seit Tagen meine Gedanken beherrscht.

Auf den ersten Seiten erscheint Nates Lebenslauf. Ich sehe, wann er geboren ist, erfahre den Namen seiner Eltern, seinen früheren Wohnort und nicht zuletzt seinen schulischen Werdegang. Er kommt also aus London. Die Tatsache verwundert mich, denn des Öfteren habe ich seine Abneigung gegenüber Städtern deutlich zu spüren bekommen. Bis jetzt klingt alles komplett unspektakulär und ich werde immer neugieriger auf das, was mich erwartet.

Bereits auf der nächsten Seite erfahre ich, dass er nach seiner Schulzeit zum Militär gegangen ist und auch hier beste Bewertungen und Empfehlungen hat.

„Okay, dann war er beim Militär, und was dann?", flüstere ich leise und klicke weiter.

Warte auf den Punkt, die Textstelle, die mir zeigt, warum Nate diesen Orden bekommen hat. Doch auch auf der nächsten Seite bekomme ich nur zu lesen, dass Nate zu einem der drei besten Soldaten seines Jahrgangs gehörte, und überfliege die Punktzahlen und die Abschlussberichte. Selbst die nächste Seite zeigt mir nicht das, was ich eigentlich zu lesen gehofft habe. Darin stehen nur seine Auslandseinsätze, und an welcher Stelle er dort stationiert war.

Um ehrlich zu sein, habe ich nicht mit so viel langweiligen, unwichtigen Informationen gerechnet. Natürlich finde ich es interessant zu wissen, dass Nate früher beim Militär war, und doch komme ich seinem eigentlichen Geheimnis nur schleppend auf die Schliche.

Die nächste Datei ist ein wenig interessanter. Sie zeigt einen Auszug eines Gerichtsurteils. Es dauert ein wenig, bis ich erkenne, dass es von einem Familiengericht stammt. Eine Familie Miller wird dort hochoffiziell zu seinem Vormund bestellt.

Das kann ja eigentlich nur bedeuten, dass seine Eltern bereits sehr früh gestorben sind. Armer Nate! Ich kenne das Gefühl nur zu gut! Auch meine Eltern sind mir viel zu früh genommen worden.

Ich öffne den nächsten Anhang, will schon wieder die ersten Zeilen einfach nur überfliegen, doch ein Satz macht mich stutzig. Dort steht nämlich, dass Nate wegen seiner hervorragenden Leistungen zur königlichen Leibwache berufen wurde.

Trotz meiner Brille auf der Nase beuge ich mich ein wenig weiter zum Bildschirm, um die Textstelle besser lesen zu können. Meine Augen sind müde von den wenigen Stunden Schlaf, die ich in den letzten Tagen abbekommen habe. Ich habe noch nicht einmal die Hälfte des Textes gelesen, als mich das Klingeln meiner Türglocke heftig zusammenzucken lässt. Gerade jetzt, wo es richtig spannend wird.

„Verflixt, Natalie hätte sich nun wirklich keinen schlechteren Zeitpunkt aussuchen können", fluche ich laut und drück mich widerwillig von meinem Sessel hoch.

Den Laptop stelle ich auf den Couchtisch und gehe zur Sprechanlage, um ihr zu öffnen. Langsam schlendere ich zu meiner Wohnungstür, setze ein freundliches Lächeln auf, schließlich soll sich meine neue Kurzzeitmitbewohnerin hier wohlfühlen, und öffne die Tür.

„Herzlich willk …", mitten in meiner überschwänglichen Begrüßung breche ich ab.

Denn da steht nicht Natalie. Verwirrt sehe ich ihn an, blinzle ein paarmal kräftig und hoffe, dass er verschwunden ist, sobald ich meine Augen wieder öffne. Doch den Gefallen tut er mir nicht.

Nein, breitbeinig steht er da, sieht mich mit seinen türkisgrünen Augen flehend an und flüstert: „Hallo Hope. Darf ich reinkommen?"

Automatisch schüttele ich den Kopf, versperre ihm mit meinem Körper und meinen Armen, die ich nun abwehrend vor meinem Bauch kreuze, den Weg.

„Bitte, Hope. Lass uns reden!"

„Es ist alles gesagt", bringe ich mit krächzender Stimme hervor.

Ihn zu sehen, dicht vor mir und mit dem Wissen, dass ich nur meine Hand auszustrecken bräuchte, um ihn zu berühren, hindert mich daran, ihm die Türe vor der Nase zuzuknallen.

„Du weißt so gut wie ich, dass das nicht stimmt", erwidert er.

„Vielleicht. Und doch habe ich jetzt keine Zeit für dich." Ich spähe hinter ihm die Treppe hinunter. „Jeden Augenblick müsste mein Besuch kommen."

„Natalie?", fragt er und mein perplexer Gesichtsausdruck bringt ihn dazu leicht zu grinsen.

Himmel, erst jetzt wird mir bewusst, wie sehr ich diesen Ausdruck vermisst habe. Ich spüre, wie mein Herz vor Aufregung hüpft und meine Knie weich werden.

„Woher weißt du …", frage ich dümmlich nach.

Dann fällt es mir wie Schuppen von den Augen. Er ist Natalie. Also nicht direkt, er hat sich nur als Natalie ausgegeben. Dieser … dieser … Mir fehlen die Worte.

„Den naturliebenden Burschen wolltest du ja nicht", klärt er mich schulterzuckend auf.

„Das warst auch du?"

So gerissen kenne ich ihn gar nicht. Gut, im Prinzip kenne ich ihn überhaupt nicht. Denn der Nate, den ich zu kennen geglaubt habe, ist eine einzige Lüge.

„Ich weiß, dass es falsch war, mich als Natalie auszugeben, aber anders hättest du mir nie die Chance gegeben, dich zu treffen und mit dir zu reden." Nate sieht überhaupt nicht so aus, als ob ihm diese Lüge leidtäte. „Darf ich nun reinkommen oder willst du, dass deine ganze Nachbarschaft diese Unterhaltung mit anhört?"

Nein, das will ich tatsächlich nicht, und obwohl ich mir geschworen habe, Nate nie wieder in mein Herz zu lassen, spüre ich doch, wie es durch seine Aktion ein klein wenig schneller schlägt.

Und so trete ich einen Schritt zur Seite und lasse ihn an mir vorbei in meine Wohnung. Dabei entgeht mir nicht, wie er meine vier Wände mustert und sein Blick auf meinem aufgeklappten Laptop zu liegen kommt.

Verdammt, wenn er jetzt mitkriegt, was ich gerade lese, dann war es das.

Fest presse ich meine Lippen zusammen, sehe zu ihm und überlege, wie ich meinen PC schnellstmöglich in eine sichere Ecke bringe, ohne dass Nate einen Blick darauf erhaschen kann.

„Setz dich doch", ich deute auf die gegenüberliegende Seite meines Tisches und des Objekts der drohenden Katastrophe.

Erleichtert atme ich aus, als er tatsächlich dort Platz nimmt, und versuche so zu tun, als ob ich beiläufig den Laptop schnappe und mitnehme, um ihn zu verstauen. Dass die Küche nicht gerade der geeignetste Platz dafür ist, ist mir egal. Ich öffne eine Schublade, in der sich eigentlich meine Geschirrtücher befinden, stopfe sie ins hinterste Eck und schiebe den Laptop hinein. Dabei drücke ich noch die Aus-Taste und ignoriere die Warnmeldung, dass alle gespeicherten Inhalte gelöscht werden.

„Was möchtest du trinken? Wasser?"

In Gedanken füge ich hinzu: *Mehr habe ich auch nicht da.* Und bete, dass die Schublade sich noch schließen lässt. Was sie tatsächlich tut.

„Gerne."

Ich hole zwei Gläser sowie eine Wasserflasche aus dem Kühlschrank und stelle alles zusammen auf meinen kleinen Couchtisch. Beinahe zeitgleich lasse ich mich auf meinen Sessel fallen und das, obwohl ich mich am liebsten zu Nate setzen würde. Sein Aftershave erfüllt den ganzen Raum und bringt Erinnerungen zurück, die ich verdrängt zu haben glaubte. Ich muss wirklich sehr mit mir kämpfen, nicht auf seinen Schoß zu klettern, um mich an ihn zu kuscheln. Für einen kurzen Augenblick vergesse ich die letzten Tage, die inneren Schmerzen, die Nate mir zugefügt hat, und die zahllosen Tränen, die ich wegen ihm vergossen habe.

Ich muss mir wohl eingestehen, dass ich ihn liebe. Noch immer.

Nate

Da sitzt sie, meine kleine süße Hope, und es schmerzt mich, hier zu sein und zu wissen, dass sie nicht von mir berührt werden will. Aber noch viel mehr schmerzt es mich, zu sehen, wie mitgenommen sie wirkt.

Unter ihren Augen haben sich dicke, dunkle Ringe gebildet und der Glanz in ihnen scheint erloschen zu sein. Sie sieht müde und geschafft aus. Ihr Lächeln, das sie mir oder eher ihrer vermeintlichen Mitbewohnerin geschenkt hat, wirkte zwanghaft aufgesetzt.

Zu wissen, dass ich der Grund dafür bin, lässt mich meine Fäuste fest zusammenpressen. Wenn ich könnte, würde ich mir am liebsten selbst eine runterhauen.

„Schön hast du es hier", versuche ich, irgendwie das Gespräch in Gang zu bringen.

Dabei sehe ich mich ein wenig in der winzigen Wohnung um. Der Wohnraum ist liebevoll und doch leicht chaotisch eingerichtet. Keines der Möbelstücke will so recht zu dem anderen passen. Die Couch, auf der ich sitze, ist dunkelgrün, dafür der Sessel, in dem Hope Platz genommen hat, ferrarirot. Das Schränkchen, auf dem ihr Fernseher steht, sieht hingegen so aus, als ob Hope es selbst hellblau angemalt hat.

„Danke", erwidert sie und greift nach ihrem Wasserglas, um daraus zu trinken.

Stumm beobachte ich sie dabei, und obwohl ich mir bei der Herfahrt in Gedanken zurechtgelegt habe, was ich ihr sagen will, fällt mir jetzt in ihrer Gegenwart nichts mehr ein.

Hope scheint die Stille und meine Musterung unangenehm zu werden.

„Du bist gekommen, um mit mir zu reden?"

„Ja."

Schwer schlucke ich. Wo soll ich nur anfangen. Erwartungsvoll sieht sie mich an und das Glas in ihrer Hand dreht sich immer wieder ein kleines bisschen.

„Es tut mir leid", beginne ich.

„Hm."

„Ich habe mich benommen wie ein Vollidiot. Doch an dem Abend, ich, … ich kam von Suzies Grab." Ihre Augenbrauen schnellen empor, doch sie unterbricht mich nicht. „Suzie ist, … *war* meine Frau", beantworte ich ihre unausgesprochene Frage.

Ich sehe, wie sie nach Luft schnappt, doch weiter sagt sie dazu nichts. Ich bin ihr sehr dankbar dafür, dass sie mir die Chance gibt, mich erst zu erklären.

„Ihre Eltern haben mich damals nach dem Tod meiner Eltern aufgenommen. Da war ich fünf Jahre alt. Seitdem habe ich keinen Tag mehr ohne Suzie verbracht und es kam, wie es kommen musste. Wir verliebten uns ineinander und heirateten.

Vor einem Jahr ist sie gestorben. Ich dachte, dass ich nie wieder für irgendeinen Menschen ansatzweise das empfinden könnte, was ich für sie empfand. Bis du aufgetaucht bist. Ich, … es war einfach alles zu viel und ich wusste nicht, wie ich mit der Situation umgehen sollte. Ich wollte dir alles erzählen. Von Anfang an. Doch dann saßt du da, in meinem Zimmer, mit den Fotos vor dir auf dem Fußboden und … ich war enttäuscht. Verwirrt und nicht zuletzt hatte ich Angst. Angst vor deiner Reaktion", sprudelt es nun aus mir heraus.

„Ich wollte nicht, dass du die Bilder findest. Nicht so, nicht, bevor ich dir erklären konnte, was vorgefallen ist."

Ich sehe, wie Hope nickt.

„Ich hätte nicht in deinen Sachen wühlen dürfen. Das tut mir leid, aber ich musste einfach wissen, woran ich bin. Warum du einfach ohne ein Wort gegangen bist. Ohne mit mir zu reden. Ich habe mich benutzt gefühlt, hintergangen und an der Nase herumgeführt."

„Ich habe dich nie benutzt."

„Und doch habe ich das Gefühl, dich gar nicht zu kennen. Nicht den Nate, der du wirklich bist."

„Ich hab mich nicht verstellt, Hope, das musst du mir glauben", versuche ich, sie zu überzeugen.

Ihre Schultern sacken nach vorne und ich sehe, wie all ihre zurückgehaltenen Gefühle über sie hereinbrechen. In ihren Augen stehen Tränen.

„Ich weiß nicht, was ich glauben kann. Ich meine, … du warst verheiratet! Was hast du mir denn noch alles verschwiegen?"

„Dann bitte lass es mich erklären. Lass dir meine Geschichte von vorne erzählen."

Mit Nachdruck füge ich hinzu: „Alles."

Ich schließe die Lider und sehe es. So, als ob vor meinem inneren Auge ein Film abgespielt wird. Doch ich weiß, es ist kein Film, nein, es ist die Wahrheit, meine Vergangenheit.

Und in diesem Moment ist alles so real, als ob ich noch einmal dort wäre.

Nate und Suzie

„Nate Bancroft! Du hast nicht zufällig etwas damit zu tun, dass wir heute gemeinsam Dienst haben, oder?"

Suzie ist fuchsteufelswild und hat beim Betreten des Raumes die Tür halb aus den Angeln gerissen.

Ich kann mir nur schwer das Grinsen verkneifen, weshalb ich schnell einen Schluck Kaffee trinke, bevor ich Suzie antworte: „Danke für die Blumen, Schatz, aber ich glaube, du überschätzt meinen Einfluss ein wenig."

Suzie baut sich vor mir auf und stemmt die Hände in die Hüfte.

„So? Dann hast du also absolut nichts mit dem riesigen Blumenstrauß und den Theaterkarten auf Francines Schreibtisch zu tun?"

„Ich wollte ihr nur eine Freude machen. Sie steht auf Benedikt Cumberbatch und ich stehe nun mal darauf, Zeit mit meiner Frau zu verbringen."

„Shh!", macht Suzie und sieht sich ängstlich um. Doch außer uns ist niemand im Pausenraum. Als sie sich dessen vergewissert hat, zischt sie mich an. „Du weißt ganz genau, dass niemand davon erfahren darf. Sonst war es das mit unseren gemeinsamen Diensten."

Ich gehe hinüber zur Kaffeekanne, schenke eine Tasse ein und halte sie ihr hin. Als sie sie entgegennimmt, berühren sich unsere Finger.

Während der Arbeitszeit ist das unsere einzige Art von Körperkontakt. Unser Job zwingt uns dazu, und doch sehe ich Suzie genau an, wie sehr sie diese Heimlichkeiten und den Reiz des Verbotenen genießt. Wir kennen uns schon unser ganzes Leben, sind seit fünf

Jahren ein Paar und seit heute Morgen offiziell Mann und Frau.

„Natürlich weiß ich das. Aber wenn wir schon nicht auf Hochzeitsreise gehen können, will ich verdammt sein, wenn ich nicht wenigstens die Hochzeitsnacht mit dir verbringen kann!"

Unsere Finger berühren sich noch immer, während ich ihr eindringlich in die Augen schaue. Lautlos forme ich dabei die Worte *Ich liebe dich*. In ihren Augen schwimmen Tränen, als sie ebenso lautlos antwortet: *Ich liebe dich auch.*

In dem Moment wird die Tür erneut aufgerissen und zerstört den schönen Moment. Fast wäre dabei die Tasse zu Boden gefallen, da wir beide ruckartig die Finger lösen wollten. Zum Glück sind wir gut trainiert und haben fabelhafte Reflexe.

„Lieutenant Bancroft, Lieutenant Miller."

Ein junger Sergeant, der neu unserer Einheit zugeteilt worden ist, grüßt uns. Dabei ruft er mir ins Gedächtnis, dass meine Frau noch nicht einmal offiziell meinen Namen tragen darf, solange wir zusammenarbeiten.

„Der Wagen ist so weit. Wir werden ihre Majestät in fünfzehn Minuten in Empfang nehmen. Sie besteht nur auf eine kleine Eskorte."

„Danke Sergeant. Wegtreten."

Er salutiert erst vor mir, dann vor Suzie und ist auch schon wieder verschwunden.

Meine Frau nimmt einen Schluck Kaffee, überprüft noch einmal ihre Kleidung, den Sitz des Holsters, und dass die Waffe gesichert ist. Diese Bewegungsabläufe habe ich schon tausendmal bei ihr gesehen und bekomme doch nie genug davon. Sie zeigen mir, dass sie weiß, was sie tut und ich nicht auch noch auf sie aufpassen muss.

„Na dann komm. Die Queen lässt man nicht warten", ruft sie mir zu und ist auch schon auf dem Weg hinaus zum Auto.

Ich bewundere noch kurz ihre Rückansicht in der recht engen Jeans und meine Freude auf die heutige Nacht steigt ins Unermessliche. Eigentlich hätte Suzie Nachtschicht gehabt, was bedeutet hätte, dass wir uns wegen meiner Mittelschicht erst in drei Tagen wiedergesehen hätten. Das hätte ich auf gar keinen Fall ertragen!

Heute sind wir in Zivil unterwegs, um ihre Majestät bei einem Jagdausflug zu begleiten. Wie jedes Jahr verbringt sie mit der königlichen Familie die Weihnachtsferien auf Schloss Balmoral nahe den schottischen Highlands. Ich bin unwahrscheinlich froh, dass mein Deal mit Francine funktioniert hat und ich nun Tag und Nacht mit der Liebe meines Lebens verbringen kann.

Nach meiner Ausbildung in der Armee und einigen Kriegseinsätzen verrichte ich nun meinen Dienst am Vaterland als persönlicher Leibwächter der Queen. Allerdings gehörte die Zeit auf Schloss Balmoral noch nie zu meinen Lieblingsmissionen. Sie bedeutet nämlich, dass ich um Weihnachten herum kaum Zeit mit Suzie verbringen kann.

In London hat zwar jeder offiziell seine eigene Wohnung, um den Schein zu wahren, doch lebt Suzie fast nur bei mir. Auf Balmoral müssen wir uns strikt an die räumliche Trennung halten, wenn wir nicht auffliegen wollen. Wüsste man von unserer Beziehung, hätte man einen von uns versetzt, was einer Degradierung gleichkommt. Den Gedanken dahinter kann ich durchaus nachvollziehen. Es ist mein Job, mich um die Sicherheit der Königin zu kümmern. Da sind Gefühle nur hinderlich. Suzie und ich haben darüber gesprochen und sind uns einig, dass das Oberhaupt Großbritanniens immer Vorrang hat. Wir haben einen Eid abgelegt, sie mit unserem Leben zu schützen. Zudem weiß ich, dass Suzie selbst auf sich aufpassen kann.

Meine Gedanken kehren zu dem kleinen Fischerdorf zurück, in dem uns vor gerade einmal zwei Stunden der Pfarrer getraut hat. Ich hoffe sehr, dass er Wort hält und uns das einzige Foto schickt, das wir ihn mit seiner Polaroid-Kamera von unserer Hochzeit haben machen lassen. Falls nicht, muss ich die Erinnerung in meinem Kopf eben jeden Tag aufs Neue wecken und darauf hoffen, dass sie nie verblasst.

In meinem Kopf erscheint Suzie in dem schlichten weißen Kleid, eine einzelne Blume steckt in ihrem Haar, welches zu einem Zopf geflochten ist. Ihr Lächeln übertrifft selbst die Schönheit des Sonnenaufgangs an der Küste hinter uns.

„Was soll das dümmliche Grinsen, Bancroft?"

Ich brauche einige Momente, um zu verstehen, dass wir am Auto angekommen sind. Suzie sitzt bereits hinter dem Steuer und wartet darauf, dass ich einsteige.

„Klappe, Miller", schnauze ich sie an, wie ich es mit jedem Kollegen tue, der mir auf die Nerven geht.

Dann lasse ich mich auf dem Beifahrersitz nieder und schließe die Tür. Der junge Sergeant von vorhin sitzt auf der Rückbank. Suzie fährt los und ich nehme den Kleinen ein wenig genauer unter die Lupe. Als Erstes fällt mir auf, dass er kalkweiß und sein Hemdkragen verschwitzt ist.

„Sind Sie krank, Sergeant?"

„Nein, Sir. Hab wohl nur was Falsches gegessen."

„Nicht, dass Sie mir ihre Majestät vollkotzen!", versuche ich, ihn aufzuziehen, klinge dabei aber doch ein wenig schärfer als beabsichtigt.

Ich sehe, wie er die Lippen zusammenkneift, bevor er knapp antwortet: „Natürlich nicht, Sir."

Dann wendet er seinen Blick ab, um aus dem Fenster zu starren. Er muss wohl noch lernen, dass man nicht alles essen darf, was einem die Schotten servieren.

Kurz darauf haben wir auch schon die Auffahrt zum Schloss erreicht und parken hinter dem Wagen der Königin. Ich steige aus und gehe durch den Dienstboteneingang hinein, um uns anzukündigen. Niles, der Butler von Schloss Balmoral, erwartet uns bereits in der Küche.

„Sie sind zu früh."

„Guten Morgen, Niles. Freut mich auch, Sie zu sehen. Und nein, wir sind nicht zu früh." Ich deute mit dem Kopf auf die Küchenuhr. „Es ist exakt neun Uhr dreißig, also bin ich genau pünktlich."

„Mister Bancroft", setzt er an.

Ich erspare es mir ihn darauf hinzuweisen, dass er mich mit meinem Titel ansprechen soll. Er ist einfach unbelehrbar, was das angeht.

„Solange diese Glocke dort", er zeigt mit dem Finger auf eine der über dreißig Glocken, die aufgereiht an Brettern hinter ihm hängen, „nicht ertönt, ist ihre Majestät nicht bereit. Ergo sind sie zu früh!"

„Nun ja, wie heißt es so schön? Lieber zu früh als zu spät. Ich nehme übrigens einen Kaffee mit Milch, aber ohne Zucker, solange ich warte."

Ich höre die Küchenhilfe hinter mir kichern, als ich geräuschvoll einen Stuhl zurückziehe, um an dem großen Tisch Platz zu nehmen. Niles' Blick nach zu urteilen, wird sie das Kichern später sicherlich bereuen. Mir dagegen macht es großen Spaß den alten Miesepeter zu ärgern. Doch bevor sein Blutdruck noch mehr in die Höhe schießt, ertönt die besagte Glocke.

„Ihre Majestät wird in wenigen Augenblicken herunterkommen. Sie werden sicherlich nichts dagegen haben, wenn Mary Ihnen den Kaffee *to go* zubereitet."

Seine Erleichterung darüber, sich nicht länger mit mir abgeben zu müssen, amüsiert mich. Irgendwie mag ich den knurrigen Kerl, der jetzt verschwindet, um die Hunde ihrer königlichen Hoheit einzufangen.

Dankbar nehme ich den Kaffee von der Küchenhilfe entgegen. Suzie wird sich darüber sicherlich freuen, da sie ja bislang nur Zeit für einen kleinen Schluck hatte, bevor wir aufbrechen mussten. Am Auto angekommen sehe ich Suzie am Kotflügel lehnen, die Arme verschränkt, die müden Augen hinter einer Sonnenbrille verborgen. Ich überreiche ihr den Becher und ernte zur Belohnung ein zuckersüßes Lächeln.

Kann denn nicht bald schon Nacht sein?

Doch erneut werden meine Tagträume durchbrochen, als sich die Eingangstür öffnet und ein Rudel Hunde unter lautem Gebell den Hof stürmt. Wie auf Kommando stürzen sie auf Suzie zu, die in die Hocke geht, um jedem einzelnen seine Streicheleinheit zu verpassen. In der

Sekunde nehme ich mir vor, dass wir irgendwann einen Hund haben werden. Ein scharfer Pfiff ertönt und sofort herrschen Ruhe und Ordnung in die Rasselbande.

„Guten Morgen, Eure königliche Hoheit."

Ich verneige mich. Suzie und der Frischling, der sich mittlerweile auch aus dem Auto bequemt hat, tun es mir gleich.

„Guten Morgen, Lieutenant Bancroft, Lieutenant Miller. Und Sie sind ..."

„Sergeant Smith", sagt der Frischling und schlägt die Hacken zusammen.

„Schon gut. Eine Verbeugung genügt zur Begrüßung."

Die Queen lächelt dem schüchternen, blassen Mann zu, bevor sie sich auf den Weg zu ihrem Wagen macht. Ich folge ihr, während Suzie und der Neue zu unserem Wagen zurückkehren.

„Können Sie das riechen, Nate?", fragt mich die Queen und atmet tief ein. „Die Luft ist so klar und frisch wie schon lange nicht mehr. Es wird ein herrlicher Tag! Dennoch frage ich mich, wieso Sergeant Smith so transpiriert. Sie nicht auch?"

„In der Tat, Eure Hoheit. Er verträgt wohl die schottische Küche nicht sehr gut. Wir werden das im Auge behalten."

Die Queen nickt und öffnet die hintere Tür ihres Geländewagens, um die Hunde hineinspringen zu lassen. Die ganze Zeit über stehe ich in gebührendem Abstand neben ihr. Auch etwas, das ich erst lernen musste. Am Anfang wollte ich ihr noch die Türen aufhalten und die Hunde für sie verladen. Doch innerhalb kürzester Zeit hat sie mir klargemacht, dass auf Balmoral andere Regeln gelten. Nämlich einzig und alleine ihre eigenen. Das königliche Hofprotokoll ist hier außer Kraft gesetzt und auch keinerlei Presse erwünscht. Vermutlich ist das ihre Art von Urlaub, da sie selbst hier in den Ferien noch bis spät in die Nacht hinein an ihrem Schreibtisch sitzt.

Also stehe ich stumm daneben und warte, bis sie uns das Zeichen zum Aufbruch gibt. Sobald ich das von ihr erhalten habe, kehre ich zum Begleitwagen zurück.

„Was ist es heute?", fragt mich Suzie.

„Vermutlich Rebhuhn. Für nächste Woche ist eine Treibjagd angesetzt."

Im Rückspiegel sehe ich, wie der Frischling immer blasser wird.

„Die armen Tiere", seufzt meine Frau, während sie der Queen vom leicht verschneiten Hof hinunter auf die kleine Landstraße folgt.

Ich bewundere sie für ihr großes Herz, denn ich weiß, dass sie mit Menschen nicht so zimperlich verfährt. Sie hat die gleiche Ausbildung wie ich durchlaufen. Wir können mit einem einzigen Schlag an die richtige Stelle jemanden umbringen. Tieren würden wir jedoch niemals etwas antun.

Um das Schweigen zu überbrücken, lege ich eine Kassette ein, die ich vor Jahren einmal für Suzie aufgenommen habe, damit sie auf Einsätzen immer an mich denkt. Ausnahmsweise bin ich einmal froh, dass wir mit den alten Range Rovern unseren Dienst verrichten, da diese noch Kassettendecks haben.

Wären wir alleine, würden wir wie immer lauthals unsere Lieblingslieder mitschmettern. Leider müssen wir uns wegen des Gastes auf der Rückbank damit begnügen, den Takt nur mitzutrommeln.

Nach einer guten halben Stunde haben wir unser Ziel erreicht. Der Prinz von Wales wartet am Rand des Sumpfgebietes bereits mit einigen Gästen auf uns. Ab hier ist es nur noch unser Job, so unauffällig wie möglich zu sein. Ich gebe als Einsatzleiter die Anweisung, dass Suzie die linke Seite sichert, der Frischling die rechte übernimmt, während ich in der Nähe ihrer Majestät bleibe. Für Außenstehende sieht es so aus, als ob auch wir nur Gäste der Jagdgesellschaft der Queen sind. Lediglich die Knöpfe unserer Kommunikationsgeräte in unseren Ohren verraten uns bei genauerem Hinsehen.

Nachdem die Queen alle Anwesenden begrüßt und Höflichkeiten ausgetauscht hat, beginnt der unangenehme Teil. Die Jagd wird eröffnet.

Die Hunde sind voll in ihrem Element, schnüffeln, nehmen die Spur auf und scheuchen die Rebhühner auf, damit der Adel sie erschießen kann. Die mit Schrot vollgepumpten Körper werden zum Abschluss von den Hunden zu ihren Herrchen gebracht, die diese voller Stolz entgegennehmen, bevor der Kreislauf wieder von vorne beginnt. Bei jedem abgegebenen Schuss muss ich mich beherrschen, um nicht zusammenzuzucken.

„Siehst du den Sergeant irgendwo?", ertönt Suzies Stimme in meinem Ohr.

Ich lasse meinen Blick unauffällig nach rechts schweifen, wo er eigentlich seinen Dienst verrichten müsste, doch ich kann ihn nirgends entdecken.

„Nein", antworte ich in meinen Sprechfunk. „Vielleicht musste er sich irgendwo im Gebüsch übergeben."

Ich höre sie in meiner Nähe leise kichern, dann sagt sie über den Funk: „Das ist nicht witzig, Lieutenant."

„Sergeant Smith, wieso sind Sie nicht auf Ihrem Posten?", funke ich ihn an, erhalte jedoch keine Antwort.

Langsam werde ich nervös, versuche mir jedoch nichts anmerken zu lassen.

„Ich sehe ihn. Rechts von dir bei den Sträuchern. Er scheint tatsächlich mal ausgetreten zu sein."

Suzie klingt amüsiert, doch ich bin richtig sauer. Seinen Dienst so zu vernachlässigen, wird Konsequenzen haben. Unser aller Leben kann davon abhängen!

„Sergeant!", blöke ich in den Funk. „Sie begeben sich augenblicklich zu Ihrer Position. Sollten Sie diese noch einmal ohne meine Erlaubnis verlassen, betrachten Sie sich als gefeuert!"

„Beruhige dich, Nate."

Diesmal höre ich Suzies Stimme nicht über Funk und ihre Hand berührt unauffällig meine. Ich war so in meine Wut vertieft, dass ich gar nicht bemerkt habe, wie nahe sie mir gekommen ist. Ihre Berührung jagt mir Schauer den Rücken hinunter.

Für Sekunden existieren nur wie beide, versunken in den Augen des jeweils Anderen. Wie gerne würde ich die Berührung noch intensivieren. So eng mit ihr verschmelzen, dass kein Staubkorn mehr zwischen uns passt.

Plötzlich verändert sich Suzies Blick. Ich will protestieren, als sie auf einmal an mir vorbeisieht, doch der Schreck, der nun in ihre Augen tritt, lässt mich zeitgleich mit ihr meine Waffe ziehen und herumfahren zu dem, was auch immer sie hinter mir entdeckt hat.

Schlagartig übernehmen meine Instinkte, die ich mir über Jahre hinweg antrainiert habe, die Kontrolle. Ohne mein Zeichen abzuwarten, schlägt Suzie den Weg rechts von mir ein, um sich von hinten an den Gegner heranzuschleichen. Als sie außer Sicht ist, lenke ich seine Aufmerksamkeit auf mich.

„Waffe fallen lassen, Sergeant!"

Wir sind einige Meter von der Jagdgruppe entfernt. Da sie uns den Rücken zuwenden und die Schüsse laut peitschen, haben sie von der Gefahr, in der sie schweben, noch nichts mitbekommen. Der Frischling scheint auf einmal die Ruhe selbst zu sein, wie er mit dem Schrotgewehr im Anschlag neben den Büschen steht, in denen er es wahrscheinlich versteckt hatte, und auf das Oberhaupt des Vereinigten Königreichs zielt.

„Eure Majestät", ruft er jetzt, als die Gewehre kurz verstummen. Seine Stimme ist so eiskalt, dass ich keinen Zweifel habe, dass er abdrücken wird. Ein Schrei erfolgt, als die Ersten die Situation richtig analysieren.

„Keine Bewegung!", brüllt der Frischling, als sich einige in Sicherheit bringen wollen.

Die Königin steht wie ein Fels in der Brandung auf ihrem Platz. Millimeter für Millimeter positioniere ich mich so, dass ich sie notfalls mit meinem Körper schützen kann. Doch dann erkennt er, was ich vorhabe.

„Das gilt auch für dich, du arroganter Sack! Na? Wer feuert hier jetzt wen?"

Ihm entweicht ein hysterisches Lachen und ich nutze seine kurze Unaufmerksamkeit für einen weiteren Schritt in Richtung seiner Schussbahn. Kurz darauf hat er sich wieder im Griff und kommt langsam näher.

„Na? Wie gefällt es Euch, einmal die Gejagte zu sein, *Eure Majestät?*"

Er sagt ihren Titel, als ob es eine Beleidigung wäre.

„Unschuldige Tiere abknallen, das könnt Ihr. Aber für Euer eigenes Land zu sterben, das könnt Ihr Euch nicht vorstellen, oder? Nicht so wie wir einfachen Soldaten, die Ihr in den Krieg schickt und anschließend an ihren Traumata verrecken lasst. Fünf meiner Kameraden haben sich ne Kugel in den Kopf gejagt, weil sie nicht klarkamen, nachdem sie aus Afghanistan zurück waren. Wo war da das Vaterland, für das man sein Leben riskiert hat, hm?"

Mittlerweile hat er sich so in Rage geredet, dass sich kleine Spuckefäden um seinen Mund gebildet haben.

Wo bleibt nur Suzie? Wenn sie nicht bald auftaucht, ist es zu spät.

Kaum habe ich das gedacht, hebt er das Gewehr, um die Königin ins Visier zu nehmen. Als er durchlädt, erscheint endlich Suzie hinter ihm. Doch sie ist noch immer zu weit weg. Niemals wird sie ihn erreichen, bevor er den Abzug drücken kann. Die Entscheidung fälle ich in Sekundenbruchteilen.

Ich lasse meine Waffe sinken, drehe mich in einer fließenden Bewegung um und setze zum Sprint an, um die Queen zu schützen. Hinter mir höre ich einen Schrei, dann beißt etwas in meinen Rücken.

Kurz bevor ich die Königin erreiche, geben meine Beine nach und ich sacke zu Boden. Der Aufprall treibt die Luft aus meinen Lungen und mir wird schwarz vor Augen. Ich versuche mich hochzustemmen, was mir erst beim dritten Anlauf gelingt. Auf den Knien drehe ich mich zum Angreifer um, will zu ihm krabbeln, um ihm die Waffe zu entreißen.

Der ist noch immer mit Nachladen beschäftigt und bemerkt nicht, wie Suzie sich angeschlichen hat, um ihm nun in die Kniekehlen zu treten. Er sackt zusammen und sie hält ihm ihre Waffe an den Hinterkopf.

Erleichterung durchflutet mich, was in diesem Fall aber nicht gut ist, denn das Adrenalin, das mich aufrecht gehalten hat, verschwindet. Und mit ihm meine Kraft.

Erneut lande ich, einer Ohnmacht nahe, unsanft auf dem Boden. Mein Rücken brennt wie Feuer. Jemand berührt mich an der Schulter und will mich wegziehen. Ich wehre mich aber dagegen, denn ich will bei meiner Frau bleiben.

Suzies Blick ist besorgt auf mich gerichtet, weil sie will, dass es mir gutgeht. Ich will ihr gerne sagen, dass sie sich um mich keine Gedanken machen soll. Will ihr sagen, dass sie sich lieber auf den Typen konzentrieren soll. Doch mir fehlt die Kraft.

Voller Entsetzen muss ich nun sehen, dass niemand außer mir auf das Arschloch achtet. Noch nicht einmal die beiden Leibwächter des Prinzen.

Alle sind auf mich fokussiert, da Suzie ja die Situation unter Kontrolle hat. Somit sieht auch keiner, dass er das nun wieder geladene Gewehr noch immer in der Hand hält. Nicht einer bemerkt, wie er sich umdreht und im Fallen Suzie die Beine wegfegt.

Jemand hält meine Schulter fest. Verzweifelt wehre ich mich dagegen. Will nichts Anderes als zu meiner Frau. Meiner wunderschönen Frau, die ich seit dem Sandkasten liebe.

Innerlich schreie ich und wehre mich gegen die Hände, die mich wie Ketten an den Boden fesseln, doch mein Körper will mir einfach nicht gehorchen. Und so muss ich auf die Erde gepresst und stumm dabei zusehen, wie der Frischling aufsteht, mich höhnisch ansieht und dann seine Waffe abfeuert.

18

Hope

„Suzie war sofort tot und ich habe noch im Krankenhaus meinen Dienst quittiert. Den Wichser haben sie in die Geschlossene gesperrt. Die Queen hat mir ihr Beileid ausgesprochen, mir den Orden verliehen und das Grundstück geschenkt, auf dem ich jetzt wohne und mich dort zur Ruhe setzen wollte. Bis du kamst."

Auch beim letzten Satz stockt seine Stimme kein einziges Mal und das, wo ich doch sehe, wie seine Augen schmerzlich ins Leere starren.

In meinen haben sich inzwischen Tränen gebildet, Tränen, die jetzt meine Wange hinablaufen und auf mein Shirt tropfen. Ich will nicht aufstehen, um mir ein Taschentuch zu holen, nein, ich will bei ihm bleiben. Will seine Hand halten, und auch wenn ich weiß, dass ich ihm diesen Schmerz nicht nehmen kann, der seine Seele bluten lässt, will ich für ihn da sein.

„Und das alles ist meine Schuld."

„Nein, das ist es nicht. Der Einzige, der Schuld trägt, ist dieser geisteskranke Kerl."

Nate schüttelt den Kopf.

„Und doch habe ich Suzie in meine Schicht einteilen lassen. Diese Schuldgefühle werde ich wohl nie mehr los. Auch Suzies Eltern, die mich nach dem Tod meiner Eltern bei sich aufgenommen haben, machen mir indirekt diese Vorwürfe. Auch wenn sie es nie gesagt haben, sehe ich es in ihren Augen."

„Nate, ich, … ich weiß nicht, was ich sagen soll. Das alles ist so schrecklich, so abartig grausam, dass ich, … mir fehlen die Worte."

Langsam erhebe ich mich aus meinem Sessel, in dem ich bis jetzt seinen Worten gelauscht habe, und gehe zu ihm. Nehme neben ihm auf meiner Couch Platz und greife nach seiner Hand, die auf seinem Oberschenkel liegt. Sie ist so angenehm warm, so vertraut und ich muss stark an mich halten, ihn nicht einfach in die Arme zu nehmen. Denn ich weiß nicht, ob er dies im Moment überhaupt möchte. Vielleicht will er auch lieber alleine sein, schießt es mir durch den Kopf und kurz überlege ich, etwas zur Seite zu rutschen. Doch meine innere Stimme ruft mich zur Vernunft.

Viel zu lange musste er mit Suzies Verlust, den Geschehnissen alleine zurechtkommen. Jetzt ist Schluss. Und so werfe ich alle Bedenken über Bord und schlinge meine Arme um seinen Nacken.

Erst zuckt er zusammen, wirkt überrascht, noch dann legen sich auch seine Arme um meine Hüften und drücken mich fest an sich. Ich bette meinen Kopf auf seine Schulter, lausche seinen Atemzüge und sauge seinen Duft ein. Alleine dieser Moment genügt, um mich wissen zu lassen, dass ich Nate mehr vermisst habe, als ich dachte.

„Nate, alles, was dir widerfahren ist, tut mir leid, aber es war nicht deine Schuld. Hörst du?!" Kurz zögere ich. „Und auch tut es mir leid, dass ich in deinen Sachen herumgeschnüffelt habe. Das hätte ich nicht tun dürfen. Ich hatte kein Recht dazu und …"

Mit energischem Kopfschütteln unterbricht er mich.

„Hope, jetzt weiß ich, dass du nach Antworten gesucht hast. Antworten, die ich dir nicht geben wollte. Nicht geben konnte." Er hält inne, streicht mit seiner Hand über mein Haar und wickelt sich eine meiner Haarsträhnen um den Finger. „Wir beide haben Fehler gemacht. An jenem Abend, als du in diesem Zimmer voller schrecklich schöner Erinnerungen auf dem Boden gesessen bist, mit all diesen Fotos, da hätte ich mit dir reden müssen. Doch stattdessen bin ich weggelaufen. Das war falsch, einer meiner größten Fehler."

Nate richtet sich etwas auf und mein Kopf, der bis eben noch ziemlich bequem gelegen hat, rutscht zur Seite.

„Hope", seine Augen suchen meinen Blick und in ihnen liegt plötzlich eine solche Wärme, dass mein Herzschlag an Geschwindigkeit zunimmt, „ich will dich nicht verlieren. Ich will, dass du bei mir bleibst. Immer. Bitte sag mir, dass es noch nicht zu spät ist. Bitte sag mir, dass du mir verzeihen kannst, dass du mir noch eine Chance gibst. Denn ich liebe dich, mit jeder Faser meines Körpers."

„Oh Nate." Erneut schlinge ich meine Arme um ihn. „Ich liebe dich doch auch. Die letzten Tage waren der reinste Horror. Du kannst dir gar nicht vorstellen, wie oft ich dich anrufen wollte, um deine Stimme zu hören. Wie oft ich an dich gedacht habe."

„Doch, das kann ich mir vorstellen. Denn mir ging es nicht anders."

Er presst mich fest an sich und dann suchen seine Lippen die meinen. Und dieser Kuss ist so perfekt, so ehrlich, dass ich am liebsten losheulen möchte. Denn just in diesem Moment fällt mir etwas ein. Da gab es noch diese eine Sache und Nate muss davon erfahren.

Bestimmt löse ich meine Lippen von seinen, schiebe ihn ein wenig weg von mir und überlege, wie ich ihm am besten von dieser Geschichte erzählen soll. Doch die Angst, ihn erneut verlieren zu können, ist zu groß, um die passenden Worte zu finden.

„Was ist los?", will er wissen und sieht mich aufmerksam an.

Meine Schultern sacken nach vorne als ich sage: „Da ist noch eine Sache."

„Was?", will er alarmiert wissen.

„Na ja, Eddi, er hat da so einen Bekannten, der Informatikspezialist ist, und der hat … na ja … mir zuliebe Nachforschungen angestellt."

„Nachforschungen über was?"

Schwer schlucke ich.

„Über dich und deine Vergangenheit!"

„Über mich?" Seine Augenbrauen zucken nach oben. Ich rechne schon mit einem erneuten Streit, doch sein Mund verzieht sich zu einem Grinsen, als er entgegnet: „Mir war klar, dass du es nicht sein lassen konntest."

„Hä?"

Ich verstehe nun gar nichts mehr. Warum ist er nicht böse und warum sieht er überhaupt nicht überrascht aus?

„Jetzt schau mich nicht so an. Es ist alles gut. Ich weiß von euren Recherchen."

„Wie, du weißt davon? Das kapier ich nicht."

Und das tue ich wirklich nicht.

„Nun, deine Granny war bei mir und … na ja … sie hat so Andeutungen gemacht. Sie sah deinetwegen besorgt aus. Woraufhin ich mir auch Sorgen um dich gemacht habe und gesehen habe, dass deine Internetseite aus dem Netz verschwunden ist. Daraufhin habe ich meinen Kumpel, der ebenfalls IT-Spezialist ist, gebeten mal nachzuforschen. Er gab mir nicht nur deine Anzeige für die Couch-Vermietung, sondern auch die Information, dass jemand in meiner Vergangenheit herumschnüffelt. Und das konntest nur du sein."

„Ich verstehe." Und doch auch nicht. Sicherheitshalber frage ich noch einmal nach. „Dann bist du nicht böse deswegen? Ich habe auch bis auf deinen Lebenslauf noch nichts gelesen. Gerade als es spannend wurde, hast du an der Tür geklingelt."

„Nein. Mir war nur wichtig, dass ich es dir selbst erzählen kann, wie ich es von Beginn an hätte tun sollen."

Erleichterung macht sich in mir breit und erneut schlinge ich meine Arme um ihn.

„Dann ist jetzt alles gut zwischen uns?"

Statt einer Antwort zieht er mich enger an sich und zeigt mir mit seinem Mund, seiner Zunge, dass ich keinerlei Bedenken mehr haben muss. Wenn es nach mir ginge, würde ich den ganzen Abend in seinen Armen verbringen, aber mein Handy, das nun schon das dritte Mal klingelt, lässt mich dann doch aufstehen.

Drei verpasste Anrufe und zwei Nachrichten, lässt mich das Display wissen. Allesamt von Eddi.

„Ich muss Eddi kurz anrufen. Eigentlich sind wir zu einer Party verabredet und er fragt sich, warum ich noch immer nicht da bin."

Entschuldigend deute ich auf mein Handy und wähle die Nummer von meinem besten Freund. Der Gedanke,

Nate jetzt nach allem, was er mir gerade erzählt hat, mit auf eine Fete zu schleppen, ihn mit Eddi und den Anderen zu teilen, gefällt mir so überhaupt nicht. Nein, ich möchte ihn in diesem Moment für mich, möchte ihn noch besser kennenlernen. Ich will wissen, was er am liebsten isst, welche Bands er gern hört, wo er am liebsten Urlaub macht und noch Vieles mehr.

Während es klingelt, flüstere ich Nate zu: „Hast du Lust auf eine Party? Ich ehrlich gesagt nicht."

„Ich auch nicht."

„Gut."

Geduldig warte ich, dass sich irgendwann jemand am anderen Ende der Leitung meldet, und lege dann irgendwann auf, um Eddi eine Nachricht zu schicken.

Nate ist hier. Wir haben geredet. Es ist alles gut. Sei mir bitte nicht böse, aber wir wollen im Moment lieber nur zu zweit sein. Ich melde mich.

„So, das wäre erledigt", nicke ich und lege mein Smartphone achtlos zur Seite.

Für heute will ich von niemandem außer Nate noch was hören.

„Sag mal, hast du Hunger?"

Nate grinst, und ohne dass er es ausspricht, weiß ich, dass er sicher nicht Nein sagen wird.

„Ich deute das als ein Ja."

„Wie kannst du auch fragen, wo du doch weißt, dass ich bis auf Tiefkühlkost und Dosenfutter nicht wirklich was Essbares zustande bringe."

„Stimmt, da war ja was." Ich strecke ihm meine Hand entgegen. „Na dann komm. Wollen wir deinem Magen mal wieder was Gutes tun."

Nate

Ich liebe es, ihr zuzusehen, wie sie geschäftig und pausenlos plappernd in der Küche herumhantiert. Wie sie mir immer wieder verstohlene Blicke zuwirft, wie sie lächelt und sich ihre Brille zurechtrückt, wenn sie mal wieder von der Nase rutscht. Stundenlang könnte ich ihr dabei zusehen, ihr zuhören und wäre es immer noch nicht leid.

„Hey Nate, hörst du mir überhaupt zu?" Sie stemmt ihre Hände in die Hüften und guckt mich an.

„Natürlich."

„Und was habe ich dann gerade gesagt? Dein lächelndes Gesicht sieht so aus, als ob du in Gedanken schon dein Steak isst und mir überhaupt nicht zuhörst."

Tja, ganz unrecht hat sie damit nicht, denn alleine der köstliche Geruch lässt meinen Magen knurren, und doch weiß ich genau, was sie mir gerade erzählt hat.

„Du hast mir von deiner Reise nach Island erzählt, und dass du so begeistert von diesen kleinen, zotteligen Pferden warst, dass du am liebsten eines mitgenommen hättest", gebe ich ihre Worte wieder.

Völlig überrumpelt hält sie beim Rühren der Soße inne. „Stimmt."

„Dann kam dir allerdings deine Pferdehaarallergie in die Quere", erzähle ich weiter.

„Stimmt auch. Aber warum grinst du dann so? Ich meine, das hat mich damals echt getroffen. Natürlich hätte ich mir keines dieser Pferde je leisten können, aber ich hätte zu gerne Reitunterricht genommen und …", plappert sie weiter und ich muss erneut lächeln, weil sie alles so lebhaft schildert. „Jetzt grinst du schon wieder so! Das ist hier echt ein ernstes Thema."

So recht will ich nicht kapieren, was daran ernst sein soll, aber gut, ich lasse sie in dem Glauben und versuche ein betroffenes Gesicht zu machen.

„Machst du dich über mich lustig?", will sie nun wissen und sieht leicht gekränkt aus.

„Nein, natürlich nicht."

„Und verrätst du mir dann, was das da", sie deutet auf mein Gesicht, „soll?"

Ich trete zu ihr, schlinge die Arme um ihren Körper und schiebe mit meinen Händen die Haare aus ihrem Nacken.

„Ich find es so süß, wie du da stehst und voller Leidenschaft erzählst. Ich könnte dir stundenlang dabei zusehen. Und das meine ich völlig ernst. Ich nehme dich überhaupt nicht auf den Arm, wenn ich so lächle. Das tue ich nur, weil es mich unheimlich glücklich macht, dich so zu sehen."

„Oh", meint sie und schmiegt sich an meine Brust.

Sanft berühre ich mit meinen Lippen die empfindliche Stelle unterhalb ihres Ohrs.

„Das Essen ist fertig", wispert Hope.

„Dann sollten wir wohl essen."

„Hm ja."

Widerwillig lasse ich sie los und helfe ihr, die dampfenden Töpfe auf ihren winzigen Tisch zu stellen,

„Vielleicht sollten wir unsere Teller lieber hier vollschöpfen."

Hope nickt und so sitzen wir keine drei Minuten später auf diesen unbequemen Plastikstühlen, um zu essen.

Stumm lassen wir uns Hopes Mahl schmecken, doch irgendwann hält sie inne und sieht mich fragend an.

„Warum rutschst du eigentlich ständig auf dem Stuhl herum?"

Ihr ist also nicht entgangen, dass ich immer wieder nach einer geeigneten Sitzposition suche, was dieses Teil definitiv nicht zulässt.

„Diese Stühle, also wenn ich dich öfters hier besuchen soll, dann müssen die weg."

Ich deute auf ihre und meine Sitzgelegenheit.

„Ich fürchte", ihr eben noch so fröhliches Gesicht verzieht sich, „du wirst nicht mehr oft die Gelegenheit dazu haben."

„Warum?"

„Tja", sie zuckt mit den Schultern, „der Mietvertrag für meine Confiserie wurde mir gekündigt, somit dauert es auch nicht mehr lange und ich muss die Wohnung ebenfalls aufgeben."

Das hat Granny also die letzten Tage, immer wenn ich sie zu Gesicht bekommen habe, so bedrückt.

„Möchtest du das denn?"

„Meine Wohnung kündigen?", hakt Hope nach.

„Ja, und deine Confiserie aufgeben."

„Bis vor ein paar Stunden hätte ich noch laut Nein gerufen, aber jetzt", sie sieht mich mit einem fragenden Blick an, „bin ich mir da nicht mehr so sicher."

Ich weiß genau, was sie mich indirekt fragen will, und meine Antwort ist laut und deutlich Ja. Ich will Hope bei mir haben, jeden Tag, am liebsten jede Minute. Der Gedanke, sie nur am Wochenende sehen zu können oder jedes Mal über eine Stunde Autofahrt auf mich zu nehmen, wenn die Sehnsucht mich packt, widerstrebt mir zutiefst. Und genau das sage ich ihr auch. Der zweifelnde Gesichtsausdruck verschwindet bei jedem meiner Wörter und macht einem Lächeln Platz.

„Wirklich?“

„Natürlich. Zieh bei mir ein, verwandle meine Küche in eine Backstube und eröffne deinen Onlineversand.“

„Denkst du nicht, dass es vielleicht zu schnell ist? Ich meine, wir kennen uns kaum und so ein Zusammenleben hat schon die eine oder andere Beziehung zum Scheitern gebracht.“

„Hope“, ich suche ihren Blick, halte diesen fest, „ich möchte nicht mehr in der Vergangenheit leben, will nicht mehr meine Zukunft durchgeplant haben. Ich will im Hier, im Jetzt leben. Zusammen mit dir! Lass es uns versuchen.“

Für einen Moment senkt sie den Blick, lässt sich meine Worte durch den Kopf gehen und nickt schließlich.

„In Ordnung.“

„Gut.“ Das Thema ist somit durch, und um sie auf andere Gedanken zu bringen, sage ich: „Dein Essen war einfach himmlisch. Aber jetzt bin ich so voll, dass ich einen Spaziergang vertragen könnte.“

„Gute Idee.“

Zusammen räumen wir den Tisch ab, lassen das benutzte Geschirr in der Küche stehen und ziehen unsere Jacken an. Hand in Hand betreten wir die verschneite, bitterkalte Nachtlandschaft und sehen uns um. Die Häuser um uns herum liegen im Dunkeln. Laternen beleuchten den Gehweg. Auf der Straße fährt kein einziges Auto. So ruhig habe ich London noch nie erlebt.

„Wohin sollen wir gehen?", frage ich sie.

Denn mir ist nicht nach einer großen, feiernden Menschenmenge. Doch jetzt, eine gute halbe Stunde vor Mitternacht, werden vermutlich alle Plätze gut besucht sein, was die gespenstische Stille um uns herum erklärt.

Als ob Hope meine Gedanken lesen könnte, sagt sie: „Am allerliebsten wäre ich jetzt an einem Ort, an dem keine Menschen sind. Nur wir beide, unter dem Sternenhimmel."

„Das lässt sich einrichten."

Ohne zu zögern, gehe ich mit ihr zu meinem Auto, öffne die Beifahrertür und bitte Hope einzusteigen. Dann nehme ich neben ihr Platz, starte den Motor und schlage den Weg nach Hause ein.

„Wohin fahren wir?", will sie wissen.

„Das wirst du bald sehen."

Für einen kurzen Moment schweigt sie, dann lächelt sie und sagt: „Das letzte Mal, als ich in diesem Truck gesessen habe, haben wir uns gegenseitig angepflaumt. Ich fand dich dermaßen unsympathisch und war froh, als ich endlich aussteigen durfte. Und jetzt sind wir ein Paar. Ist das nicht verrückt?"

Die Erinnerungen lassen mich ebenfalls lächeln.

„Ich fand dich total verantwortungslos. Mitten in der Nacht alleine durch eine gottverlassene Gegend zu marschieren."

„Warst du deshalb so unfreundlich, weil ich dein Radio anmachen wollte?", hakt sie nach und sieht unbekümmert nach draußen.

Kurz zögere ich, denn noch immer befindet sich der Grund für meine damalige Barschheit im Kassettendeck meines Radios. Um ihr das zu erklären, muss ich weiter ausholen. Vielleicht ist jetzt genau der Zeitpunkt, um auch diese Erinnerung loszulassen.

19

„Nicht ganz. Ich habe die Zeit nach unserem Streit genutzt, um diese grauenvolle Abstellkammer mit all den Erinnerungen aufzuräumen, abzustauben und zu entrümpeln."

Als ich das sage, lächelt Hope und meint amüsiert: „*Du* hast geputzt?"

„Na ja, Balu hat mir geholfen", gebe ich zu.

Das entspricht auch halbwegs der Wahrheit, da er jedes Mal Unmengen an Staub aufwirbelte, wenn er mich mit dem Schwanz wedelnd beim Ausmisten beobachtete.

„Auf jeden Fall wollte ich damit ein Zeichen setzen. Auch wenn ich mir zu dem Zeitpunkt nicht sicher war, dass ich dich jemals wiedersehen würde. Ich habe das für mich gemacht, um nach vorne schauen zu können. Nach Suzies Tod war ich eine Zeitlang in Therapie. Dort wurde mir geraten, einen Schlussstrich unter die Vergangenheit zu ziehen. Doch erst seitdem ich dich kenne, bin ich stark genug, das auch wirklich zu tun. Loszulassen kann ganz schön schwer sein."

Ich verstumme und lasse meine Gedanken noch einmal zurückschweifen zu dem Abend, als ich alle Kisten in meinen Truck lud. Mit ihnen fuhr ich dann zu einer Lichtung mitten im Wald, die von Jugendlichen oftmals als illegaler Grillplatz genutzt wird, da dort die Bäume rundherum so dicht stehen, dass man von außerhalb den Schein des Feuers nicht sieht. In die über die Jahre hinweg entstandene Grube stapelte ich die Kisten voller Zeitungsausschnitte, Zettel von Suzie, ihre Zeugnisse, Schulhefte, Urlaubsfotos, ihr Lieblingskissen ... Eben all die Dinge, die ihre Eltern nicht als Erinnerungsstücke behalten wollten, habe ich damals aus ihrer Wohnung geholt, um so zu tun, als ob sie noch bei mir leben würde. Zunächst hatte ich sie wirklich in meinem neuen Haus aufgestellt. So lange, bis ich selbst gemerkt habe, dass sie mich nur herunterziehen und noch mehr verzweifeln lassen in meinem Schmerz über ihren Verlust.

Also habe ich alles in Kisten verstaut, was mich extreme Überwindung gekostet hat. Allein weil ich dieses Gefühl kannte, hätte ich gedacht, dass mir der nächste Schritt umso schwerer fallen würde, wenn nicht sogar unmöglich für mich wäre.

Als ich den Grillanzünder ausgoss und das Streichholz in den Kistenstapel warf, war das überlagernde Gefühl Erleichterung. Ich bilde mir sogar ein, Suzies Gesicht in den Flammen gesehen zu haben, das mir dankbar zulächelte, weil sie endlich Ruhe finden darf.

Niemals werde ich meine Zeit mit ihr vergessen. Werde *sie* niemals vergessen. Aber ich habe endlich ihren Tod akzeptiert. Und ebenso, dass ich noch lebe.

Hope greift meine Hand, die ich locker auf die Gangschaltung gelegt habe.

„Ich freue mich unglaublich auf unsere Zukunft."

Ich hebe unsere verschränkten Hände und drücke einen Kuss auf ihren Handrücken.

„Ich mich auch. Vorher würde ich aber gerne noch etwas mit dir gemeinsam erledigen."

„Das wäre?", fragt Hope neugierig.

„Ich habe alles aus der Kammer vernichtet. Selbst die Waffe habe ich in ihre Einzelteile zerlegt und sie einschmelzen lassen."

„Das geht?"

„Ja … Wenn man die richtigen Leute kennt …", druckse ich herum.

Jahrelang musste ich meine Bekanntschaften mit den etwas zwielichtigeren Menschen geheim halten, weil es mein Job erforderte. Als Leibwächter der Königin darf man keine Verbrecher kennen. Offiziell zumindest nicht. Inoffiziell war es mehr als gerne gesehen, dass ich, falls es einmal notwendig sein sollte, gewisse Gefallen bei Leuten einfordern konnte, die noch aus meiner Zeit bei der Armee stammten. Nicht einmal Suzie kannte alle meine Kontaktpersonen. Wenn Hope mich jetzt danach fragt, werde ich ihr alles erzählen, was sie wissen möchte. Es überrascht mich selbst, wie sehr ich ihr vertraue. Doch zu meinem Erstaunen nickt sie nur und bedeutet mir fortzufahren.

„Nur zwei Sachen sind noch übrig aus meiner Zeit mit Suzie. Ein Polaroid und die Kassette, wegen der ich bei unserer ersten Begegnung so empfindlich reagiert habe. Beide habe ich nicht bewusst aufgehoben. Aber ich möchte sie ganz bewusst mit dir zusammen vernichten. Das Foto steckt noch immer in meinem Geldbeutel. Ich habe mich erst wieder daran erinnert, als ich dir von Suzies Tod erzählt habe. Genauso ging es mir mit der Kassette, die mir früher so viel bedeutet hat, an die ich aber in letzter Zeit keinen Gedanken mehr verschwendet habe. Hilfst du mir, auch noch diesen letzten Schritt zu vollziehen und beides zu vernichten?"

Hope schweigt immer noch, was mich langsam nervös werden lässt. Sind ihr meine Vergangenheit und die ganzen Geheimnisse, die ich ihr innerhalb kürzester Zeit gestanden habe, zu viel auf einmal? Aus dem Augenwinkel sehe ich, wie sie auf ihrer Lippe herumkaut, als ob sie etwas sehr beschäftigt. Aber was? Warum redet sie nicht mit mir?

Hope starrt stumm die Straße an, auf der wir uns in Richtung unserer neuen/alten Heimat bewegen. Je mehr Zeit vergeht, umso panischer werde ich. Ich streiche mit meinem Daumen an ihrer Hand entlang, um sie aus ihren Überlegungen zurückzuholen.

„Rede mit mir, Hope", flehe ich sie an. „Erzähl mir, was in dir vorgeht. Ich will alles wissen. Immer."

Mit Erleichterung sehe ich, wie sich ihre Mundwinkel heben. Und dann sagt sie endlich wieder etwas.

„Darf ich das Bild sehen?"

Hope

Ich sehe ihm an, wie sehr ihn mein Schweigen verunsichert. Wir sind schon so weit von London entfernt, dass nur noch vereinzelte Häuser am Straßenrand stehen und die Gegend immer ländlicher wird. Die Zeit habe ich gebraucht, um mir über einiges klar zu werden. Vor allen Dingen darüber, ob ich überhaupt eine Chance habe, neben Suzie zu bestehen. Ich meine, … als Leibwächterin muss sie bestimmt eine megaaffe Frau gewesen sein, die mit Sicherheit nicht so verwirrt und vergesslich wie ich mit einem Block durch die Gegend gelaufen wäre und ihren Traum in den Sand gesetzt hätte.

„Natürlich", sagt Nate als Antwort auf meine Bitte mir das Foto zu zeigen, von dem er gesprochen hat.

Er löst unsere noch immer verschränkten Hände, greift in die hintere Hosentasche und zieht seinen Geldbeutel heraus, um ihn mir hinzuhalten.

„Schau mal in das Fach mit den Scheinen. Da müsste es drinstecken."

Ich sehe hinein und entdecke direkt ein in der Mitte gefaltetes Polaroid. Mit klopfendem Herzen ziehe ich es hervor. Ein glückliches Pärchen strahlt in die Kamera.

Nate im Anzug zu sehen ist eine Offenbarung und lässt mein Herz höher schlagen. Die Frau neben ihm ist eine klassische Schönheit und wirkt äußerst sympathisch.

Ich glaube, ich hätte sie gemocht, schießt es mir durch den Kopf, als ich Suzie näher betrachte. Ihr langes blondes Haar ist kunstvoll geflochten und mit Blumen verziert. Suzie trägt ein einfaches weißes Kleid, das ihre durchtrainierte Figur betont. Sie ist ein bisschen kleiner als Nate, wirkt aber nicht so winzig neben ihm, wie ich es mit Sicherheit tue.

Sie sind das perfekte Paar.

Wäre sie noch am Leben, hätte ich niemals eine Chance bei Nate gehabt, da bin ich mir sicher. Und welche Frau will schon die Notlösung sein? Kann ich mir mit diesem Wissen ein Leben an Nates Seite vorstellen?

Die Antwort ist ganz klar: Ja!

Nate hat mir nämlich niemals auch nur eine Sekunde lang das Gefühl gegeben die zweite Wahl zu sein. Eben weil ich so anders bin als Suzie, glaube ich ihm, dass ich kein Ersatz für seine tote Frau bin.

Ich bin seine neue Liebe.

Deswegen kann ich auch absolut nachvollziehen, dass er einen Schlussstrich ziehen möchte. Mir geht es genauso. Und doch habe ich kein gutes Gefühl dabei, wenn er so rigoros alles vernichtet, was ihn an die Zeit mit Suzie erinnert. Für mich fühlt es sich so an, als ob er damit auch einen Teil von sich vernichtet.

„Sie ist wunderschön", sage ich, ohne Neid oder Eifersucht zu verspüren.

Nate antwortet darauf nichts, vermutlich, um mich nicht zu verletzen. Ich sehe ihn forschend an, beobachte, wie seine Hände das Lenkrad umklammern. Ich falte das Foto wieder zusammen und stecke es zurück in seinen Geldbeutel.

„Nate, wenn das hier funktionieren soll, darfst du keine Scheu haben, mit mir über Suzie zu sprechen. Sie ist ein Teil von dir und das akzeptiere ich."

Nate atmet hörbar aus und löst die verkrampften Hände ein wenig.

„Ich habe Angst, dass ich dich mit irgendwas, das ich über sie sage, verletze", bestätigt er meine Vermutung.

Lächelnd beuge ich mich zu ihm und küsse ihn auf die Wange.

„Ich bin hier, oder? Auch nach allem, was ich jetzt weiß, bin ich an deiner Seite. Daran wird sich so schnell nichts ändern. Hab Vertrauen in mich und in unsere Beziehung." Dann schmiege ich meinen Kopf an seine Schulter und genieße das geborgene Gefühl, als er seinen Arm um mich legt. „Darf ich dich um etwas bitten?", frage ich ihn.

„Alles, was du willst", lautet seine Antwort.

„Es mag komisch klingen, aber ich würde gern wissen, was auf der Kassette ist. Können wir sie abspielen?"

Ich spüre, wie er sich verkrampft, und befürchte, dass er meine Bitte ablehnt, weil die Erinnerung zu schmerzhaft ist.

Kurz darauf entspannt er sich und sagt: „Diese Kassette haben Suzie und ich gemeinsam mit unseren Lieblingsliedern aufgenommen. Sie sollte uns immer an den jeweils Anderen erinnern, wenn wir einmal getrennt waren. Warum willst du dir das antun und sie anhören?"

Das ist eine berechtigte Frage und ich muss ein wenig länger überlegen, um meine Antwort zu formulieren.

„Ich glaube, weil ich Suzie besser kennenlernen möchte und mir die Lieder dabei helfen können. Ich möchte verstehen, warum du vielleicht zusammenzuckst, wenn irgendwann ein bestimmtes Lied im Radio gespielt wird. Vielleicht bin ich auch ein wenig egoistisch. Denn nur wenn ich die Erinnerungen kenne, die du bereits mit ihr verbindest, weiß ich, welche neuen Erinnerungen ich schaffen kann, die dich künftig mit mir verbinden."

Verlegen über mein Geständnis drehe ich eine Haarsträhne zwischen meinen Fingern. Gleichzeitig bin ich nervös, weil ich nicht einschätzen kann, wie Nate reagieren wird. Just in dem Moment spüre ich, wie er versucht, sich ein Lachen zu verkneifen.

Ich hebe meinen Kopf und frage ihn irritiert: „Was ist denn daran so witzig?"

Nate zieht mich noch näher zu sich heran.

„Ich bin so unfassbar erleichtert, dass du so reagierst und dass du mich verstehst. Oder dich zumindest bemühst, mich zu verstehen. Das ist so viel mehr, als ich zu hoffen gewagt habe. Wenn ich das früher gewusst hätte, hätte ich dir direkt am ersten Tag mein Herz ausgeschüttet."

„Du hältst mich nicht für verrückt?"

„Doch, schon. Aber nicht deswegen."

Jetzt lacht er lauthals und ich kann nicht anders als in sein Lachen einzustimmen. Es tut unfassbar gut und wirkt richtig befreiend auf mich.

„Na dann schieb die Kassette rein", sagt Nate, als wir uns halbwegs beruhigt haben. „Da sind ein paar echt gute Songs drauf."

Und er hat recht. Ich merke kaum, wie die Zeit vergeht, während wir mitsingen. Nur kurz trübt sich seine Stimmung, als ein langsames Lied gespielt wird. Doch ich lasse ihn auch in dem Moment nicht alleine, sondern schmiege mich im Gegenteil noch fester an ihn. Gemeinsam schweigen wir, bis wir bei der nächsten Nummer wieder lauthals mitgrölen.

Nate

Niemals hätte ich gedacht, dass ich Suzies Kassette noch einmal anhören könnte, ohne in Verzweiflung und tiefe Trauer auszubrechen. Das liegt alleine an Hope, die sich jetzt plötzlich im Sitz aufrichtet.

„Wir sind ja gleich da. Können wir kurz bei Granny anhalten?", fragt sie aufgeregt.

„Äh … klar … Aber dann müssen wir wahrscheinlich Balu mitnehmen. Den hatte ich bei Beth abgeladen, weil ich nicht wusste, wie du auf meinen spontanen Besuch reagieren würdest."

„Umso besser."

Hope strahlt richtig und zappelt nervös herum.

„Verrätst du mir, was los ist?"

„Nein. Noch nicht."

Gespannt, was sie vorhat, biege ich von der Straße auf die Zufahrt zu Beths Haus ab. Noch bevor ich den Motor ausgestellt habe, ist Hope schon ausgestiegen und klopft an die Tür ihrer Granny. Drinnen höre ich meinen Hund bellen und sehe kurz darauf, wie das Licht angeht. Eine verschlafene Beth erscheint an der Tür, gefolgt von Balu, der erst mich und dann Hope stürmisch begrüßt.

„Hope? Mein Gott, ist etwas passiert?", fragt Beth, während ihr Blick zwischen mir und ihrer Enkelin hin- und herwandert.

„Nein, Granny, es ist alles okay. Nate und ich haben uns wieder vertragen. Entschuldige, dass wir dich geweckt haben, aber ich dachte, du wärst noch wach. Immerhin ist ja bald zwölf Uhr und das neue Jahr beginnt. Apropos: Ich muss nur dringend etwas holen und dann sind wir auch schon wieder weg."

Bevor Beth etwas erwidern kann, ist Hope an ihr vorbei im Haus verschwunden. Erst schaut sie ihrer Enkelin hinterher, dann richtet sie ihren fragenden Blick auf mich. Zur Antwort kann ich nur mit den Schultern zucken, woraufhin Beth resigniert den Kopf schüttelt.

Schon erscheint Hope wieder in der Tür. In der Hand hält sie eine Tüte.

„Tschüss Granny. Ich komme morgen vorbei und erzähle dir alles." Sie drückt ihr einen Kuss auf die Wange und schnippt dann auffordernd in meine Richtung. „Nate, gib mir den Schlüssel. Ich fahre."

Völlig perplex presse ich den Schlüssel für meinen geliebten Truck an meine Brust und frage: „Wieso?"

Zur Antwort schnippt Hope noch einmal.

„Sei kein Angsthase, Nate. Ich schrotte nur einmal im Jahr ein Auto. Also lass uns losfahren, bevor das neue Jahr beginnt."

Ich muss noch ein wenig mit mir kämpfen, bevor ich ihr mein Baby anvertraue. Mit einem mulmigen Gefühl nehme ich auf dem Beifahrersitz Platz und kraule Balu, der auf meinem Schoß hockt, zur Beruhigung hinter den Ohren. Also, zu *meiner* Beruhigung. Er scheint mit der Situation eher kein Problem zu haben.

„Wir fahren aber nicht weit, oder?", frage ich sie.

Mir wird leicht übel, als Hope den Motor aufheulen lässt und bei meinem verkrampften Gesichtsausdruck anfängt zu lachen.

„Keine Panik, Schatz. Vertrau mir."

Tatsächlich gelingt es mir mit jedem Meter, den sie sicher fährt, ein wenig mehr zu entspannen. Und mit jedem Kilometer habe ich auch langsam eine Vermutung, wo wir hinfahren. Mein Verdacht wird bestätigt, als wir auf den Friedhofsparkplatz abbiegen.

Hope parkt in der Nähe des Eingangs und wir steigen wortlos aus. In einer Hand hält sie die weiße Tüte, die andere streckt sie nach mir aus. Ich ergreife sie und gemeinsam folgen wir Balu den Weg entlang. Suzie hätte ihn auch gemocht, da bin ich mir sehr sicher. Der Friedhof ist nicht sehr groß, sodass wir nach wenigen Minuten unser Ziel erreichen.

Hope holt einen etwas dickeren Bilderrahmen, der ungefähr so lang ist wie mein Unterarm, Klebstoff und die

Kassette aus der Plastiktüte und sagt: „Ich möchte nicht, dass du auch noch die letzten Erinnerungsstücke an deine Frau vernichtest. Sie hat es nicht verdient, dass du sie vergisst. Gibst du mir bitte euer Hochzeitsfoto?"

Ohne lange nachzufragen, was sie damit vorhat, hole ich es aus dem Geldbeutel und reiche es ihr. Hope öffnet den Bilderrahmen, legt die Kassette und das Bild hinein und bestreicht alles auf der Rückseite mit dem Klebstoff. Dann schließt sie den Bilderrahmen wieder und drückt alles fest zusammen, bis sie sicher ist, dass nichts mehr verrutschen kann. Mit einem zufriedenen Blick stellt sie ihr kleines Kunstwerk unter das Kreuz auf Suzies Grab.

„Hey Suzie", höre ich Hope sagen und sehe sie überrascht an. Sie ignoriert mich und fährt stattdessen fort: „Ich hätte dich wirklich gerne kennengelernt. Wenn Nate dich geheiratet hat, dann musst du echt eine sensationelle Frau gewesen sein. Was dir zugestoßen ist, tut mir sehr leid. Das Schicksal hat euch grauenhaft mitgespielt und du musst wissen, dass Nate sich große Vorwürfe macht. Obwohl du dir das bestimmt denken kannst, denn du kennst ihn ja schon lange genug."

Ich höre, wie ihre Stimme bricht, und sehe sie kurz den Blick abwenden, um sich zu sammeln.

„Ich kann und will dich nicht ersetzen, Suzie. Aber ich verspreche dir, dass ich gut auf Nate aufpasse. So lange, wie er mich lässt."

In dem Moment kann ich nicht mehr an mich halten, schließe Hope in meine Arme und flüstere in ihr Ohr: „Ich lasse dich nie wieder gehen."

Hope schlingt ihre Arme um meine Mitte. Dabei spüre ich, wie sie gleichzeitig weint und lacht. Sanft löse ich unsere Umarmung und schiebe einen Finger unter ihr Kinn, damit sie mich ansieht.

„Ich liebe dich!"

Meine Gefühle für Hope auszusprechen, fühlt sich endlich nicht mehr so an, als ob ich meine Sandkastenliebe verraten würde. Wir versinken in einem innigen Kuss, während um uns die Feuerwerkskörper in die Luft steigen und die Kirchenglocken läuten, um das neue Jahr zu begrüßen.

ENDE